KB049511

게구치 렌 지음
author Ren Eguchi
마사 일러스트
Ilustration Masa
기신 옮김

터무니없는
스킬로 🛒
이세계 방랑 밥

3 비프스튜
✕ 미답의 미궁

라몬

베르너

""""""꿀꺽""""""

"저기, 여러분도 드시겠습니까?"

그 말과 동시에 '철의 의지' 멤버들은
끄덕끄덕 고개를 위아래로 흔들었다.

터무니없는 스킬
이세계 방랑 밥
3

비프스튜

미답의 미궁

에구치 렌 지음
author · Ren Eguchi
마사 일러스트
illustration · Masa
이신 옮김

무코다 일행

드라 짱
사 역 마

보기 드문 픽시 드래곤. 작지만 성체. 역시 무코다의 요리를 노리고 사역마가 되었다.

스이
사 역 마

갓 태어난 슬라임. 밥을 준 무코다를 따르며 사역마가 된다. 귀엽다.

페르
사 역 마

전설의 마수 펜리르. 무코다가 만든 이세계 요리를 노리고 계약을 요구하여 사역마가 되었다. 채소를 싫어한다.

무코다
인 간

현대 일본에서 소환된 샐러리맨. 고유 스킬 '인터넷 슈퍼'를 지녔다. 특기는 요리. 겁쟁이.

신 계

루사루카
신

물의 여신. 공물을 노리고 무코다의 사역마인 스이에게 가호를 내린다. 이세계의 음식을 정말 좋아한다.

키샤르
신

대지의 여신. 공물을 노리고 무코다에게 가호를 내린다. 이세계 미용 제품의 효과에 매료되었다.

아그니
신

불의 여신. 공물을 노리고 무코다에게 가호를 내린다. 이세계의 술, 특히 맥주를 좋아한다.

닌릴
신

바람의 여신. 공물을 노리고 무코다에게 가호를 내린다. 이세계의 단것, 특히 도라야키에는 정신을 못 차린다.

◀ 다음

지금까지의 줄거리 🛒

수상쩍어 보이는 왕국의 '용사 소환'에 휩쓸려 검과 마법의
이세계로 오게 된 현대 일본의 샐러리맨 무코다 츠요시.
무코다는 어찌어찌 왕성을 나와 여행을 떠나게 되었으나,
고유 스킬 '인터넷 슈퍼'로 가져온 상품과
무코다의 요리를 노리고
'전설의 마수'부터 '여신'에 이르기까지
터무니없는 녀석들이 모여들더니
사역마가 되거나 가호를 내려주는 것이었다.
그런 여행 중에 사역마인
페르와 스이의 요청을 거절하지 못하고
어쩔 수 없이
던전 도시 드랭으로 향하는 무코다.
그 도중에 환상의 용 픽시 드래곤과 조우하게 되는데,
역시 무코다의 요리를 노리고
사역마가……?

고유 스킬
『인터넷 슈퍼』

언제 어디서든 현대 일
본의 상품을 구입할 수
있는 무코다의 고유 스
킬. 구입한 식재료에는
스테이터스를 높이는 효
과가 있다.

목 차

➕ **제 1 장** 클레르에서 쇼핑
007 p

➕ **제 2 장** 유감스런 장년 엘프 길드 마스터
022 p

➕ **한 담** 세 명의 용사~레벨 업을 시작하다~
69 p

➕ **제 3 장** 던전을 좀 얕봤어
76 p

➕ **제 4 장** 레츠 인조이 던전
150 p

➕ **한 담** 세 명의 용사~불온한 발소리~
204 p

➕ **제 5 장** 무적의 트리오
213 p

➕ **제 6 장** 모험가 길드에 연행되다
292 p

➕ **번 외 편** 찌릿하고 얼얼한 술안주
299 p

6 ✕ 장
2 ✕ 한 담
1 ✕ 번 외

다음 ▶

클레르에서 쇼핑

오늘은 쇼핑이다.

사고 싶은 것은 역시 옷이다.

이 클레르에 온 첫날 샀던 옷이 예상 이상으로 편하고 좋았거든.

지금까지는 신경 쓰지 않았지만, 막상 이곳에서 산 옷을 입고 나니 지금까지 입었던 옷과의 차이가 어쩔 수 없이 느껴지고 마는 것이다. 지금까지 입었던 것은 뻣뻣해서 피부에 거칠게 스치는 느낌이었는데, 여기서 산 옷은 질감이 부드러워서 마치 면처럼 편했다. 절대로까지는 아니지만, 이곳에서 산 옷을 입고 나니 지금까지 입었던 옷은 입을 마음이 들지 않는다.

이 도시의 가게는 비교적 작은 점포가 많았고, 옷을 취급하는 가게의 경우에는 가게 가득히 물건을 쌓아두고 있기도 해서 사역마들을 데리고 다니는 것은 포기했다.

페르 일행에게는 축사에서 기다리라고 해두었다. 스이도 그곳에 함께 있다.

사역마가 된 지 얼마 안 된 드라 짱은 "어제 맛있는 걸 먹게 해준다고 했잖아"라며 투덜거렸지만, 내가 "밤에 만들어줄게"라고 말하면서 그때까지 먹을 밥을 어느 정도 두고 갈 테니 적당히 먹고 있으라고 했더니 순식간에 태도를 바꾸었다.

적당히 고기를 구운 것과 돈가스 샌드위치 같은 샌드위치 종류, 단팥빵과 잼 빵과 크림빵, 그리고 음료수(콜라와 사이다와 오렌지 주스)를 접시에 찰랑찰랑하게 따라두었다.

드라 짱은 단 음식을 무척 좋아하는지, 곧바로 단팥빵을 베어 물고는 "맛있어"라는 등의 말을 했다.

셋이 먹을 양을 잔뜩 챙겨두었으니, 나는 쇼핑에 나서볼까.

◇ ◇ ◇ ◇ ◇

주변을 둘러보며 어느 가게가 좋을지 살폈다.

페르가 던전 던전 하며 시끄러우니, 내일 베놈 타란툴라 의뢰 보수와 매수 대금을 받으면 바로 던전 도시 드랭을 향해 출발해야 할 터다.

그러니 쇼핑을 할 수 있는 시간은 오늘 하루뿐이다.

시간도 없으니 일단은 좋아 보이는 것을 발견하면 바로 사리라 마음먹었다.

다음에 또 언제 올 수 있을지도 알 수 없으니 주머니에 여유가 있을 때 갈아입을 옷을 비축분까지 포함해 스무 벌 정도는 살 예정이다.

"아, 이거 괜찮은데."

길을 걷다 보니 진열되어 있는 셔츠와 바지가 눈에 띄었다.

그 가게에 들어가 보았다.

눈에 들어왔다고 해도 남성용 옷은 어느 것이나 대부분 비슷비슷하지만.

내가 괜찮다고 생각한 옷도 결국에는 지난번에 산 것과 같은 느낌의 셔츠와 바지였다.

셔츠는 흰색이고 바지는 짙은 회색이다.

내가 가게에 들어가자 곧바로 점원이 다가왔다.

"마음에 드셨나요? 이쪽은 오랫동안 아주 인기 있는 제품이랍니다."

셔츠는 스탠드칼라로 된 심플한 디자인이었고, 바지는 치노팬츠 같은 느낌이었다.

이게 오랫동안 인기 있다는 것도 납득이 된다.

"네. 이 셔츠와 바지를 주세요. 그리고 다른 셔츠와 바지를 몇 벌 더 사고 싶습니다만……."

점원에게 셔츠와 바지를 보여달라고 부탁했다.

셔츠는 대략 흰색, 아이보리, 베이지, 세 가지 색상이 주류인 모양이었다.

점원의 설명에 따르면 셔츠는 염색하지 않은 생실 그대로의 색이라고 한다. 셔츠는 흰색 계통 쪽이 어떤 옷과도 잘 어울리고, 염색하면 가격이 치솟기 때문이라는 것이 그 이유였다.

확실히 흰색 쪽이 다른 옷과 매치하기 편하다. 생각해보면 나도 와이셔츠는 흰색만 있었지.

제일 무난하니까.

반면 바지 쪽은 색이 다양했다. 올리브색, 짙은 갈색, 짙은 회색, 감색, 검은색 같은 무난한 색감이 주류였다. 여기에도 이유가 있었는데, 짙은 색 쪽이 때를 타도 눈에 잘 띄지 않기 때문이란다.

확실히 그렇겠다 싶었다. 길이 포장되어 있지 않은 이 세계에서는 길을 걷는 것만으로도 흙먼지 등으로 옷이 꽤나 더러워진다. 색이 옅은 바지라면 때가 무척이나 눈에 띌지 모른다. 그리 생각하면 이치에 맞기도 하고, 무난하지만 이런 짙은 색은 싫어하지 않는다.

그렇다기보다, 이 세계에 오기 전에도 옷에는 특별히 신경 쓰지 않는 성격이라 무난한 것들만 입었지.

그리 생각하니 옷은 이전 세계와 거의 차이가 없는 듯 느껴졌다.

나는 흰 셔츠와 베이지색 셔츠를 두 장씩, 그리고 올리브색과 짙은 갈색과 감색과 검정색 바지를 각각 한 장씩 골랐다. 진열되어 있던 것을 포함해서 셔츠와 바지 각각 다섯 장에 금화 17닢과 은화 5닢이었다.

그 후, 나는 눈에 띈 가게를 두 곳 더 돌며 셔츠와 바지를 열 벌씩 구입했다.

결국에는 전부 비슷한 셔츠와 바지였지만.

생각했던 것보다 많은 스물다섯 벌을 구입했지만, 앞을 생각하면 이 정도는 있어야 문제없으리라.

그럼 돌아가서 드라 짱과 약속한 '맛있는 것'을 먹게 해줘야지.

숙소에 도착하자 꽤 넉넉하게 두고 갔던 양의 음식이 깨끗하게 싹 비워져 있었다.

게다가 모두 축사에서 깊게 잠들어 있다. 드라 짱 같은 경우에는 벌렁 드러누워 배를 내놓은 채 자고 있잖아.

모두가 자는 사이에 식사 준비를 해볼까. 드라 짱에게 맛있는 걸 먹게 해주겠다고 말했으니까.

어떤 걸로 할까 이것저것 생각하다 정했다.

간 와이번 고기도 있으니, 나중에 만들어봐야겠다고 마음먹고 있던 전골로 정했다.

전골 요리라면 호사스럽기도 하니 불만은 없을 터다.

우선은 인터넷 슈퍼에서 장보기. 뭐가 어찌 되었든 일단 전골 냄비는 있어야 했기 때문에, 버너에 맞춰서 세 개 구입. 이게 없으면 시작도 할 수 없으니까 말이지.

채소 종류는 파와 배추와 팽이버섯, 그리고 쑥갓도 넣어줄까? 그리고 가는 곤약과 구운 두부와 달걀, 남은 건 전골용 양념이려나?

전골 양념은 기성품을 쓰기로 하겠다. 만드는 것보다 간단하고, 무엇보다 맛있으니까.

우선은 밑 준비부터다.

양파는 1센티미터 길이로 어슷썰기하고, 배추는 먹기 쉬운 크기로 듬성듬성 썰어준다.

쑥갓은 5센티미터 정도의 길이로 자르고, 팽이버섯은 밑동을 제거해 먹기 편한 크기로 떼어둔다.

구운 두부는 먹기 쉬운 크기로 잘라두고, 곤약은 살짝 데친 다음 역시나 먹기 편한 길이로 자른다.

밑 준비가 끝나면 이제 만들기다.

전골냄비를 달구고 와이번 고기의 지방을 녹여 파를 굽는다.

파에 노릇하게 익은 자국이 생기면 와이번 고기를 넣는다.

와이번 고기를 슬쩍 구워 색이 바뀌면 전골 양념을 넣고 불을 약하게 조절한다.

거기에 곤약, 구운 두부, 팽이버섯, 배추, 쑥갓을 넣고 먹기 좋게 익힌다.

접시에 달걀을 깨서 풀어둬야…… 아, 페르와 스이 몫은 양이 많아야 하니까 달걀 두 개다.

드라 짱도 내 두 배 가까이 먹으니까 저런 몸집인 것치고는 꽤 먹는 편이라고 해야 하려나?

그럼 드라 짱도 달걀 두 개가 좋겠다.

달걀을 두 개씩 깨서 가볍게 풀어준 다음, 거기에 와이번 고기를 잔뜩 담고 채소 약간을 넣어 잘 섞었다.

셋을 깨우려고 했더니만 이미 내 뒤에서 군침을 흘리며 대기하고 있었다.

"자, 먹어봐."

셋 앞에 접시를 놓았다.

셋 모두 기다렸다는 듯이 바로 먹기 시작했다.

『이 고기 맛난데!』

『그래, 이 양념과 고기가 잘 맞는구나. 그리고, 이건 뭔가의 알인가? 이걸 묻히니 훨씬 맛있다.』

『응응, 살짝 달면서 짭짤한 맛이 나는 고기랑 알이 같이 있으니까 엄청 맛있어.』

전골은 날달걀을 풀어서 함께 먹으면 최고지.

윽, 저기⋯⋯⋯⋯. 와이번은 용의 아종이려나?

여기 와이번은 겉모습이 프테라노돈 같아서 완전히 잊고 있었어.

드라 짱은 와이번을 먹어도 괜찮은 걸까?

"드, 드라 짱, 그 고기, 와이번 고기인데 먹어도 괜찮은 거야? 동족 포식인 거 아냐?"

주저주저하며 물었더니, 드라 짱이 코웃음을 쳤다.

『드래곤 종 중에서 와이번을 용으로 인정하는 녀석은 없다고. 드래곤 종은 전부 나처럼 지능이 높거든. 와이번 같은 멍청이는 용이라고 안 해. 그리고 동족, 나 같은 경우에는 같은 픽시 드래곤을 먹는 게 아닌 한은 동족 포식이라고 하지 않아. 이 세상은 약육강식이니까, 나는 픽시 드래곤 이외엔 뭐든 먹는다고.』

드라 짱은 그렇게 말하고 와이번 전골을 우걱우걱 먹었다.

픽시 드래곤 이외엔 뭐든 먹는다니, 드라 짱은 겉모습과 달리 의외로 와일드하구나.

『드라의 말대로다. 강한 자가 약한 자를 먹이로 삼는 것은 세상의 이치니라.』

드라 짱의 발언에 페르도 고개를 끄덕이며 동의했다.

뭐, 그렇게 말한다면 그런 거겠지. 이 세계의 정점에 군림하는 페르 덕분에 우리도 맛있는 마물 고기를 먹고 있는 셈이기도 하고.

『뭐, 그런 복잡한 생각은 하지 말고, 너도 어서 먹어봐. 이거 맛나다고.』

아니, 드라 짱. 그거 내가 만들었거든?

그럼 나도 먹어볼까.

『한 그릇 더.』

아니, 못 먹잖아. 페르와 스이의 추가 주문이 들어왔다고.

『나는 배가 꽉 찼어. 하아, 맛있었다~. 역시 네 사역마가 된 건 정답이었어.』

『그래, 그 말이 맞다.』

『주인 밥은 다 맛있어. 매일 맛있는 밥을 먹을 수 있어서, 스이 행복해.』

드라 짱과 페르의 말투에는 밥이 전부인 거냐 하는 마음이 살짝 들었지만, 스이의 『스이 행복해』로 단숨에 보상을 받았다. 정말로 스이는 귀엽다니까. 스이를 위해서 추가 요리를 냉큼 만들었다.

페르는 덤이야.

나도 사이사이 전골을 먹었다. 흰쌀밥과 잘 어울린다.

어쩐지 오랜만에 일본 술이 먹고 싶어져서 도중에 인터넷 슈퍼에서 사고 말았다.

일본 술을 홀짝홀짝 마시며 전골을 안주 삼아 먹었다.

참고로 쑥갓은 페르에게도 스이에게도 드라 짱에게도 불평의 말을 들었기 때문에 나 혼자서 다 먹어버렸다.

그 쌉싸름한 맛이 맛없게 느껴지나 보다.

『후우, 맛있었다.』

『스이, 배 빵빵해.』

드디어 페르도 스이도 만족한 모양이다.

"맞다, 페르. 내일 길드에서 베놈 타란툴라 보수랑 매입 대금을 받으면 바로 드랭을 향해서 출발할 거지?"

『그래. 어서 던전에 가고 싶으니 말이다.』

역시 그렇군.

『뭐? 던전에 가는 거야?』

드라 짱이 던전이라는 말에 반응했다.

『그래. 이곳을 출발해 던전 도시 드랭으로 향할 거다. 그리고 그곳의 던전에 들어갈 예정이다. 나도 인간 도시에 있는 던전에 들어가는 건 처음이라 기대하고 있다.』

『그거 기대되는데! 나도 인간 도시에 있는 던전에 들어가는 건 처음이라고.』

『스이도 던전 기대돼~.』

어째서 우리 애들은 전부 던전이 기대된다는 말을 하고 있는 걸까요?

나로서는 전혀 기대되지 않는데 말이지요.

"그럼, 내일은 일찌감치 길드에 갔다가 드랭으로 향할까?"

『그래, 그게 좋겠구나.』

오늘도 계속해서 축사에서 자라고 드라 짱에게 말한 다음, 나와 스이는 방으로 돌아갔다.

길드에 가서 용건을 마치면 드디어 드랭을 향해 출발이다.

페르도 스이도 드라 짱도 던전을 기대하고 있는 모습이, 아무래도 드랭 체재가 길어질 것만 같아 좀 걱정이다.

이른 아침부터 우리는 모험가 길드로 향했다.

베놈 타란툴라의 의뢰 보수와 매입 대금 등을 받기로 되어 있기 때문이다.

접수창구에서 길드 카드를 내보이자 "길드 마스터를 불러올 테니 잠시 기다려주십시오"라며 창구 직원이 자리에서 일어섰다.

잠시 후, 로돌포 씨가 나타났다.

"오오, 일찍 왔군. 그럼, 창고로 가세."

로돌포 씨를 따라 창고로 향했다.

창고에는 지난번에 본 해체 담당 청년이 있었다.

"여어. 지난번 그건 확실하게 끝냈습니다."

청년 앞에 놓인 작업대 위에는 베놈 타란툴라의 다리가 산처럼 쌓여 있었다.

우으, 좀 그로테스크하네.

"그럼, 여기 이게 베놈 타란툴라 다리입니다."

나는 베놈 타란툴라의 다리를 아이템 박스에 넣었다.

"그럼 내가 내역을 설명하겠네. 브루노 상회에서도 힘을 좀 써줘서, 이번 의뢰 보수는 금화 320닢일세. 그리고 매입 쪽이 베놈 타란툴라 여덟 마리 분의 실과 독주머니로 금화 440닢, 자이언트 센티피드의 외피와 마석이 금화 230닢이로군. 다 해서 금화 990 닢인가. 영차, 자, 받게나."

로돌포 씨가 척, 척, 척 하고 자루를 내 앞에 놓았다.

뭐랄까, 이제는 놀랍지도 않다.

"그래서, 이제 어떻게 할 생각인가?"

"바로 드랭으로 향할까 합니다."

"그런가, 아쉽구먼."

로돌포 씨가 무척 아쉬워하는 표정을 지었다.

저로서는 이 도시에 조금 더 있어도 괜찮을 것 같지만, 다들 던전에 가기를 바라고 있답니다.

나로서는 던전 도시 쪽은 슬쩍 피해가고 싶은 마음이지만.

"페르랑 애들이 엄청나게 기대하고 있는 모양인지, 어서 가자고 해서요."

"펜리르에 픽시 드래곤에 엄청나게 강한 슬라임인가. 이거 자네들이 첫 공략에 성공할 수도 있겠군그래."

아니 아니 아니, 아무리 *그래도* 그럴 리가 없죠.

…………없겠지?

"그래 그렇지, 자네에게 말해둬야만 할 게 있다네. 그 왜, 지난번에 이야기했던 내 옛 동료를 기억하는가?"

"아, 드래곤을 잘 안다던 그분 말인가요?"

로돌포 씨의 옛 동료로, 드래곤 슬레이어를 동경하여 드래곤에 관해 이것저것 조사하던 사람이 있다던 이야기였다.

그 사람은 드래곤에 관해서 이것저것 조사하다 보니 그 지식이 높아져 직접 드래곤 도감을 만들었다고도 했었다.

"그렇다네. 그 녀석이 말이지, 지금 드랭의 모험가 길드 마스터를 맡고 있거든."

호오, 옛 동료라고 했으니까 같은 파티였던 걸까?

로돌포 씨도 그 사람도 길드 마스터까지 올라간 걸 보면 무척

우수한 파티였나 보다.

"그래서 말인데⋯⋯."

응? 호쾌한 로돌포 씨치고는 태도가 뭔가 미적지근한데?

"그 녀석은 말했던 대로, 드래곤에 관해서는 여러 가지로 조사를 하던 녀석이라네. 그런데 자네의⋯⋯."

로돌포 씨의 시선이 드라 짱에게로 향했다.

아, 그런가. 그렇게까지 드래곤에 집착하던 사람이 드라 짱을 본다면⋯⋯.

"픽시 드래곤을 보면 어떻게 될지, 라는 건가요?"

"그렇다네. 녀석이 이 픽시 드래곤을 본다고 생각하면⋯⋯. 틀림없이 기뻐서 미쳐 날뛸 걸세. 일단 사전에 연락은 해두겠네만⋯⋯ 하아, 만약을 위해 하는 말인데, 나쁜 녀석은 아니라네. 그저 드래곤이 관련되면 분별이 사라질 뿐이야⋯⋯."

로돌포 씨, 고생한 모양이네.

으음, 그런 사람인가. 좀 귀찮은 사람인 것 같은데.

드랭의 길드 마스터라고 하니 무시할 수도 없고.

드래곤에 관해 이것저것 물은들 나는 아무것도 모른단 말이지. 드라 짱의 말을 통역해주는 정도는 할 수 있지만.

"뭐, 그 부분은 상황이 되는 대로 따라갈 수밖에 없을 것 같습니다⋯⋯."

모험가 길드에 안 갈 수도 없으니까 말이지.

가보고 정말 귀찮은 사람이다 싶으면, 반드시 필요할 때 이외에는 적극적으로 모험가 길드에는 접근하지 않으면서 지낼 수밖에.

"자네에게 폐를 끼치지 않도록 조심하라는 말은 아주 잘 전해 두겠네. 미안하지만, 잘 부탁하네."

조금 불안은 하지만 가보지 않으면 아무것도 알 수 없으니까.

아………… 어스 드래곤(지룡)도 있었지.

드랭에서라면 해체할 수 있을지도 모른다면서, 분명 카레리나의 길드 마스터가 드랭의 길드 마스터에게 연락해둔다고 말했던 것 같은 기억이…….

괘, 괜찮을까?

드랭의 길드 마스터(어떤 사람인지는 모르지만)가 만반의 준비를 하고 기다리는 모습이 머릿속에 그려진다고.

클레르를 뒤로하고 쭉 던전 도시 드랭을 향해서 달렸다.

　나는 평소처럼 페르의 등에 올라탔고, 스이는 내가 어깨에 멘 가방 안에, 드라 짱은 의기양양하게 날아서 따라오고 있었다.

　한동안 나아가다, 해도 지기 시작했으니 이곳에서 야영을 하자는 이야기가 나왔다.

　좀 확인해보고 싶은 것이 있어서 밥은 빠르게 준비할 수 있는 메뉴로 정했다. 전에 블러디 혼 불과 오크 제너럴을 섞어 간 고기로 만들어두었던 햄버그를 이용해 로코모코(하와이 전통 요리로 햄버그에 반숙 달걀 프라이를 올려 밥과 함께 먹는다) 덮밥을 만들어보았다. 햄버그는 이미 구워두어서 그냥 담기만 하면 되니 간단하기도 하고.

　우선은 인터넷 슈퍼에서 양상추와 오이와 방울토마토와 달걀을 구입했다.

　양상추는 적당한 크기로 찢고, 오이는 얇게 어슷썰기 하고, 방울토마토는 반으로 잘라둔다. 그리고 달걀 프라이를 만든다.

　페르와 스이 몫으로는 햄버그 세 개와 달걀 프라이 세 개, 드라 짱은 지금까지 먹은 양으로 판단해 햄버그 두 개와 달걀 프라이 두 개를 준비했다. 지어두었던 밥을 접시에 담고, 그 위에 채소를 적당하게 곁들인다. 그리고 햄버그를 얹고 소스를 듬뿍 뿌린 다음, 거기에 달걀 프라이를 얹으면 완성이다.

취향에 따라 마요네즈를 뿌려도 맛있다.

처음에는 뿌리지 않은 것으로.

"밥이야."

페르와 스이와 드라 짱이 모여들었다.

"이건 말이지, 이렇게 섞어서 먹는 거야."

모양을 무너뜨리는 게 조금 아깝지만, 로코모코 덮밥은 섞어서 먹는 거니까 말이지.

셋의 접시에 담긴 음식을 가볍게 섞어주었다.

『이제 먹어도 되는 게냐?』

"먹어봐."

셋이 먹기 시작했다.

『맛있어. 채소도 있어서 깔끔한 맛이 나.』

『응. 이거 맛있네! 달걀이 있는 것도 좋은데.』

스이와 드라 짱에게는 호평인 모양이다.

『그래. 맛있지만, 나는 채소가 없는 편이 좋겠다.』

페르, 로코모코 덮밥에 채소는 필수라고.

"이 덮밥은 채소가 없으면 매력이 반으로 줄어들거든. 이건 말이지, 채소랑 같이 먹어서 맛있는 거야."

페르는 채소를 못 먹는 건 아니지만, 좋아하지를 않는다.

특히 생채소가 싫은 모양이다.

곤란하네.

나도 재빠르게 만든 로코모코 덮밥을 먹었다.

응, 간단하지만 맛있어. 이건 역시 채소랑 함께 먹어야 맛있다니까.

드라 짱은 한 그릇으로 배가 가득 찬 모양이지만, 페르와 스이는 그 후에도 더 먹었다.

페르는 채소 없이 달라고 했지만, 채소는 먹는 게 몸에 좋다고 달래가며 채소를 조금 적게 담아서 내주었다.

식사를 마치고 잠시 휴식 시간을 가진 다음, 흙 마법으로 잠자리가 될 상자형 집을 만들었다.

"다들 먼저 자도 돼. 나는 좀 해야 할 일이 있거든."

『그래, 알았다. 그런데 지금부터 해야 할 일이란 게 뭐냐?』

"아, 베놈 타란튤라는 먹을 수 있다고 했잖아. 그렇지만 어떤 맛인지 상상이 안 된단 말이지. 로돌포 씨가 소금을 넣어 데치면 맛있다고 했으니까, 시험 삼아 하나만 데쳐볼까 해. 맛을 모르면 요리를 할 수 없으니까."

『과연 그런 거였군. 곤충은 그다지 좋아하지 않지만, 데치면 어떤 맛이 되는지 이 몸도 궁금하다. 그런고로 이 몸도 함께하겠다.』

아니, 페르는 그냥 먹고 싶은 것뿐이잖아.

『뭐야? 또 맛있는 거 있어? 스이도 먹을래.』

『어이 어이 어이, 나도 먹을 거라고.』

스이도 드라 짱도 먹을 셈인가 보다.

결국 모두 함께 시식회다.

베놈 타란튤라 다리는 전부 64개.

일단 한 마리분의 다리 여덟 개를 익혀보기로 했다.

베놈 타란툴라의 다리를 아이템 박스에서 꺼냈다.

검정에 가까운 보라색으로, 자세히 보면 살짝 털이 나 있다.

으으. 이건 자세히 보면 안 되겠네.

색만 빼면 보기에는 게 다리 같은데 말이지.

일단 씻어서 소금물에 데쳐보니 껍질이 붉게 변해서 진짜 게처럼 보였다.

"금방 익혀낸 게 같은데…….."

거미라고 생각하기 때문에 안 되는 거다. 이건 게다, 이건 게다.

머뭇머뭇 껍질을 벗기고 조금 먹어보았다.

어라?

맛없지는 않다고 할까, 꽤 맛있는데? 맛은 겉보기랑 비슷하게 게 같다.

하지만 게라고 하기에는 으응? 하는 느낌이다.

게와 비슷하기는 하지만 훨씬 저렴한 맛이라고 할까 뭐라고 할까.

으음, 예전에 먹어본 적 있는 것 같은 맛인데.

뭐였더라………… 앗, 그거다!

그거란 바로 게 맛 어묵이다.

식감도 그것과 똑 닮았다.

그럭저럭 괜찮겠는데?

『어이, 혼자서만 먹지 말고 우리에게도 다오.』

"아, 미안 미안."

껍질을 벗기고 셋에게 내주었다.

『음, 전에 먹어보았을 때보다 맛있게 느껴지는구나. 역시 데쳤기 때문인 게냐?』

『정말이네. 나도 베놈 타란툴라는 먹어본 적 있는데, 날것으로 먹는 것보다 이쪽이 훨씬 맛있어.』

페르도 드라 짱도 먹어본 적이 있는가 보다. 생으로.

아무리 그래도 거미를 생으로는 무리야.

페르와 드라 짱 둘 다 데쳐 먹는 편이 맛있다고 말하니, 그런 것일 테지.

『응, 맛있어. 그치만 스이는 빨간 고기 쪽이 좋은 것 같아.』

빨간 고기라, 스이는 짐승 계열 고기 쪽이 좋은가 보다.

『그렇게 말하자면 이 몸도 평소 먹는 고기 쪽이 당연히 좋다.』

『나도 그래. 이 벌레도 맛없지는 않지만, 비교한다면 그쪽이 훨씬 낫지.』

페르도 드라 짱도 짐승 계열 고기 쪽이 맛있다는 의견인가.

그야 그렇겠지.

게 맛 어묵과 고기, 어느 쪽이 좋으냐고 묻는다면 고기인 게 당연하니까.

하지만 베놈 타란툴라 다리는 앞으로 56개나 남아 있단 말씀.

이건 뭔가 메뉴를 생각해서 소비해야겠다. 아까우니까.

우음, 게 맛 어묵이라. 나중에 찬찬히 생각해보자.

그 후에는 스이와 함께 목욕을 했다.

놀랍게도 드라 짱도 목욕에 흥미를 갖고 욕조에 들어와 보고 싶다는 말을 꺼냈다.

일단 젖은 수건으로 몸을 닦고 욕조에 넣어주었다.

스이처럼 드라 짱도 기분 좋은 듯 둥실둥실 떠 있었다.

드라 짱도 목욕이 마음에 든 모양이다.

우리 중에서 목욕을 싫어하는(씻기만 할 뿐이지만) 건 페르뿐이구나.

한바탕 목욕을 하고 개운해진 상태로 모두 이불 속으로 들어가 편안하게 잤다.

여행 중에 이불 속에서 잘 수 있다니, 최고야.

『점점 인간의 기척이 강해지는구나. 아마도 내일 점심 지날 무렵에는 드랭에 도착할 것 같다.』

클레르를 나와 나흘째.

점심을 먹은 후의 휴식 시간 중에 페르가 그렇게 말했다.

"그렇구나. 내일인가. 꽤 일찍 도착하네."

『그래. 속도를 조금 높였으니까.』

평소보다 조금 빠른 것 같다고 생각하기는 했지만, 그랬던 거냐.

얼마나 던전을 기대하고 있는 거냐.

"드디어 드랭인가. 꽤 큰 도시인가 보던데, 기대되네."

『이 몸은 던전이 기대된다.』

예이예이. 조금이라도 빨리 도착하려고 할 정도로 말이지.

그렇지만, 던전이라……. 일부러 마물이 있는 곳에 가다니.

페르도 스이도 드라 짱도 던전을 기대하고 있는 것 같으니까 어쩔 수 없이 따라 들어가기는 하겠지만.

일단은 다치지 않도록 조심해야지.

아, 만약을 위해서 스이에게 특제 포션을 만들어달라고 해야겠다.

힐링 머시룸 재고는 있지만, 스이 특제 포션 쪽이 효과가 좋은 것 같으니까 말이야. 무슨 일이 생길지 모르니, 하급 · 중급 · 상급 모든 종류를 만들어달라고 해야겠다.

◇ ◇ ◇ ◇ ◇

『오늘은 이 근처로 하자.』

해가 저물기 시작하자, 페르가 걸음을 멈추고 그렇게 말했다.

"어때? 예정대로 내일은 드랭에 도착할 것 같아?"

『그래. 낮에는 내일 점심 지날 무렵이라고 말했었다만, 이 상태라면 점심 전에는 도착할 것 같다.』

예정이 조금 앞당겨진 건가.

뭐, 어느 쪽이든 내일은 드랭에 도착한다는 거네.

『배고파. 역시 하루 종일 계속 날아다니니까 배가 고프네.』

아니, 드라 짱, 아침도 점심도 든든히 먹었잖아.

『그렇구나. 이동을 계속하니 배가 고프다.』

페르도 든든히, 라고 할까 과식이라고 할 만큼 먹었잖아.

『스이도 배고파.』

스이도…….

스이도 든든히 먹었고, 게다가 식사 때 외에는 가방 속에서 잠만 잤잖아.

『밥~.』

『밥이다.』

『밥 주세요~.』

하아, 셋 모두 강하기는 하지만, 연비가 나쁜 걸까? 분명 든든하게 잘 먹이고 있을 텐데.

그럼, 밥을 만들어볼까.

예의 베놈 타란튤라 다리 말인데, 모두에게 맛이 없는 건 아니지만 고기 쪽이 좋다는 낮은 평가를 받았었지.

인기 없는 식재료는 일찌감치 써버리고 싶거든.

그런고로, 오늘은 베놈 타란튤라 다리를 쓰려고 한다.

남은 다리는 빈 시간을 이용해 틈틈이 소금물에 데쳐두었다.

그래서 이리저리 생각한 끝에 정한 메뉴는 무난한 샐러드와 녹말을 넣어 만든 소스를 뿌린 볶음밥과 일본식 달걀덮밥이다.

샐러드는 페르한테서 불만이 나올지도 모르지만, 채소는 몸에 좋으니까 가끔은 생채소도 제대로 먹어줘야 한다.

우선은 인터넷 슈퍼에서 재료를 구입해야지.

샐러드는 양상추와 오이와 옥수수 캔, 그리고 참깨 드레싱이다.

녹말 소스를 뿌린 볶음밥은 파와 달걀, 그리고 전에 썼던 튜브에 담긴 굴소스 간장 맛 조미료를 쓸 생각인데, 이건 있으니까 사지 않아도 된다. 일본식 달걀덮밥의 달걀은 볶음밥에도 써야 하니 넉넉하게 샀다.

다음은 볶음밥과 달걀덮밥에 뿌릴 녹말 소스의 건더기다. 이런 데는 건더기가 많은 편이 맛있으니까 표고버섯과 팽이버섯과 삶은 죽순, 그리고 색감을 위한 완두콩 캔이다.

녹말이 들어간 조미료 종류는 갖춰두었으니 괜찮고.

좋아, 이걸로 준비 끝이다.

우선은 데쳐두었던 베놈 타란튤라의 다리를 가위로 잘라서 속살을 빼낸다.

데치면 껍질도 비교적 부드러워지기 때문에 가위로 깨끗하게 잘린다.

발라둔 살의 양이 어느 정도 되면, 먼저 샐러드부터 만든다.

양상추를 적당한 크기로 찢고, 오이는 얇고 동그랗게 잘라둔다. 볼에 찢어놓은 양상추, 오이, 옥수수, 그리고 베놈 타란튤라 살을 듬뿍 넣은 다음 참깨 드레싱을 뿌려 섞으면 완성이다. 각각 접시에 담은 다음, 일단 아이템 박스에 넣어둔다.

다음은 볶음밥과 달걀덮밥에 뿌릴 소스다.

삶은 죽순은 채치고, 표고버섯은 밑동을 떼어내고 얇게 자른다. 팽이버섯도 밑동을 제거하고 듬성듬성 떼어둔다. 프라이팬에 기름을 두르고 표고버섯과 팽이버섯을 넣어 가볍게 소금과 후추로 간한 다음 숨이 죽을 때까지 볶아주고, 죽순을 넣어서 살짝 더 볶아둔다. 냄비에 물, 닭 육수 수프 가루, 술, 식초, 설탕, 간장을 넣어서 한소끔 끓이고 물에 풀어둔 녹말을 넣어 걸쭉하게 만든다. 거기에 조금 전 볶아두었던 표고버섯과 팽이버섯과 죽순을 넣고, 베놈 타란툴라 살을 듬뿍 넣어 섞으면 녹말 소스 완성.

다음은 볶음밥이다.

달걀을 풀어두고, 파는 잘게 썬다. 기름을 두른 프라이팬에 풀어둔 달걀물을 넣은 다음 곧바로 밥을 넣어 달걀과 잘 섞어준다. 그리고 파와 베놈 타란툴라 살을 넣고 굴소스 간장 맛 조미료를 쭉 넣어서 고슬고슬해질 때까지 볶아준다. 접시에 볶음밥을 동그랗게 담고 그 위에 전분 소스를 듬뿍 뿌려주면, 전분 소스를 뿌린 볶음밥 완성이다.

일본식 달걀 볶음밥은 달걀을 풀고 거기에 베놈 타란툴라 살과 소금을 넣은 다음, 프라이팬을 이용해 반숙 상태가 될 때까지 익혀준다. 접시에 밥을 담고, 그 위에 반숙 상태인 달걀을 올리고 전분 소스를 뿌려준 후 완두콩을 올리면 일본식 달걀덮밥 완성.

먼저 만들어두었던 샐러드도 꺼내서 전부 차려둔다.

"다 됐어."

페르와 스이와 드라 짱 앞에 접시를 죽 놓았다.

『음, 오늘은 고기가 없는 것이냐? 그리고 채소는 싫다고 했다만.』

어이, 그런 불만스런 표정 짓지 말라고.

"오늘은 베놈 타란툴라를 썼어."

『이 몸은 고기가 좋은데 말이다…….』

그렇게 나직하게 중얼거리지 말아줄래?

샐러드도 전분 소스를 뿌린 볶음밥도 달걀덮밥도 맛있다고.

"내일부터는 또 고기니까 괜찮잖아. 아까워서 베놈 타란툴라를 다 써버린 것뿐이라고."

『음, 그런가. 그렇다면, 알았다.』

그렇게 말하고 느릿느릿 먹기 시작하는 페르.

역시 페르는 고기파인가. 뭐, 오늘만이니까.

『우걱우걱…… 이건 이것대로 맛있지만, 역시 고기 쪽이 좋아.』

드라 짱, 너도냐.

『주인, 맛있어. 하지만 있지, 스이는 고기 쪽이 좋은 것 같아.』

스, 스이도 그렇구나.

크윽…… 이렇게까지 고기 고기 노래할 줄이야.

우리 애들은 모두 육식파라는 건 알고 있었지만 말이지. 이러니저러니 해도 겉모습부터가 육식계니까.

하아, 역시 고기인가.

다들 고기가 좋다고 말하면서도 드라 짱은 깨끗하게 먹어치웠고, 페르도 스이도 한 그릇 더 달라고 했으니, 뭐 괜찮았던 걸로 치자.

그나저나, 고기 좋아하는 녀석들만 모였으니 고기는 없으면 안되겠군.

지금 현재로는 고기가 잔뜩 있어 다행이지만, 재고 관리는 확실하게 해두어야겠어.

육식계를 셋이나 떠안고 있으니 큰일이라고.

던전 도시 드랭이 보이기 시작했다.

"들었던 대로 커다란 도시네."

『그래. 그나저나, 들어가는 데 시간이 걸릴 것 같구나.』

페르의 시선 끝을 따라가 보니 문 앞에서부터 길게 사람들이 줄을 서 있었다.

"아~ 줄이 기네. 역시 이렇게 큰 도시쯤 되면 출입하는 사람도 많은 건가?"

어쩔 수 없지. 줄을 서서 차례를 기다릴 수밖에.

『벽을 뛰어넘어서 들어가는 편이 빠르지 않겠느냐?』

"아니, 아니, 아니, 그런 짓을 했다간 체포된다고. 딱히 급한 일도 없으니까, 느긋하게 줄 서서 기다리자."

『으음. 귀찮지만 할 수 없지.』

"그래, 그거야. 줄 맨 뒤에 서자."

달리는 페르가 줄에 가까워질수록 "마물이다!"라는 목소리와, 모험가 같아 보이는 사람들이 무기를 드는 모습이 보였다.

드라 짱까지 옆에서 날며 따라오고 있으니 임팩트가 컸으리라.

나는 서둘러 "모두 제 사역마니까 괜찮습니다!"라고 사람들에게 들릴 만큼 큰 소리로 외쳤다.

내 옆에 얌전히 있는 페르와 드라 짱을 보고 사역마라고 납득했는지 무기를 내려주기는 했지만…… 여전히 웅성웅성하고 있다.

역시 커다란 늑대(페르)와 작다고는 하지만 드래곤(드라 짱)이 있으니 말이지.

어떡하지……라고 말해본들, 어쩔 도리가 없는 일이지만.

약간의 마음 불편함을 느끼면서도 줄을 서 있으려니, 나를 부

르는 목소리가 들려왔다.

"무코다 씨이~."

큰 소리로 나를 부르며 이쪽을 향해서 달려오는 사람이 있었다.

어? 누구지?

목소리는 남자 같은데, 드랭에 아는 사람 같은 건 없는데…….

"무코다 씨이~, 당신이 오기를 쭉 고대하고 있었습니다아~."

그러니까, 누구냐고?!

그보다 "무코다가 누구야?"라는 얼굴로 다들 주변을 살피고 있으니까, 큰 소리로 외치는 건 그만둬 줄래?

모르는 척하는 얼굴로 서 있지만, 나, 내심 조마조마하거든.

"무코다 씨이~."

그, 러, 니, 까, 남의 이름을 연호하지 말라고!

"하아 하아, 무코다 씨 되시죠?! 사역마를 거느린 모습을 보고 단번에 알았습니다아. 저는 당신이 오기를 쭈욱 기다리고 있었지요오."

달려와 내 눈앞에서 멈춰서더니, 호흡을 가다듬으며 흥분한 기색으로 그렇게 말하는 남자.

……누구야, 이건?

긴 금색 머리카락을 늘어뜨린 단정한 생김새의 장년 남자였다. 자세히 보니 귀가 뾰족했다.

이건 엘프인가?

나, 아는 엘프 같은 거 없는데요…….

"로돌포에게 이야기를 듣고 흥분해서 밤에도 잠들지를 못했습니다아. 그래서, 이게 그 픽시 드래곤인 겁니까?!"

내 옆에 있는 드라 짱을 보고 장년 엘프가 더욱 흥분한 기색으로 그렇게 말했다.

그리고 드라 짱 주변을 이동하면서 핥는 듯한 시선으로 구석구석까지 관찰했다.

뭐, 뭔가 드라 짱을 보는 눈빛이 무서운데.

이 장년 엘프, 엘프라서 무척이나 미남이기는 하지만 약간 변태 냄새가······.

"무코다 씨이."

장년 엘프가 갑자기 내 어깨를 양손으로 꽉 잡았다.

으아앗, 갑자기 뭐야?

"저는 지금, 맹렬하게 감동하고 있습니다아!"

아, 아아, 그래? 아니, 뭐에 감동한 건데?

그보다, 어깨에서 손 좀 떼어줄래?

무슨 일인가 싶어 빤히 바라보는 주변 사람들의 시선이 아픕니다요.

"드래곤 종, 그것도 특히 보기 드물다고 하는 픽시 드래곤을 직접 보는 날이 오다니······ 아아, 오래 살길 잘했어. 정말로 잘했어············우흑······ 우우윽."

장년 엘프가 눈물을 글썽거렸다.

에, 에엑, 왜 우는 건데?!

잠깐, 진짜 울지 말아달라고. 주변의 시선이 더 따가워지잖아.

"훌쩍······ 흥분한 모습을 보여 죄송합니다. 감동한 나머지."

뭐, 됐어. 울음만 그쳐주면 되니까.

그보다, 당신은 대체 누구야?

"아, 저기, 당신은, 누구신지?"

주저주저하며 물어보자 장년 엘프는 이런, 하는 표정을 지었다.

"죄송합니다아. 흥분이 지나쳐 자기소개를 잊고 말았습니다. 저는 이 던전 도시 드랭의 모험가 길드에서 길드 마스터를 맡고 있는 엘랑드라고 합니다. 앞으로 잘 부탁드립니다."

…………뭐?

장년 엘프인 엘랑드 씨, 설마 하던 길드 마스터였습니다.

드래곤을 보고 감동하여 우는 길드 마스터라니, 대체?

……앗, 그러고 보니 이 사람, 로돌포 씨가 말했던 사람인가.

로돌포 씨의 옛 동료로, 드래곤이 관련되면 분별이 사라진다고 했었지.

뭔가, 로돌포 씨가 말했던 대로잖아.

"자자, 여러분 이쪽으로. 어서 길드로 가시지요."

"네? 하지만, 줄을 서야……."

"아뇨 아뇨, 그런 건 됐습니다. 무코다 씨를 오랜 시간 기다리게 하다니, 당치도 않습니다. 그런 건 길드 마스터의 권한으로 어떻게든 되니, 괜찮습니다."

그렇게 말하며 엘랑드 씨가 내 등을 밀었다.

"아니, 하지만 말이죠."

주변 모험가들이 엄청나게 뚱한 눈을 하고 있는데요?

"괜찮습니다. 괜찮아요. 여러 가지로 묻고 싶은 게 산더미처럼 많으니, 서둘러 길드로 가시지요."

엘랑드 씨는 겉모습으로는 상상할 수 없을 정도의 힘으로 나를 꾹꾹 밀었다.

그렇게 이끄는 대로 던전 도시 드랭의 문을 들어섰다.

엘랑드 씨가 문지기들에게 "이분들에 관한 건 내가 책임지고 보증합니다"라고 강력하게 선언하자, 두말없이 그대로 통과시켜 주었다.

그보다, 엘랑드 씨. 우리 방금 만난 참인데 "책임지고 보증합니다"라는 말을 해도 괜찮은 걸까? 아니, 딱히 문제를 일으키거나 하지는 않을 테지만.

아까 "여러 가지로 묻고 싶은 게 산더미처럼 많습니다"라는 말을 했는데, 그건 드래곤에 관한 거지? 대체 얼마나 물을 셈인 겁니까?

하지만 질문을 받은들 나는 드래곤에 관한 건 아무것도 모르니까 말이야.

드랭의 모험가 길드는 문을 들어선 바로 코앞에 있었다.

우왕좌왕하는 사이에 모험가 길드로 들어섰고, 2층 길드 마스터의 방으로 안내되어 떠밀려 들어갔다.

"자자, 어서 앉아주십시오."

역시 던전 도시 드랭의 길드 마스터 방이다.

지금까지 가봤던 모험가 길드의 길드 마스터 방에서는 보지 못했던, 다리가 고양이다리 모양인 고급스런 2인용 의자를 엘랑드 씨가 가리켰다.

여기까지 와버렸으니 도망칠 수도 없는 일이다. 어쩔 수 없이 의자에 앉았다.

맞은편에 앉은 엘랑드 씨는 이것저것 물을 마음이 가득한 모습으로, 종이와 펜까지 준비했다.

"그럼, 여러 가지로 질문을 드리고 싶습니다만, 괜찮으시겠습니까?"

싫다고 말해도 돌려보내 주지 않을 거잖아요.

하아, 모처럼 이렇게나 커다란 도시에 왔으니까 여기저기 구경하고 싶었는데.

거리를 느긋하게 구경하며 다니는 건 아직 더 기다려야 할 것 같다.

"우선은, 이 픽시 드래곤과는 어떻게 만나셨습니까?"

"드라 짱 말입니까? 드라 짱과는 이슈탐 숲 근처에서 만났습니다."

"드, 드라 짱이란 건, 이 픽시 드래곤의 이름입니까?"

"네. 사역 계약을 맺으려면 이름을 붙여야만 하는 모양이라."

새삼스럽지만, 사역 계약에 관한 건 그다지 잘 모르겠다니까.

페르에게서 들은 '사역마가 될 마물이 사역마가 되어도 좋다고 생각하고 주인 쪽이 그것을 받아들이면 계약은 성립한다'라는 말과 이름을 붙이는 것, 그리고 염화를 할 수 있다는 것 정도려나.

다른 건 그다지 잘 알지를 못하네. 특별히 문제는 없지만.

"픽시 드래곤이라고는 하지만, 드래곤에게 드라 짱………… 저라면, 뭔가 훨씬 멋진 이름을 붙였을 텐데요. 이건 센스 문제일까요? 제가 이러쿵저러쿵 말할 처지는 아닙니다만…….”

엘랑드 씨, 중얼중얼 중얼거리고 있는데, 다 들리거든요.

센스 문제라니, 센스가 없어서 죄송하네요.

드라 짱, 귀엽고 좋은 이름이잖아.

“드라 짱과는 이슈탐 숲 근처에서 만났다고 하셨는데, 근처에 픽시 드래곤의 서식지가 있는 겁니까?”

“글쎄요? 제가 만난 건 드라 짱뿐이었습니다.”

픽시 드래곤의 서식지 같은 거 모르거든.

“그럼, 픽시 드래곤은 평소 어떤 걸 먹습니까?”

“어떤 거라니, 우리는 모두 같은 걸 먹습니다만.”

내가 만든 걸 페르도 스이도 드라 짱도 먹고 있고, 물론 나도 함께 먹고 있다.

“예?”

“아니, 그러니까 말이죠. 페르도 여기 스이도 드라 짱도 저도 모두 같은 걸 먹고 있습니다.”

의자 옆에 드러누워 있는 페르 쪽을 보며 스이를 가방에서 꺼내 안아 들고, 내 옆에 앉은 드라 짱을 보고, 모두 같다고 설명했다.

그랬더니 엘랑드 씨의 눈이 동그래졌다.

“그러고 보니, 무코다 씨는 픽시 드래곤 외에도 펜리르와 슬라임을 사역하고 있으셨지요. 아니, 하지만 말이죠, 펜리르와 슬라임과 픽시 드래곤이 같은 걸 먹을 리가 없지 않습니까? 무코다 씨, 농담은 적당히 해주십시오."

어? 나, 농담 같은 거 안 했는데.

그보다, 내가 한 말에 농담으로 들릴 만한 게 있었던가?

"펜리르는 육식이고, 슬라임은 비교적 뭐든 소화하지요. 하지만 픽시 드래곤의 주식은 마력과 꽃의 꿀이라고들 합니다. 그런데 같은 거라니, 그럴 리가 없지 않습니까? 하하하."

어라? 픽시 드래곤의 주식은 마력이랑 꽃의 꿀인 거야?

드라 짱은 평소 고기 먹는데. 아니, 고기를 좋아하고, 기뻐하면서 먹고 있는데.

『그런 얘기 들어본 적도 없다고.』

드라 짱이 염화로 그렇게 말하며 고개를 가로저었다.

"저기, 그 이야기, 픽시 드래곤의 주식은 마력과 꽃의 꿀이라는 건, 어디에서 나온 이야기입니까?"

"지금은 사라진 어떤 나라의 왕립 도서관 문헌에서입니다. 그 나라는 일릭서의 재료 중 하나인 드래곤에 관하여 철저하게 조사를 했었지요……. 드래곤과 관련된 것은 중요 문서라, 중요 문헌 보관실에 숨어들어 가면서까지 조사한 겁니다."

숨어들었다든가 하는 말을 태연하게 하는데, 그러면 안 되는 거잖아. 이 사람은 뭔 짓을 하고 다닌 거야?

드래곤이 관련되면 분별이 사라진다더니, 진짜였네.

그보다 드래곤은 일릭서의 재료 중 하나였구나.

페르가 분명 힐링 머시룸도 일릭서의 재료 중 하나라고 했었는데.

기묘하게도 내 손에 일릭서의 재료가 두 개나 들어왔다는 건가. 다른 재료가 뭔지 궁금해지기 시작하잖아.

엘랑드 씨는 오래 산 모양이니까 알고 있을 것 같은데. 나중에 물어보는 것도 괜찮을지 모르겠다.

아, 이 이야기는 일단 제쳐두고, 드라 짱 말이지.

"어째서 그런 문헌이 있었는지는 모르겠지만, 픽시 드래곤의 주식이 마력과 꽃의 꿀이라는 건 틀립니다. 그렇지? 드라 짱."

『맞아. 우리는 기본적으로 뭐든 먹는다고. 뭐, 고기가 제일 좋기는 하지만.』

잡식이라는 말이다. 지금까지도 뭐든 다 먹었으니, 분명 그러할 터다.

"드라 짱 말에 따르면, 픽시 드래곤은 기본적으로 뭐든 먹는다고 합니다. 고기를 제일 좋아하는 모양이지만요."

"……잠깐 기다려주십시오. 드라 짱 말에 따르면, 이라니. 무슨 뜻입니까?"

"저기, 그 말 그대로의 뜻인데요. 드라 짱과 염화로 이야기했더니 그렇게 말했습니다."

탕.

엘랑드 씨가 테이블에 손을 짚으며 몸을 쑥 내밀었다.

"무코다 씨는 드래곤과 이야기할 수 있는 겁니까?! 그보다, 염화란 건 무엇입니까?!"

아, 아니, 얼굴 너무 가깝거든.

미인인 엘프라고 해도 남자는 사절이니까, 얼굴을 너무 가까이

대지 말아주세요.

"잠깐, 엘랑드 씨. 진정하세요. 아니, 드래곤과 이야기할 수 있다는 게 아니에요. 사역 계약을 맺었으니까, 드라 짱과는 염화로 이야기할 수 있다는 겁니다. 페르랑도 스이랑도 이야기할 수 있고요."

"사역 계약을 맺었으니까, 라니. 그런 이야기는 들어본 적 없습니다. 사역 계약을 맺는다고 해서 사역마와 이야기할 수 있게 될 리가 없지 않습니까?"

"⋯⋯⋯⋯네? 사역 계약을 맺으면 사역마와 염화를 할 수 있게 되는 거 아닌가요?"

"그럴 리가 없습니다. 저는 엘프라 오래 살아왔습니다만, 그런 이야기는 처음 듣습니다."

어? 어떻게 된 거야?

페르가 사역 계약을 맺은 자들끼리는 염화로 이야기할 수 있다고 해서, 그런 거라고 쭉 생각하고 있었는데.

"페르, 어떻게 된 거야?"

『흥, 모른다. 이 몸은 사역 계약을 맺은 자들끼리는 염화를 할 수 있다고 배웠고, 너와는 실제로 할 수 있지 않으냐.』

그러게.

페르 말대로, 페르랑도 스이랑도 드라 짱이랑도 염화를 할 수 있는데 말이야.

"잘 모르겠지만, 무코다 씨가 사역 계약을 맺으셨다는 건, 당연히 상대를 굴복시켰기 때문이겠지요?"

네?

농담하지 말아주세요.

내가 펜리르나 드래곤 같은 걸 굴복시킬 수 있을 리가 없잖아요.

"전설의 마수 펜리르와 드래곤을 제가 굴복시킬 수 있을 리 없지요. 그보다, 펜리르와 드래곤을 굴복시킬 수 있는 사람이 있다면 한번 보고 싶네요."

"그런…… 카레리나의 길드 마스터도, 로돌포도 펜리르가 사역마가 된 경위는 듣지 못했지만, 무코다 씨가 특수한 방법을 써서 굴복시킨 게 아닐까 하는 이야기를 했었습니다. 두 사람 다 무코다 씨를 보면 그렇게 생각되지는 않지만, 여러 가지로 비밀도 있는 것 같고, 분명 무예가 뛰어난 게 틀림없을 거라고 했습니다. 로돌포는 식사에 특수한 독을 섞은 것이 아닐까 하는 말도 했습니다만……."

저기, 두 사람 모두 그런 식으로 나를 보고 있었던 거야?

나는 무예 같은 건 전혀 모르고, 독 같은 건 쓰지 않는다고.

"음, 아무래도 이야기를 듣고 있자니, 제가 아는 사역 계약과 무코다 씨의 사역 계약은 크게 다른 모양입니다."

엘랑드 씨의 말에 따르면, 통상의 사역 계약은 어떤 형태로든 그 마물을 굴복시킨 다음 예속 관계를 맺는 것이라고 한다.

인간으로 치면 노예 계약과 마찬가지로, 사역마가 된 마물은 주인의 지시에 따르게 된다는 모양이다.

사역 계약을 맺은 주인의 직업은 테이머가 되며, 자신의 경험치 이외에 사역마의 경험치도 더해져 테이머는 레벨을 올리기 쉽다고 한다.

하지만 테이머를 직업으로 삼아 살아가려면 어느 정도 수준의 마물을 사역할 필요가 있는데, 그 어느 정도 수준인 마물과 사역 계약을 맺을 수 있는 자가 적기 때문에 테이머라는 직업을 가진 자는 극히 드물다고 한다.

테이머라. 내 직업은 여전히 '휩쓸린 이세계인'인데.

게다가 페르도 스이도 꽤 많은 마물을 쓰러뜨렸지만, 사역마의 경험치 같은 건 하나도 더해지지 않은 것 같단 말이지.

"저도 이런 이야기는 처음 듣는 데다, 사례도 무코다 씨밖에 없어 검증할 방도가 없습니다만…… 무코다 씨의 사역마는 펜리르와 픽시 드래곤, 그리고 전해 들은 이야기에 따르면 특수 개체인 슬라임이라는, 보통이라면 사역마로 삼는다는 것이 있을 수 없는 마물들뿐이니, 그런 점도 관계가 있을지도 모르겠습니다."

평범한 사역 계약이 아니라는 건 알았지만, 그래서 무슨 문제가 있는가 하면 그런 것도 아니니, 지금까지와 아무것도 달라질 게 없다.

"무코다 씨, 무코다 씨의 사역 계약이 통상의 계약과 다르다는 것은 알았습니다. 여기서부터가 제가 가장 묻고 싶었던 것입니다만, 저도 그러한 사역 계약을 맺을 수 있겠습니까? 가능하다면 드래곤과."

당신, 드래곤을 사역마로 삼을 셈이야? 얼마나 드래곤을 좋아하는 거야?

"그게, 그런 걸 물으신들, 저로서는 알 수가 없습니다만……."

『저기, 어때?』

염화로 모두에게 말을 걸었다.

『무리일 테지. 애초에 이 녀석과 사역 계약을 맺을 마음도 들지 않고, 무엇보다 우리에게 득 될 게 없다.』

『맞아. 이 녀석, 밥 같은 건 못 만들 것 같거든. 만든다고 해도, 너보다 뛰어난 요리사는 세상 어딜 찾아도 없을 테니까.』

드라 짱, 칭찬해주는 건 기쁘지만 말이야, 나는 요리사가 될 생각은 없거든.

『그래. 그 말에는 동의한다. 우리 같은 장수종이 마음을 움직이는 일은 드물지만, 맛있는 밥은 마음을 움직이게 하는 것 중 하나다.』

저기, 마음을 움직이게 하는 게 밥인 거야?

『그렇다니까~ 맛있는 밥은 엄청 소중하다고~.』

『맛있는 밥을 먹을 수 있는 건 행복이야~.』

스이마저.

알고는 있었지만, 너희들은 밥에 낚여 사역마가 됐었지.

모두가 있어서 다행이기는 하지만, 뭔가 말이지.

"하아…… 저기, 참고로 엘랑드 씨는 요리를 할 줄 아시나요?"

"예? 요리, 말인가요? 저는 식사는 가게에서 먹는 주의라, 요리는 못합니다만…… 앗, 설마 요리를 할 수 있어야 한다는 게 사역 계약을 맺는 조건인 겁니까?!"

"아뇨, 조건이라고 할 것까지는 없지만, 저희 사역마들은 무척이나 미식가들이라……."

"그, 그런 거라면, 요리하겠습니다! 요리를 할 수 있게 되면 저도 드래곤과 사역 계약을 맺을 수 있는 게지요?!!"

"아니, 그렇게 간단한 이야기는 아니라고 생각합니다만……."

『거기서 이러쿵저러쿵 말할 것 없이 네가 만든 밥을 먹어보게 하는 편이 빠를 거다. 자신이 얼마나 어리석은 말을 하고 있는지 깨닫게 될 테지.』

『맞아 맞아. 마침 배도 고프니까 밥 먹자.』

『스이도 배고파~.』

아, 예이예이. 이제 될 대로 되라지.

"저기, 엘랑드 씨. 다들 배가 고프다고 하는데, 여기서 식사를 해도 될까요? 괜찮으시다면 엘랑드 씨도 함께하시죠."

"예, 꼭 좀 부탁드립니다. 그리고 조금이라도 그 맛을 훔쳐가도록 해보겠습니다."

엘랑드 씨, 의욕이 넘치네.

"아, 엘랑드 씨는 고기를 드실 수 있으신가요?"

엘프는 채식주의자라는 이미지가 있는데 말이야.

"예, 고기는 아주 좋아합니다."

아, 이 세계의 엘프는 육식 OK인가 보네.

어디 그럼, 내가 준비한 것은 전에 만들어두었던 쇠고기 덮밥이다.

페르와 스이와 드라 짱 몫은 접시에 밥을 담고 그 위에 고기를 듬뿍 얹은 다음 가운데 일본식 수란을 올리고 그걸 섞어서 내주었다.

드라 짱이 쇠고기 덮밥을 먹는 모습을 보고 엘랑드 씨가 "정말로 주식은 마력과 꽃의 꿀이 아니었군요"라며 중얼거렸다.

드라 짱은 고기를 무척 좋아하는 것 같거든요.

엘랑드 씨에게는 사발과 비슷한 나무 그릇에 쇠고기 덮밥을 담아서 주었다.

"그 가운데 있는 달걀을 숟가락으로 풀어서 드셔보세요."

"예, 그럼……."

엘랑드 씨는 내가 말한 대로 일본식 수란을 깨드려서 푼 다음, 덮밥을 떠서 입에 넣었다.

쇠고기 덮밥을 한 입 먹은 엘랑드 씨는 눈을 크게 뜨더니, 이어 기세 좋게 허겁지겁 먹기 시작했다.

맛없지는 않다는 뜻이겠지? 다행이다.

나도 쇠고기 덮밥을 먹기 시작했다.

『한 그릇 더 다오.』

『더 주세요~.』

페르와 스이는 더 달란 말이지.

"저기, 저도 한 그릇 더 주실 수 있을까요……?"

엘랑드 씨도 추가인 겁니까?

드라 짱은 배가 가득 찬 모양이었다.

그렇다고는 해도, 그 접시 하나는 내 덮밥의 약 두 배 정도 되는 양이란 말이지.

밥을 다 먹고 난 후, 페르가 엘랑드 씨를 향해 말을 걸었다.

『너도 이걸로 알았을 테지. 지금 이 녀석의 밥과 동등하거나 그 이상의 것을 내놓지 않는 한, 네 사역마가 될 녀석은 없을 게다.』

"크읏………… 오랜 시간 살아오며 다양한 것들을 먹었습니다만, 방금 식사는 제가 지금까지 먹었던 것 중에서 제일 맛있었습니다. 이 정도의 음식을 만든다는 건, 제게는 무리입니다……."

엘랑드 씨가 풀이 죽어 축 늘어졌다.

지금까지 먹었던 것 중에서 제일 맛있다니, 고작 쇠고기 덮밥일 뿐인데.

…………아, 조미료.

내게는 인터넷 슈퍼가 있어서 일본의 조미료를 마음껏 쓸 수 있지만, 이 세계는 조미료라고 해봐야 거의 소금뿐이었다. 후추는 있지만, 비싸다.

그렇다면 제일 맛있다는 말도 납득이 간다. 간장이나 맛술이나 맛국물 같은 감칠맛 성분을 아낌없이 썼으니까.

"저기, 뭐, 기운 내세요."

무슨 말을 하면 좋을지 몰라 적당히 그렇게 말을 걸자, 엘랑드 씨가 휙 고개를 들었다.

"그렇습니다. 저에게는 아직 희망이 있습니다! 무코다 씨, 카레리나의 길드 마스터에게 이야기는 들었습니다. 그걸 꺼내주십시오."

응? 그거라니, 뭐지?

"그겁니다, 어스 드래곤(지룡)!"

아, 그러고 보니 그런 게 있었지.

하아, 이거 언제 끝나는 거야?

◇ ◇ ◇ ◇ ◇ ◇

자, 이쪽으로, 라며 데리고 간 곳은 이제 익숙한 창고다.

이곳 길드도 지금까지의 길드들과 비슷한 느낌이지만, 큰 도시인 만큼 그 크기가 한층 더 컸다. 그 창고 한쪽에 커다란 작업대가 놓여 있었다.

"자자, 이쪽에 꺼내주십시오."

그렇게 말하며 엘랑드 씨가 통통 작업대를 두드렸다.

"어스 드래곤 이야기를 듣고, 바로 설비를 모아서 준비를 하고 기다리고 있었습니다. 피 한 방울도 허투루 하지 않겠습니다. 신중하면서도 신속하게 해체하도록 하겠습니다. 저, 해체 실력에는 좀 자신이 있는지라."

뭐? 해체 실력에는 좀 자신이 있다니, 길드 마스터가 직접 해체할 셈인 거야?

"엘랑드 씨가 직접 해체하시는 겁니까?"

"당연하지요! 이런 좋은 일거리를 다른 사람에게 양보하다니, 생각할 수 없는 일입니다! 어스 드래곤의 해체란 말입니다!"

아, 네에, 그러십니까.

드래곤 광이라는 엘랑드 씨한테는 좋은 일이라고 할까, 군침이 줄줄 흐를 정도로 탐나는 일일 테지.

"이전 드래곤 토벌이 있었던 것이 238년 전, 그때도 사실은 토벌대에 참가하고 싶었습니다만, 사정이 있어 하지 못했습니다.

그렇다면 해체만이라도 하게 해달라고 몇 번이고 몇 번이고 사정했습니다만, 결국은 하게 해주지를 않았습니다. 당시는 저도 B랭크 모험가에 불과했으니까요. 그렇다면, 하는 마음으로 S랭크 모험가까지 올라갔습니다만, 드래곤 토벌이 진행되는 일은 없었습니다. 아무리 장수종인 엘프라고 해도 나이에는 이길 수가 없습니다. 모험가를 은퇴하기는 했습니다만, 저는 포기하지 않았습니다. 모험가 길드에 있으면 언젠가 드래곤을 이 손으로 만질 수 있는 날이 올 거라 믿으며 길드 마스터 자리를 맡은 지 32년. 드디어, 드디어 저는……."

아, 저기, 엘랑드 씨?

이 사람, 자기 이야기를 시작해버렸는데? 뭔가 자신만의 세계에 빠진 것 같은데?

로돌포 씨가 말했던 대로, 나쁜 사람은 아니지만 좀 성가신 사람이네.

어서 어스 드래곤을 꺼내서 조용히 시켜볼까요?

나는 어스 드래곤을 아이템 박스에서 꺼내 작업대 위에 올려두었다.

"엘랑드 씨, 여기 있습니다."

"오옷, 오오오오오오오──옷!!!"

엘랑드 씨, 흥분이 지나친데.

"이, 이것이 어스 드래곤이로군요?! 아아, 아아, 길드 마스터의 자리에 오른 건 틀리지 않았어. 꿈에서도 그리던 드래곤, 그것이 지금 내 손에……. 이 드래곤을 속속들이 마음껏 즐길 수 있다니…… 정말 꿈만 같습니다."

뭐, 뭔가, 말투가 무서운데요.

그저 해체를 부탁했을 뿐인데 말이죠.

"저, 저기, 소재는 전부 돌려받을 수 있는 거지요?"

어쩐지 이 사람이 드래곤을 향해 품고 있는 사랑을 보고 있자면, 몰래 몇 개 슬쩍할 것 같은 느낌이 안 드는 것도 아닌지라.

"예, 아쉽지만 드래곤을 매입할 수 있을 정도의 예산이 없답니다. 정말로 아쉽습니다. 아, 제가 드래곤 소재를 슬쩍할까 걱정하시는 겁니까? 그거라면 걱정하실 것 없습니다. 그런 짓을 했다간 모험가 길드의 신용이 실추될 뿐만 아니라, 저 자신도 노예 신세가, 아니, 처형이 될 수도 있으니까요. 저도 목숨은 아깝습니다. 게다가 무코다 씨 일행이 있다는 것은 또 새로운 드래곤이 들어올 가능성도 크다는 뜻이니까요. 그런 상황에서 눈앞에 놓인 것에 사로잡혀 새로운 드래곤과의 만남을 놓치는 짓은 어리석기 그지없는 일입니다."

그, 그렇습니까.

일단 슬쩍할 걱정은 없는 모양이다.

"아니, 잠깐. 전부 매입하는 건 무리라도, 일부라면……. 무코다 씨, 전부 매입하는 건 무리지만, 일부라면 어떻게든 되리라고 생각합니다. 일부라도 팔아주실 수 있겠습니까?"

역시 드래곤을 갖고 싶은 거군.

나로서는 일부만이라도 매입해주면 감사한 일이지.

"네, 좋습니다. 그래서 어떤 부분을 원하시나요? 고기만큼은

제가 전부 받아가고 싶습니다만."

고기만은 줄 수 없어. 그런 짓을 했다간 페르한테 혼날 거야.

어스 드래곤 고기는 맛있다는 모양이니까.

"피는 확실하게 갖고 싶고, 다음은 이빨, 아니 간도 버리기 어려운데…… 어느 쪽이든 전부는 살 수 없으니까, 원하는 종류를 조금씩, 이라는 방법도 괜찮으려나. 으음, 조금 더 생각할 시간을 주십시오. 고기는 너무 비싸서 살 수 없으니 당연히 전부 돌려드릴 겁니다."

"다행입니다. 어스 드래곤 고기는 맛이 좋은 모양이라, 전부 돌려받지 않으면 분명 페르한테 혼날 테니까요. 그리고 길드에서 매입할 분에 관한 것 말인데, 해체가 끝나서 받으러 올 때까지 무얼 매입할지 정해주십시오."

"…………어스 드래곤이, 맛 좋다고요? 어스 드래곤을 먹는 겁니까?!"

엘랑드 씨가 몸을 쑥 내밀며 그렇게 물었다.

"네, 네에, 그럴 생각입니다만."

내가 그렇게 대꾸하자, 작업대를 사이에 두고 반대쪽에 있던 엘랑드 씨가 다다다다 잰 걸음으로 움직여 내 앞에 서더니 내 손을 꼭 잡았다.

"부디, 제발 부디, 저에게도 어스 드래곤을 먹게 해주십시오오. 돈은 내겠습니다. 제 전 재산을 바쳐서라도 지불할 테니, 제발, 부디."

에, 엘랑드 씨, 그렇게 필사적으로 말하지 않으셔도 드시게 해드릴 테니까요.

전 재산을 바친다든가, 그런 건 그만둬 주세요.

"아, 알았으니까, 좀 진정하세요."

그렇게 말하자 엘랑드 씨는 "고맙습니다. 고맙습니다"라며 잡고 있던 내 손을 붕붕 흔들었다.

그 후, 엘랑드 씨는 "하아, 어스 드래곤……" 하고 황홀한 듯 중얼거리며 어스 드래곤을 쓰다듬었다.

뭔가 당장에라도 볼을 대고 비비적거릴 것 같습니다만…….

이 사람 무서워요.

엘랑드 씨의 그 모습을 보고 지금까지 남의 일인 양 모르는 척하던 페르도『이 녀석, 괜찮은 게냐?』라는 말을 했고, 드라 짱도『인간 도시에는 별난 녀석이 다 있구나』라는 말을 했다.

이런 사람들만 있는 건 아니라고. 엘랑드 씨가 유별나게 이상한 사람인 거라고.

"그래서, 해체는 언제쯤 끝날까요?"

"으음, 그렇군요. 구석구석까지 찬찬히 확인하고 싶으니, 사흘은 필요합니다."

구석구석까지 찬찬히라니, 말투가 뭔가 무서워.

아무튼, 사흘 후인 거군요.

"그럼 사흘 후에 다시 오겠습니다. 아, 참. 맞다. 이 마을에서 맡아야 할 의뢰 같은 건 없는 건가요?"

"아, 그건 괜찮습니다. 이곳은 던전 도시인지라, 모험가도 많거든요."

과연, 그렇구나. 던전을 목적으로 하는 모험가도 많을 테고, 높은 랭크의 모험가들도 상주하고 있을 것 같다.

그리고 사역마와 함께 묵을 수 있는 숙소를 물었더니, 엘랑드 씨가 부디 자신의 집에서 묵어달라는 말을 했다. 그 제안은 정중하게 거절했다. 아무래도 엘랑드 씨와 24시간 계속 함께인 건 사양하고 싶다. 나쁜 사람은 아닌 것 같지만, 너무 성가시다고.

사역마와 함께 묵을 수 있는 숙소로 '미궁 도시의 여관'이라는, 그냥 사실을 그대로 쓴 이름의 숙소를 추천받았다.

그리고 어스 드래곤을 길드에 가져와 준 감사의 뜻으로, 고맙게도 숙박비는 길드가 내준다고 한다.

숙소의 위치와 내일부터 던전에 들어갈 것 같으니 던전의 위치를 묻고, 길드를 뒤로했다.

◇ ◇ ◇ ◇ ◇

엘랑드 씨가 알려준 숙소 '미궁 도시의 여관'에 묵기로 하고, 그 안뜰에서 다 함께 식사를 했다.

그리고 페르와 드라 짱은 축사에서 자기로 했는데, 이불을 까는 페르를 본 드라 짱이 『나도 전용 이불이 갖고 싶어』라는 말을 꺼낸지라, 드라 짱 전용 이불을 사주었다. 드라 짱은 작으니까 하나면 충분했다.

나와 스이는 숙소 안쪽 방으로 향했다.

침대 위에 내 전용 이불을 깔았더니 스이가 곧장 이불 속으로

55

파고들었다.

나로 말할 것 같으면, 해야만 할 일이 있었기 때문에 아직 잘 수 없다. 여신님들에게 공물(제물)을 바쳐야 한다.

조금 늦어졌으니, 뭔가 투덜투덜 불만을 늘어놓을 것 같아서 싫지만, 안 할 수도 없는 일이다.

더 늦어지면 늦어지는 대로 저쪽에서 뭔가 말을 걸어올 테니까.

그럼, 연락해볼까요.

"아, 여신님들 계십니까?"

『늦다! 늦느니라!! 자네, 잊고 있었던 게냐!』

닌릴 님(유감 여신)인가.

으음, 부정할 수 없네.

『정말이라니까~, 우리 목을 길게 빼고 기다리고 있었단 말이야. 늦어진 건 계약 위반이야. 사과의 뜻이 필요하겠는데.』

크으…… 아픈 곳을 찌르다니.

키샤르 님은 꽤 빈틈이 없군.

『그래, 맞다. 사과의 표시를 요구한다.』

아그니 님이 편승하셨다.

『……약속 위반.』

루카 님, 평범하게 찔리니까 평소처럼 아무 말 없이 계셔주세요.

뭐, 약속 위반이라는 말을 들으면 찍소리도 할 수 없으니 말이야.

"아, 네네. 늦어서 죄송합니다. 그 대신이라고 하기는 뭐하지만, 평소 은화 세 닢이었던 걸, 이번에는 사죄의 뜻으로 은화 네 닢으로 하겠습니다. 그걸로 좀 봐주세요."

『그래. 그거라면 용서하마.』

『은화 네 닢이라. 그거면 됐어~.』

『오오, 은화 네 닢인가. 그렇다면 평소보다 여러 가지 것들을 받을 수 있겠군.』

『……용서할게.』

은화 네 닢으로 바로 용서받았어. 여신님들 꽤 무를지도.

"그럼, 원하시는 걸 말씀해주세요. 평소처럼 닌릴 님부터 할까요?"

『그래. 이 몸부터니라. 이 몸이 바라는 건 평소와 마찬가지로, 단것이니라. 도라야키 많이, 그리고 이번에는 케이크와 푸딩도 원하느니라. 다음은, 톡톡 튀는 단 음료니라.』

인터넷 슈퍼에서 닌릴 님이 바라시는 것들을 은화 네 닢에 맞춰 카트에 넣었다.

도라야키 많이, 케이크, 푸딩, 콜라, 사이다, 그리고 양과자와 화과자를 여러 가지, 나머지는 과자 종류를 적당히 골랐다.

"다음은 키샤르 님인가요?"

『그래, 맞아. 샴푸랑 트리트먼트랑 헤어마스크는 전에 받았던 게 아직 남아 있으니까 됐어. 그것 말고, 다른 미용 관련 물건 중에 괜찮은 게 없을까?』

"미용 관련 제품이요?"

미용 제품이라고 하면, 바로 떠오르는 건 세안제나 화장품이려나?

"어디, 미용 제품이라면 세안제랑 스킨로션 같은 건 어떨까요?"

『뭐? 그게 뭔데?』

키샤르 님이 낚였다.

"그보다, 이 세계에는 없는 건가요? 얼굴 피부를 촉촉하게 해 주는 거."

이야기를 들어보니, 화장수 같은 건 존재하지 않는다고 한다.

얼굴에 바르는 것은 건조 대책으로 올리브 오일을 정제한 게 전부인 모양이다. 그 올리브 오일을 정제한 것도 비싸서, 결국은 아무런 손질도 하지 않는 것이 일반적이란다.

전부터 생각한 건데, 키샤르 님은 미용 관련 제품을 갖고 싶어 하시는데, 신에게 그런 게 필요한 거야? 신이라고 하면, 신의 힘으로 언제나 예쁘게 관리된다든가 그런 게 아닐까 생각했는데.

"쭉 의아하게 생각했었는데, 신에게 머리카락이라든가 피부 손질 같은 게 필요한가요? 그런 건 늘 예쁘게 유지되는 거 아닌가요?"

신경 쓰였던 것을 키샤르 님에게 물어보았더니 맹렬한 기세로 부정당했다.

『무슨 소릴 하는 거야?! 우리도 이 신계에 있을 때는 사람과 그다지 다르지 않다고. 지상에 큰 영향을 줄 수 있는 힘은 갖고 있지만, 신들이 모인 신계에서는 그런 것쯤 다들 갖고 있는 거라고. 우리도 여기에 있으면 배도 고프고 졸리기도 하고, 나이도 먹는단 말이야. 그야 인간에 비하면 수명은 상당히 길고, 아프거나 하진 않지만, 그 이외에는 사람과 그다지 다르지 않아.』

과연, 그렇군.

이 세계의 신이란 그런 느낌이구나.

하지만 뭐, 완전무결하지 않다는 점이 오히려 친근감이 드네.

"그런 거였군요. 그렇다면 세안제나 스킨로션이 좋을지도 모르 겠네요. 키샤르 님의 피부 고민은 뭔가요? 거기에 맞춰서 골라보 겠습니다."

『역시 건조한 거려나~. 정제한 올리브 오일도 구해서 쓰고 있 기는 한데, 특히 눈가가 건조해.』

흐음 흐음, 그렇군.

인터넷 슈퍼의 스킨케어 제품을 살펴보았다.

거기서 눈에 띈 것이 히알루론산과 콜라겐 배합인가 하는 촉촉 한 타입의 스킨과 로션으로 각각 은화 한 닢, 건조한 게 신경 쓰 인다고 했으니까 같은 시리즈의 제품 중에서 은화 한 닢과 동화 다섯 닢인 크림을 골랐다.

남은 동화 다섯 닢으로는 튜브에 들어 있는 클렌징 폼을 구입 했다.

"다음은 아그니 님이시죠?"

『그래, 나는 말이지, 전과 같은 술『으하하하, 드디어 꼬리를 잡 았다.』……으앗, 어, 어, 어째서 너희들이 여기에 있는 거야!』

아그니 님이 이야기하던 도중에 남자 목소리가 들려왔다.

『으아악, 어, 어, 어째서 네놈들이 있는 게냐?』

『마, 맞아~. 설마, 아그니가?』

『아, 아니야. 이 녀석들에게 뭘 가르쳐줄 리 없잖아!』

『술 냄새를 맡은 거야.』

루카 님의 그 한마디로 납득했는지, 여신님들이 『그러니까 술은 안 된다고 했지 않느냐』라든가, 『역시 술은 안 되는 거였어~』라든가, 『나도 이세계 술 마시고 싶었다고』라든가 하며 와와, 꺅꺅 말다툼을 시작했다.

『어디 어디. 과연. 너는 이세계에서 소환된 자인가. 그래서, 흠흠, 이세계에서 물건을 가져올 수 있는 스킬을 가진 건가. 그중에는 술도 있다고…… 좋아, 대장장이 신이여, 우리도 이세계의 술을 잔뜩 마실 수 있을 것 같아.』

『으하하하하하. 그러하구먼, 전쟁의 신이여. 우리들은 운이 좋군그래.』

『그러게 말이야.』

『으하하하하하하.』

『으하하하하하하.』

『『으하하하하하하.』』

뭐, 뭔가 굵직한 웃음소리가 불길한 예감을 느끼게 하는데…….

『시끄러운 여신 녀석들은 무시하고, 우선 자기소개부터 하도록 할까? 나는 대장장이 신 헤파이스토스이니라.』

『그리고 나는 전쟁의 신 바하근이다.』

아아~ 여신들이 경계하던 술 좋아하는 신들인가.

결국 들켰나 보군.

『자네, 이 녀석들에게 공물을 바치고 있는가 보다만, 우리에게도 부탁한다. 물론 술이니라.』

『그래 그래. 이세계 술을 잔뜩 부탁한다.』

잠깐, 무슨 제멋대로인 소리를 하고 있는 겁니까? 이 사람(신)들은.

『이런, 너희들은 무엇을 멋대로 주문하고 있는 게냐. 우리도 공짜로 공물을 받고 있는 것이 아니니라!』

『맞아~, 우리는 제대로 가호를 내려주고서 그 답례로 일주일에 한 번씩 이렇게 공물을 받고 있는 거라고.』

『그렇다! 아무것도 하지 않은 너희들이 공물을 받다니, 안 될 일이야.』

『……둘 다, 안 돼.』

대장장이 신과 전쟁의 신이 제멋대로인 말을 꺼내자, 여신들도 와와 소란을 피우던 것을 중단하고 제각기 그렇게 말했다.

『호오, 그렇다는 건 우리도 이세계인에게 가호를 내리면 술을 받을 수 있다는 뜻이로군. 그렇지? 대장장이 신이여.』

『그러한가 보군. 전쟁의 신. 그럼 나도 가호를.』

위, 위험해.

엄청나게 고집 세 보이는 이 두 사람한테서 가호를 받으면, 매일같이 술을 보내라고 할 것 같아.

"자, 자, 잠깐, 가, 가호는 이제 필요 없습니다!"

『뭐라~ 이 몸의 가호를 받을 수 없다고?! 이 천벌 받을 놈!! 천벌이다, 천벌을 내리겠다!!!』

끄아, 엄청 열 받았어.

"죄, 죄송합니다! 마, 말투가 안 좋았습니다. 저, 저는 괜찮으니까, 제 사역마, 그러니까, 여기 이 슬라임에게 대장장이 신님의 가호를 내려주십시오."

이불 속에서 자고 있던 스이를 가리키며 순간적으로 그렇게 말
했다.

미, 미안, 스이…….

『으음, 과연. 그런 것인가. 그래, 알았다. 그 슬라임에게 나의
가호를 내리마. 좋아, 됐다.』

『다음은 내 차례로군. 그래서 가호를 받는 건 사역마인가?』

대장장이 신의 가호는 받고, 전쟁의 신의 가호는 받지 않겠다
는 건 안 되겠지?

전쟁의 신의 가호라니, 뭔가 제일 위험한 가호일 것 같은데. 전
쟁의 신의 가호 같은 건 나랑 전혀 안 어울릴 것 같기도 하고. 이
러쿵저러쿵해도 나로서는 제대로 쓰지 못할 것 같다고. 지나친
힘은 몸을 망친다잖아.

이건 가호가 없는 드라 짱에게 받게 해야겠어.

"그, 그렇다면 사역마인 픽시 드래곤에게……."

『알았다. 응? 사역마에 펜리르도 있는 건가? 그렇다면 내 가호
와 상성이 좋아 보이니 픽시 드래곤과 펜리르에게 내려주지.』

아…… 페르랑 드라 짱이 전쟁의 신에게서 가호를 받고 말았
어. 괜찮을까? 페르, 전쟁의 신의 가호 같은 위험한 걸 받아서 지
금까지보다 더 싸우기 좋아하게 되면 어쩌지?

『으하하하하, 위험한 가호라니, 위험하다면 위험할지도 모르겠
군. 내 가호는 싸우기 시작하면 스테이터스 전부에 50퍼센트의
부스터가 걸리니까 말이야. 뭐, 약간 호전적이 되기는 하지.』

전쟁의 신님, 가호를 내린 다음에 그런 말은 하지 말아주세요.

5, 50퍼센트라니, 위험하잖아. 인터넷 슈퍼(이세계)의 식재료 같은 게 문제가 아니라고.

『자, 그런고로. 가호를 내렸으니 술이다.』

『그래. 술이다, 술을 가져와.』

이 두 사람, 질이 너무 안 좋은데요…….

『너희들, 뭘 멋대로 주문을 내리는 것이냐. 제멋대로 구는 건 이 몸이 용서하지 않는다. 이세계인에게서 공물을 받는 데는 여러 규칙이 있느니라.』

『맞아. 모두 공평하게, 한 사람당 은화 세 닢까지라는 규칙이 있단 말이야.』

『그렇다고. 한 사람만 더 받거나 하는 건 안 돼. 그리고 그런 얼토당토않은 소리를 하면, 이세계인에게서 공물을 받을 수 없게 된다.』

『떼쓰면 안 돼. 한 사람당 은화 세 닢까지.』

여신님들, 잘 알고 계시군요.

누구 한 사람을 특별대우하면 다툼의 씨앗이 되니까 말이야.

그 점은 확실히 할 거야.

"헤파이스토스 님, 그리고 바하근 님. 그런 겁니다. 공평을 기하기 위해 한 사람당 은화 세 닢은 양보할 수 없습니다. 오늘은, 일주일에 한 번이라는 약속이 늦어지는 바람에 한 사람당 은화 네 닢이 되겠지만."

『쳇, 어쩔 수 없군. 오늘은 은화 네 닢이라고? 그렇다면 이세계의 술을 여러 종류 부탁한다. 우선 마셔보지 않으면 알 수 없으니까.』

『나도 헤파이스토스와 마찬가지로 여러 종류의 술이다. 은화 네 닢에 딱 맞게, 가능한 한 많이 부탁한다.』

여신님들이 경계할 정도로 술을 좋아하는 헤파이스토스 님과 바하근 님은 역시 술인가.

『그렇다면 나도 같은 걸 부탁한다. 지난번 것도 맛있었지만, 역시 다양한 종류를 마셔보고 싶거든.』

아그니 님도 편승한 건가.

『하아~ 한 병만이라고 말하고 싶다만, 이 둘이 있으니, 한 병이라 말해봐야 의미가 없겠구나.』

『그러네. 이 둘한테는 들키고 싶지 않았는데…….』

『이 둘, 냄새 너무 잘 맡아.』

여신님들도 포기했구나. 이 둘은 대체 얼마나 술을 좋아하는 거야?

어쩔 수 없이 헤파이스토스 님과 바하근 님과 아그니 님 몫의 술을 골랐다.

다양한 술이라고 했으니, 우선은 캔 맥주.

깔끔하다고 정평이 난 드라이 맥주에 프리미엄 맥주, 그리고 흑맥주를 각각 하나씩 담으면 되겠지? 가격은 각각 동화 두 닢이다.

그리고 일본 술 특선 청주 720밀리리터 한 병이 은화 한 닢. 다음은 은화 한 닢인 위스키 700밀리리터 한 병과 은화 한 닢인 브랜디 640밀리리터 한 병을 카트에 담았다. 그리고 남은 동화 네 닢으로 살 수 있는 저렴한 가격의 스페인산 레드 와인을 골랐다.

그걸 세 명분 구입.

"마지막은 루카 님이시죠?"

『전하고 같아. 과자랑 밥. 밥 많이.』

예이예이.

뭐가 있을까…… 아, 쇠고기 덮밥이 있으니까, 그거네. 가게에서 먹는 경우와 인터넷 슈퍼의 가격을 참고로 하면, 으음, 어디, 이건 곱빼기로 동화 다섯 닢이면 되려나?

다음은 군만두가 있었을 텐데…… 있다. 군만두는 열두 개에 은화 다섯 닢이면 되겠지.

다음은 인터넷 슈퍼에서 반찬 종류를 사면 되려나? 아, 꼬치 모둠 같은 것도 있네. 이거랑, 다음은 닭다리 튀긴 것과 다랑어 파 조림, 간, 고기 경단을 각각 두 개 씩. 그리고 타츠타아게(고기, 생선 등을 밑간하여 튀긴 음식)를 골랐다.

남은 건 평소처럼 식빵과 과자 종류를 구입.

좋아, 이걸로 됐다.

제각각 바라는 물건을 종이 상자 제단에 올려두었다.

대장장이 신과 전쟁의 신이 늘었기 때문에 종이 상자 제단도 여섯 개로 늘어났다.

"맞다, 키샤르 님에게는 사용법을 설명해드리겠습니다. 이쪽 보이시죠?"

『그래, 잘 보여~.』

"클렌징 폼은 이 정도를 짜서 물이나 미지근한 물로 거품을 낸 다음 얼굴을 씻어주시면 됩니다. 거품은 깨끗하게 씻어내셔야 하고요. 세수를 마치고 물기를 닦아낸 다음에는 이 스킨입니다. 손에 은화 한 닢 정도의 양을 따르고, 이렇게 조심스럽게 얼굴에 발라주세요. 심하게 건조할 때는 여러 번 발라도 좋습니다. 스킨 다음은 이 로션입니다. 스킨보다 약간 적은 양을 마찬가지로 발라줍니다. 이것도 건조가 심할 때는 여러 번 발라주세요. 다음은 이 크림인데, 로션을 발라도 심하게 건조할 때 새끼손가락 끝 정도의 양을 바르시면 됩니다. 그리고 밤에 특별히 관리할 때는 조금 양을 늘려서 바르고 자면 좋다고 합니다."

클렌징 폼과 스킨로션과 크림의 사양법과 사용량을 패키지 뒤에 쓰여 있는 사용법을 보면서 설명했다.

"아 참, 헤파이스토스 님과 바하근 님과 아그니 님께도 설명을 해드리겠습니다. 이거랑 이건 도수가 세니까 주의해주십시오."

위스키와 브랜디 병을 들어 보이며 설명했다.

"그리고 이건 그대로 잔에 따라 마십니다. 이쪽 건 잔에 얼음을 넣어서 마시거나, 혹은 물을 섞어도 맛있습니다."

『그래, 알았어. 도수가 센 건 대 환영이야.』

『그렇지. 이제부터 맛볼 게 기대되는데.』

『전쟁의 신이여, 오늘은 연회다.』

『그럼, 당연하지.』

헤파이스토스 님과 바하근 님은 벌써부터 술 마실 얘기를 하고 있군.

"그럼 여러분이 바라시던 물건입니다. 부디 받아주십시오."

종이 상자 제단의 물건들이 사라져간다.

물건들이 사라진 다음, 꺅꺅 소란스런 여신들의 목소리와 남신들의 굵은 목소리가 들려왔다.

하아, 뭐가 뭔지 모르겠지만 신이 늘었어. 대장장이 신도 전쟁의 신도 뭔가 무서워서 거절하지 못했다고.

어쩐지 오늘은 훨씬 더 지쳤어.

대장장이 신과 전쟁의 신의 가호가 생긴 페르와 스이와 드라 짱의 스테이터스도 신경 쓰이지만, 지쳤으니까 오늘은 그만 자도록 하자.

내일 확인해야지.

나와 카논과 리오, 그리고 우리에게 붙여준 기사 셋은 던전 앞에 서 있었다.

　그 후로 일주일에 걸쳐서 검과 창과 마법 등의 기초를 배웠다.

　그리고 기사단장이 말한 대로 모험가로 등록했다.

　지금부터는 레벨 업을 해나가기로 했는데, 레벨 업을 하는 데 가장 적당한 곳은 던전이라고 한다.

　던전이라니, 게임 같아서 두근두근한다.

　"그럼 들어가 볼까요?"

　레너드가 그렇게 말했고, 우리는 입구 앞에 죽 늘어선 모험가들을 지나쳐서 던전 입구로 향했다.

　아무튼 세 사람은 국가 기사단 소속이고, 우리도 국빈 대우를 받고 있으니, 우선시되는 것은 당연하다고 한다. 모험가들을 신경 쓸 필요는 없는 모양이다.

　줄을 선 사람들을 지나쳐 먼저 들어가다니 어쩐지 미안하다 싶기도 했지만, 기다리지 않고 바로 들어갈 수 있다고 한다면 그건 그것대로 러키다.

　긴 줄을 서서 기다리는 건 지루하니까 말이지.

　얼른 던전에 들어가 보고 싶잖아.

　"저기, 이래도 괜찮은 걸까?"

　리오가 그런 말을 꺼냈다.

"괜찮아. 그도 그럴 게, 기사님들이 괜찮다고 했잖아."

"카논 말대로야. 우리도 억지로 무리하게 들어가겠다고 한 게 아니니까."

"그런 걸까?"

"그런 것보다, 얼른 가자. 기사님들이 기다리고 있어."

"그래, 맞아."

"응, 알았어."

리오는 조금 떨떠름해했지만, 최종적으로는 따라와 주었다.

"여러분, 준비되셨습니까?"

"""네."""

"오늘은 첫 던전이니, 적응을 목표로 하겠습니다. 우선은 갈 수 있는 곳까지 가볼까 합니다. 제가 전이 마석을 가지고 있으니 돌아오는 건 걱정하지 않아도 됩니다. 마음껏 싸워주십시오."

레너드 씨가 그렇게 말했다.

전이 마석이라는 것은 그 이름대로 전이할 수 있는 아이템이란다.

이야기에 따르면 던전의 10층마다 있는 보스를 쓰러뜨리면 드물게 나오는 아이템이라고 한다.

무척이나 귀중한 물건이지만, 이번에는 우리 용사들을 위해 나라에서 빌려주었다는 모양이다.

그만큼 기대하고 있다는 의미이리라.

열심히 해야지.

1층째는 슬라임, 2층째는 자이언트 래트, 3층째는 그레이 울프였다.

여기까지는 어려움 없이 나아왔다.

3층의 그레이 울프는 움직임이 빨라서 처음에는 애를 먹었지만, 익숙해지니 어렵지 않게 쓰러뜨릴 수 있었다.

4층째는 고블린이었다. 사람 형태를 한 몬스터에 카논도 리오도 꺼려했고, 나도 약간, 뭐라고 할까, 기피감 같은 것이 느껴졌지만 쓰러뜨리지 않으면 공격해 오잖아.

공격해 오는 첫 한 마리를 쓰러뜨리고 나니 그런 감정도 사라졌다.

카논과 리오도 비슷한 느낌으로, 몬스터라고 결론지은 모양이다.

5층째는 고블린과 그레이 울프가 뒤섞여 있었다.

수가 많기는 했지만, 특별한 문제없이 격파했다.

이곳의 마지막 보스의 방(보스는 고블린 제너럴이었다)을 클리어하고, 처음으로 드롭 아이템이 나왔다.

별것 아닌 평범한 검이었지만, 게임 같아서 나와 카논과 리오는 들떴다.

뭐랄까, 이런 게 나오니 갑자기 의욕이 생긴다.

6층째에는 포이즌 스파이더라는 독이 있는 거미 몬스터가 있었다.

"이 몬스터한테는 이름 그대로 독이 있다. 이 층에 있는 몬스터라면 죽을 정도의 독은 갖고 있지 않겠지만, 물리면 10분은 움직일 수 없게 된다. 그렇게 되면 목숨을 잃을 수도 있지. 주의하도록."

아론이 미리 주의를 주었다.

몸길이가 50센티미터 정도 되는 커다란 거미로, 그 생김새에 카논과 리오는 꺅꺅 비명을 질렀다.

게다가 이 거미는 거미줄을 써서 천장에서 몰래 접근하는 경우도 있어 방심할 수가 없었다.

하지만, 여기서 마법이 도움이 되었다.

루이제 씨에게 이 거미는 불이 약점이라는 말을 들었고, 불 마법을 쓰라는 조언을 받았다.

"불타오르는 불의 구(球)여, 나의 적을 불태워라. 파이어 볼!"

훈련하며 배운 파이어 볼의 영창을 외면서 파이어 볼을 거미를 향해 쐈다.

키이 키이 아우성치며 거미가 불탔다.

"꽤 괜찮네요."

루이제에게 칭찬을 받고 갑자기 의욕이 솟구친 나는 계속해서 파이어 볼을 쐈다.

그런 느낌으로 6층도 불 마법 덕분에 어려움 없이 클리어.

7층째는 또다시 포이즌 스파이더였지만, 여기에는 그 상위종인 자이언트 포이즌 스파이더가 있다고 한다.

이 자이언트 포이즌 스파이더에 물리면 죽을 수도 있다는 말에 카논과 리오는 오들오들 떨었다.

나도 죽을 수도 있다는 말에 약간 겁을 먹었지만, 불 마법이 있으니까 괜찮을 거라고 생각하기로 했다.

7층은 6층보다 거미 수가 많아서, 여기저기 우글우글했다.

나는 파이어 볼을 구사해 그것들을 처리해갔다.

거미가 집중해 있는 곳에 파이어 볼을 날려 어느 정도 수를 줄이고, 그 다음 살아남은 것들을 다 함께 검과 창으로 베어갔다.

마지막 보스의 방에는 자이언트 포이즌 스파이더가 있었다.

정말 크다.

다리 끝까지 포함하면 2미터 정도는 되어 보였다.

자이언트 포이즌 스파이더의 주변에는 포이즌 스파이더가 바글바글했다.

"카이토, 저 녀석한테 파이어 애로를 쏴 날려."

루이제의 말을 듣고 퍼뜩 정신을 차렸다.

카논도 리오도 레너드와 아론에게 마법을 쏘라는 말을 듣고 있는 모양이었다.

아무튼, 내가 저 커다란 놈을 쓰러뜨리겠어.

"사나운 불꽃의 불 화살이여, 내 적을 꿰뚫어라. 파이어 애로!"

내가 쏜 파이어 애로가 자이언트 포이즌 스파이더에 명중했고, 커다란 놈이 폭발해 흩어졌다.

카논과 리오가 쏜 파이어 볼도 주변의 거미들을 불태웠다.

"됐어!"

""해냈다!""

우리가 기뻐하고 있으려니 "아직 끝나지 않았어"라는 엄중한 목소리가 들려왔다.

주변을 살펴 확인해보니 살아남은 포이즌 스파이더가 있었다.

우리는 정신을 다잡고 살아남은 거미들을 베어버렸다.

거미들이 사라진 다음에는 실 뭉치가 남아 있었다.

검정해보니 【자이언트 포이즌 스파이더의 실】이라고 나왔다.

"이건 자이언트 포이즌 스파이더를 쓰러뜨린 카이토에게."

그렇게 말하며 루이제가 실을 주었다.

"좋아, 7층째 클리어다. 오늘은 이쯤에서 돌아가지."

이리하여 우리는 지상으로 돌아왔다.

왕궁에 돌아와 감정의 마도구로 스테이터스를 확인받았다.

【이름】카이토 사이토

【나이】17

【직업】이세계에서 온 용사

【레벨】5

【체력】926

【마력】882

【공격력】891

【방어력】867

【민첩성】860

【스킬】감정, 아이템 박스, 성검술, 불 마법, 물 마법, 흙 마법, 바람 마법, 빛 마법, 번개 마법, 얼음 마법

레벨 5로 레벨 업 했다. 아자!

카논과 리오도 레벨 5가 되었다.

나는 앞으로 점점 강해질 거다.

그리고 루이제에게…….

◇ ◇ ◇ ◇ ◇

"어떻게 생각해?"

"뭐, 첫 던전이니까. 그런 것치고는 그럭저럭이라고 해야 하려나."

"그러네. 첫 던전인 것치고는 괜찮았다고 생각해."

"카이토의 불 마법은 꽤 좋았지만, 카논과 리오는 조금 더 훈련이 필요할지도 모르겠어."

"그래. 곧바로 마법을 쏘지 못하는 건 위험해."

"검과 창도 일주일 배운 것치고는 잘한 셈이지만, 용사라는 칭호와 스킬이 있으니까 조금 더 실력이 늘었으면 좋겠어."

"그 말대로야."

"역시 던전은 좀 일렀던 걸까?"

"그렇지는 않다고 보지만, 이대로는 더 아래층으로 내려가면 고전하는 일도 생길지 몰라."

"그래. 내일부터는 일단 던전에 들어가는 건 중지하고, 마법과 검과 창 훈련에 집중하는 편이 좋을지도 모르겠어."

"그러네. 위에서는 서두르라고 재촉하지만, 무리하다 다치기라도 하면 곤란해지는 건 우리니까."

"맞아. 그래도 오늘 하루 던전에 들어간 것만으로 레벨 5가 된 건, 역시 용사라고 해야 하려나."

"그런고로 페르와 드라 짱에게는 전쟁의 신 바하근 님의 가호가 내려졌고, 스이에게는 대장장이 신 헤파이스토스 님의 가호가 붙었어."

아침밥을 먹은 다음, 페르와 스이와 드라 짱에게 어젯밤의 일을 이야기했다.

뭐, 솔직히 말해서 내가 떠넘긴 거였지만. 내가 갖고 있어봐야 소용이 없으니까 말이지.

가호(소)라도 나한테는 아주 큰 도움이 되니까, 지금 있는 걸로도 충분하다고.

이 이상 받아본들 제대로 잘 쓸 수 있을 것 같지가 않아.

전쟁의 신의 가호를 받아도 나는 싸움 같은 건 하고 싶지 않고 말이야.

그야 목숨이 걸린 문제라면 싸우겠지만, 그런 거친 일은 기본적으로 페르한테 맡겨두면 어떻게든 되잖아.

게다가 스이랑 드라 짱까지 있으니까.

그러니까 나 말고 이 애들이 가호를 받는 편이 훨씬 전력 상승에 도움이 된다는 말이야.

대장장이 신의 가호도, 나는 대장장이 일 같은 건 해본 적도 없다고. 그렇게 솜씨가 좋은 편도 아니고.

그때는 반사적으로 스이 이름을 말했던 거지만, 의외로 뭐든 해내는 스이에게 받게 한 건 정답이었을지도 모르겠다 싶거든.

『진짜야? 전쟁의 신의 가호라니, 엄청 멋지잖아, 아자!』

드라 짱은 가호에 관해 듣고 무척 기뻐했다. 기쁜 나머지 묘기 비행을 하고 있다.

『전쟁의 신의 가호인가. 꽤 괜찮구나. 자네, 잘했다.』

페르도 전쟁의 신의 가호라는 말에 싫지는 않은 듯했다.

『대장장이 신님의 가호? 물의 여신님한테 가호를 받았을 때는 물 마법을 할 수 있게 됐었는데, 이번에는 뭘 할 수 있게 됐을까?』

스이도 새롭게 무얼 할 수 있게 되었는지 흥미진진한 모양이었다.

"일단, 모두를 감정해서 가호를 확인할게."

우선은 페르부터다.

【이름】페르
【나이】1014
【종족】펜리르
【레벨】910
【체력】9877
【마력】9523
【공격력】9106
【방어력】9807
【민첩성】9726

【스킬】 바람 마법, 불 마법, 물 마법, 흙 마법, 얼음 마법, 번개 마법, 신성 마법, 결계 마법, 발톱 베기, 신체 강화, 물리 공격 내성, 마법 공격 내성, 마력 소비 경감, 감정, 전투 강화

【가호】 바람의 여신 닌릴의 가호, 전쟁의 신 바하근의 가호

바하근 님의 가호가 붙었군.

스킬에 전투 강화라는 위험한 스킬이 새로 생겼어.

……어라? 수치가 미묘하게 올라간 것 같지 않아?

"저기, 페르. 레벨 오른 거 아냐?"

『눈치챘나. 레벨은 높아지면 높아질수록 올리기 힘들어지는 법이다. 최근 몇 년 동안은 올라갈 기미조차 없었다만, 자네와 사역 계약을 맺은 후로는 레벨이 4나 올랐다. 맛있는 밥을 먹을 수 있는 데다, 이런 효과까지. 자네와 사역 계약을 맺은 것은 틀리지 않았다.』

레벨이 올랐다는 것을 확인한 페르도 기분이 좋아 보였다.

그나저나 이 스테이터스 수치는 대단하네.

절대 상대가 안 될 것 같아.

페르가 우리 편이라 정말 다행이야.

다음은 드라 짱의 스테이터스를 확인해볼까.

【이름】 드라 짱
【나이】 116
【종족】 픽시 드래곤

【레벨】126
【체력】895
【마력】2879
【공격력】2652
【방어력】865
【민첩성】3269
【스킬】불 마법, 물 마법, 바람 마법, 흙 마법, 얼음 마법, 번개 마법, 회복 마법, 포격, 전투 강화
【가호】전쟁의 신 바하근의 가호

드라 짱한테도 바하근 님의 가호가 생겼군.
페르와 마찬가지로 전투 강화라는 위험한 스킬도 있고.
새삼 이렇게 다시 보니 드라 짱도 세구나.
겉모습이 작아서 그렇게는 보이지 않지만.
바하근 님의 가호가 생겼으니, 더욱 강해지겠지.
다음은 스이 차례다.
어쩐지 스이는 또 강해졌을 것만 같은 느낌이 드는데.

【이름】스이
【나이】2개월
【종족】빅 슬라임
【레벨】16
【체력】989

【마력】980

【공격력】964

【방어력】973

【민첩성】985

【스킬】산탄(酸彈), 회복약 생성, 증식, 물 마법, 대장장이

【가호】물의 여신 루사루카의 가호, 대장장이 신 헤파이스토스의 가호

헤파이스토스 님의 가호가 생겼네. 스킬에도 새롭게 대장장이라는 게 있고.

대장장이라니, 말 그대로군그래.

그야 대장장이 신이니까 대장장이 일을 할 수 있게 되는 거겠지만, 스이의 경우는 어떻게 되는 걸까?

"스이, 헤파이스토스 님의 가호를 받아서 대장장이라는 스킬이 새로 생겼는데, 뭘 할 수 있을 것 같아?"

『으음, 있지, 잠깐만 있어봐. 저기, 저기, 철 같은 걸로 다양한 물건을 만들 수 있게 된 것 같아.』

철 같은 걸로 다양한 걸 만들 수 있게 되었다니, 대장장이니까 그야 그렇겠지.

"그렇구나. 그래서, 어떻게 만드는데?"

『그러니까 있지, 철 같은 걸 있지, 스이 배 속에서 조물조물 하는 거야.』

배 속에서 조물조물이라니…… 쇳덩어리나 철광석 같은 종류

를 스이가 흡수해서 만든다는 건가? 시험해보지 않으면 어떤 방식인지 잘 모르겠는데.

하지만 쇳덩어리 같은 건 없는데. 철광석도 없고………… 아, 그게 있었지. 미스릴 리저드를 토벌하러 갔을 때 주워두었던 미스릴 광석.

아이템 박스에서 미스릴 광석을 꺼냈다.

"스이, 이걸로 뭔가 만들 수 있을까?"

『응, 만들 수 있을 것 같아.』

"그렇구나. 그럼, 어디, 이거면 되려나……."

벨트에 달린 검집에 꽂아두었던 나이프를 꺼냈다.

"이 돌로 이런 느낌의 나이프를 만들어줄 수 있어?"

『응, 알았어. 그치만, 조금 시간이 걸릴지도 몰라.』

스이가 『그럼 만들게』라며 미스릴 광석을 흡수했다.

10분 경과.

조금 시간이 걸린다고는 말했지만, 괜찮은 걸까?

『음, 아직 던전에 가지 않는 게냐?』

『맞아, 어서 가자고. 전쟁의 신의 가호가 어느 정도인지 빨리 확인하고 싶으니까.』

"잠깐 기다려. 지금 스이한테 대장장이 신의 가호로 생긴 대장장이 스킬을 시험해보게 하고 있으니까."

『으으음, 어쩔 수 없구나.』

『할 수 없지.』

페르도 드라 짱도 마지못해서라는 느낌이기는 하지만 기다려줄 모양이다.

"스이, 괜찮니? 무리하지 않아도 돼."

『아니, 괜찮아. 주인, 이제 금방 되니까 기다려.』

"그럼, 기다릴게. 서두르지 않아도 괜찮아."

『응, 알았어.』

아 참, 전쟁의 신 가호 효과는 이미 알고 있다.

"그래, 맞다. 전쟁의 신의 가호 효과는 전투 시 스테이터스 수치가 50퍼센트 증가한다나 봐."

『그런 거야? 엄청난데. 나 더 강해지는 거냐고. 전쟁의 신의 가호, 역시 나랑 딱 맞네!』

50퍼센트 부스터라는 말에 드라 짱이 무척 기뻐했다.

『호오, 꽤 괜찮구나. 이제부터 던전에 들어갈 것을 생각하면, 딱 알맞은 가호다.』

페르는 그렇게 말하며 씩 웃었다.

실제로 웃은 것은 아니지만, 어쩐지 분위기가 대담하게 씩 웃은 느낌이었다고, 씩 하고 말이야.

뭔가 위험한 느낌. 페르한테 전쟁의 신의 가호를 내리게 한 건 실수였던 걸까.

그도 그럴 게, 원래부터 엄청나게 강했는데 거기에 50퍼센트 부스터라니………… 아아, 곰곰이 생각해보니 사냥당할 마물 쪽이 불쌍할지도.

어쩐지 페르는 의욕이 넘치는 것 같은데, 지나치게 날뛰지 말아주라. 정말로…….

그런 이야기를 하면서 기다리기를 다시 10분.

『됐다!』

"오오, 스이, 다 된 거야?"

『응, 됐어. 여기.』

그렇게 말하며 스이가 내민 촉수 끝에는 희푸르게 빛나는 나이프가 있었다.

그것을 받아 감정해보았다.

【미스릴 나이프+】

잘 만들어진 미스릴 나이프.

틀림없이 미스릴 나이프다.

게다가 잘 만들어졌다고 한다. 그건 플러스가 붙었기 때문이려나?

아무튼, 뭐가 어찌 되었든 대단하다. 이렇게 좋은 나이프를 만들어내다니.

우리 스이는 정말 엄청나구나.

『주인, 어때? 스이가 만든 나이프.』

"엄청 잘 만들었어. 고마워. 이런 것도 만들 수 있다니, 스이는 정말로 대단하구나."

『진짜? 스이, 대단해?』

"그럼, 대단하고말고."

『우후후후, 스이, 대단하대. 기분 좋아.』

스이가 기쁜 듯 뿅뿅 뛰어올랐다.

아아~ 스이, 귀여워라.

스이는 나의 치유제야.

『음, 다 됐으면 던전에 가자.』

『맞아, 던전이라고, 던전.』

예이예이.

나와 페르와 스이와 드라 짱은 던전으로 향했다.

엘랑드 씨에게 들은 이야기에 따르면, 우리가 도시로 들어온 문을 나간 다음 오른쪽 성벽을 따라 나아가면 바로 알 수 있다고 했는데.

어디, 저건가?

500미터 정도 나아간 곳에 사람들이 잔뜩 모여 있는 장소가 있었다.

어째서인지는 모르겠지만, 잡화와 음식 등을 파는 노점이 쭉 늘어서 있다. 그 너머에 석벽으로 둘러싸인 던전의 입구 같아 보이는 것이 있었고, 그 양옆에는 갑옷을 입은 기사가 서 있었다.

"여기인 것 같은데."

『음, 틀림없다.』

던전 입구 바로 앞부터 던전에 들어가려고 하는 모험가들이 긴 줄을 만들고 있었다.

지켜보고 있으려니, 던전 입구 옆에 있는 건물에서 나온 모험가가 차례차례로 그 줄 뒤에 섰다.

 그러고 보니 엘랑드 씨가 던전 입구 옆에 모험가 길드의 출장소가 있으니까, 거기서 던전에 들어간다는 등록을 해야만 출입할 수 있다고 했었지.

 그렇군, 저게 모험가 길드의 출장소인가.

 "저기 있는 모험가 길드 출장소에서 등록을 하지 않으면 던전에는 못 들어간다나 봐. 그러니까 먼저 출장소에 들렀다 가자."

 그렇게 말하고 모두를 데리고서 출장소로 들어갔다.

 출장소에는 창구가 세 개 있었고, 그중 하나에 줄을 섰다.

 "실례합니다. 등록 부탁드립니다."

 "네, 던전 입장 등록이시죠? 어라? 기대의 테이머 무코다 님이시로군요!"

 눈앞의 접수창구 아가씨가 그렇게 말했다.

 기대의 테이머? 뭐? 그게 뭐야? 나, 기대의 테이머니 하는 말을 듣고 있는 거야?

 "아, 죄송합니다. 도시의 모험가 길드 동료에게 들어서요. 무코다 님은 강한 마수를 거느린 테이머라, 기대의 모험가라고 불리고 계시거든요."

 저기, 그, 그런 거야? 그렇게 기대받아도 곤란한데…….

 "아니, 제 경우에 강한 건 제가 아니라 사역마들이니까요."

 사실 페르도 스이도 드라 짱도, 나로서는 절대 이길 수 없으니까.

 "무슨 말씀이세요. 그것도 실력이죠. 그럼 본론으로 들어가서,

무코다 님은 소지하신 짐이 적은데, 괜찮으시겠어요?"

응? 괜찮냐니?

"혹시, 무코다 님은 던전에 들어가는 게 처음이신가요?"

일단 누구 씨한테 떠밀려서 갓 생긴 던전에 들어간 적은 있지만, 이렇게 커다란 던전은 처음이지.

내가 고개를 끄덕이자 접수창구 직원은 "역시나"라며 이것저것 설명해주었다.

던전에 들어가려면 여러 가지로 준비가 필요하다고 한다.

그도 그럴 것이 일단 던전에 들어가면 며칠에 걸쳐서 던전을 탐색하게 된단다. 모험가에 따라 다르지만, 짧게는 사흘, 길게는 한 달 동안 던전 안에서 지내게 된다고 한다. 몇 층이나 되는 던전을 탐색하고, 어느 정도의 드롭 아이템 등을 회수하려면 역시 그 정도는 탐색을 계속하지 않으면 실직적인 이득이 없기 때문이다.

그리고 그 정도의 기간 동안 던전 안에서 지내야 하니, 당연히 준비도 필요할 것이다. 특히 중요한 것이 식량으로, 던전 안에서는 무슨 일이 있을지 모르니 넉넉하게 들고 가야 한다는 것이 지론이라고 한다. 예정했던 기간 안에 지상으로 돌아올 수 있다고는 단정할 수 없다는 것이 그 이유라고 했다.

오래 전 이야기이기는 하지만, 실제로 식량 부족으로 전멸한 파티도 있다는 모양이다.

"이 앞에 쭉 늘어선 노점에서는, 이제부터 던전에 들어갈 모험가용 식료품 등을 팔고 있답니다. 15층까지는 어느 정도 정리된 지도가 있으니까, 그렇게까지 심각한 일은 일어나지 않겠지만,

15층보다 아래의 심층으로 들어가면 세심한 주의가 필요하답니다. 식량도 많이 가져가는 편이 무난하고요."

과연 그렇군.

던전 안에서는 식량을 조달할 수 없는 것인지 물어보니, 고기를 드롭 하는 마물도 있지만, 그 부분은 운에 달린 일이라고 했다. 그것을 믿기보다는 제대로 준비를 해서 들어가는 편이 좋다고 한다.

뭐, 그야 당연하겠지.

그리고 이 던전은 30계층으로 이루어져 있다고 하는데, 지금 제일 선행하고 있는 모험가 파티가 22계층을 탐색 중이라고 한다. 이 던전이 30계층이라는 사실을 알게 된 것은 과거의 모험가 중에 거기까지 도달한 모험가 파티가 있었기 때문이라고 한다.

자세히 물어보니, 그 파티는 글쎄 이곳 드랭의 길드 마스터인 엘랑드 씨의 파티였고, 클레르의 길드 마스터 로돌포 씨도 그 일원이었단다.

마지막 보스의 방에서 기다리고 있던 것이 무려 베헤모스였고, 엘랑드 씨 일행의 파티는 의논한 끝에 용기 있게 물러나는 쪽을 선택했다고 한다.

베헤모스라니, 그야 당연히 철수하지. 게임에서도 라스트 보스급이었다고.

아니, 이 던전에서는 진짜 라스트 보스잖아.

『호오, 베헤모스인가. 즐겁게 해줄 것 같구나.』

페르의 염화가 머릿속에 울렸다.

페르, 베헤모스에서 반응하지 마. 즐겁게 해줄 리 없다고, 정말이지.

가자고 졸라대서 어쩔 수 없이 오기는 했지만, 던전을 좀 얕봤어. 설마 며칠에 걸쳐서 도전해야 할 거라고는 생각 못 했다고. 던전 안의 강한 적은 모두가 쓰러뜨려주겠지만, 밥은 어떻게 할 수가 없으니까.

최고의 적은 밥이로군.

최악의 경우라도 나는 인터넷 슈퍼가 있으니 아사할 일은 없겠지만, 다른 모험가가 있는 앞에서는 인터넷 슈퍼를 쓸 수 없으니까.

그 점을 생각하면 제대로 준비(특히 밥 말이지)해서 들어가야겠네.

"죄송합니다. 역시 던전에 들어가는 건 그만두겠습니다. 이야기를 듣고, 준비 부족이라는 걸 통감했습니다."

"그러신가요? 하지만, 준비 부족이라면 그편이 나을 거라고 생각해요. 그럼 길드 카드를 돌려드리겠습니다."

내가 접수창구 직원에게서 길드 카드를 돌려받자, 페르와 드라 짱이 염화로 말을 걸어왔다.

『뭐, 뭐라고?!』

『저기, 여기까지 와서 던전에 안 들어가는 거야?!』

『페르도 드라 짱도 들었잖아. 제대로 준비해서 들어가지 않으면, 밥 못 먹는다고.』

『그건 어째서냐?』

89

『페르는 내가 이세계에서 먹을 걸 가져올 수 있다는 건 알지?』

『그래.』

『뭐? 아앗, 평소 네 앞에 나타나는 네모난 상자는 그런 거였던 거야? 나는 완전히 네 마법이라고 생각했는데.』

『그렇구나. 드라 짱한테는 설명하지 않았었네. 나는 이세계에서 소환되어 왔어. 그래서 말이지, 인터넷 슈퍼라는, 뭐 이세계에서 음식 같은 걸 가져올 수 있는 고유 스킬이 있어. 내가 만든 밥에는 그 이세계에서 가져온 조미료 같은 걸 꽤 쓰고 있는 거지. 그래서 맛있는 거야. 그런데 말이야, 이 능력을 다른 모험가 앞에서 쓰면 어떻게 될 것 같아?』

『욕심 많은 인간이라면, 자네를 협박해서라도 이세계 물건을 손에 넣으려 할 테지. 뭐, 내가 그렇게 두지는 않겠지만.』

아니, 나도 페르가 있으면 그런 일은 생기지 않을 거라고는 생각해.

하지만 던전이라는 상황 아래에서라면 절대, 라고는 잘라 말할 수 없다고 생각하거든.

그게 사각이라는 게 있을 테고, 페르가 싸우는 동안에 노려지거나 하면 어떻게 될지 모를 일이잖아.

『페르가 그렇게 두지 않을 거라는 건 나도 알아. 하지만 페르가 던전의 마물과 싸울 때를 노린다거나 하면 어떻게 될지 모르는 거잖아? 어느 정도의 모험가가 던전에 있는지도 알 수 없고. 그러니까 던전 안에서는 최대한 인터넷 슈퍼 사용하고 싶지 않아. 만들어둔 요리도 많이 줄었으니까, 그렇게 되면 고기를 소금 뿌려 굽거나, 채소와 고기를 넣고 끓여서 소금 간 한 수프 정도밖에는 못 만들 거라고. 너희들은 그래도 괜찮은 거야?』

그렇게 말하자 페르도 드라 짱도 생각에 잠기고 말았다.

역시 밥은 맛있는 걸 먹고 싶은가 보다.

『그러니까 조금, 가능하면 사흘 정도는 시간을 두고 제대로 준비를 하고 나서 던전에 들어가는 편이 좋다고 봐.』

『사흘이면 시간을 너무 잡아먹는 게 아니냐?』

『나도 그렇게 생각해. 하루면 되잖아. 하루면.』

페르도 드라 짱도 사흘이라는 기간에 못마땅해 했다.

『뭐? 던전에 들어가면 언제 지상으로 돌아올 수 있을지 모르는 거니까, 그 전에 관광도 좀 하고 싶고, 밥도 듬뿍 준비해야 하니까 절대로 사흘은 필요하다고.』

조금 전에 최하층의 보스가 베헤모스라는 말에 페르가 반응한 걸 보면, 절대로 30층까지 갈 셈이라고.

그렇게 되면 언제 지상으로 돌아올 수 있을지 모르잖아.

그렇다면 그 전에 조금은 던전 도시를 관광하고 싶다고.

『음, 밥 만들기는 알겠다만, 관광은 뭐냐?』

『페르, 아까 베헤모스에 반응했었잖아. 너, 절대로 최하층인 30층까지 갈 셈이지?』

『당연하다.』

『그것 봐. 그렇게 되면 언제 지상으로 돌아올 수 있을지 모르는 거잖아. 그러니까 그 전에 이 도시를 관광하고 싶다고. 모처럼 이런 커다란 도시에 온 거잖아.』

모처럼 이 도시에 왔는데, 밥만 만들고 바로 던전에 들어가는
건 재미없잖아. 나로서는 조금은 이것저것 구경하고 싶다고.

『페르도 드라 짱도 사흘 정도는 참아줘. 그러면 던전 안에서도
맛있는 밥을 먹을 수 있을 거야.』

『크으으음. 그렇게 말하니, 어쩔 수 없지. 사흘만이다.』

『밥이라는 말을 들으면, 나도 페르도 약해진다니까. 어쩔 수 없
네. 사흘만이야.』

페르도 드라 짱도 겨우 납득해준 모양이다.

『그렇게 정해졌으니, 오늘은 드랭의 거리를 관광해볼까.』

가자, 드랭 관광하러.

우리는 드랭 거리를 걷고 있다.

페르와 드라 짱이 있으니 쳐다보는 시선이 많기는 하지만, 생
각했던 것보다는 침착하다.

역시 던전 도시인 만큼 모험가도 많고, 테이머가 드물다고는
하지만 사역마를 데리고 다니는 모험가도 때때로 보이니, 이 도
시의 주민들은 익숙한 것이리라.

"그나저나 사람이 많네. 역시 이 나라의 다섯 손가락 안에 드는
대도시구나."

여러 가게들이 늘어선 상점가를 구경하며 길을 걸었다.

던전 도시이기 때문인지, 무기와 방어구 가게가 많았다. 흥미

가 없는지 묻는다면 그야 조금은 있지만, 지금의 나한테는 필요가 없다.

페르에 스이에 드라 짱이라는 강한 아군이 있는 데다, 무엇보다 스이가 대장장이 신의 가호로 대장장이 일을 할 수 있게 되었으니까. 스이가 만들어준 미스릴 나이프는 무척이나 잘 만들어진, 손잡이까지 미스릴로 된 예쁜 나이프였다.

사실은 지금 차고 있는 벨트에 달린 검집에 꽂아놓고 싶지만, 미스릴제인 만큼 날카롭기가 보통이 아니다. 이 검집이 달린 벨트는 자이언트 디어 가죽으로 만들어서 튼튼하기는 하지만, 날이 뚫고 나올지도 모르기 때문에 안타깝게도 미스릴 나이프는 아이템 박스 안에 넣어두었다.

그래서 생각한 것이 벨트에 달린 검집 부분을 얇게 미스릴로 코팅할 수 있다면 어떨까 하는 것이었다. 마침 검집 부분은 떼어낼 수 있게 되어 있으니, 검집의 안쪽 부분만이라도 얇게 코팅하면 날이 뚫고 나올 염려는 없을 터다.

스이에게 살짝 물어보니 가능할 것 같다고 했다. 오늘 밤에라도 좀 만들어달라고 해볼까 한다.

그리고 준비는 중요하다는 것을 통감했으니, 던전에 들어가기 전까지 미스릴 소드도 만들어달라고 해볼까 생각 중이다.

늘어선 가게를 보면서, 이런저런 일을 곰곰이 생각하며 걷고 있으려니 그것이 눈에 들어왔다.

그것이 놓인 가게는 아무래도 마도구를 취급하는 가게인 모양이었다.

나는 이끌리듯이 그 마도구 가게로 다가갔다.

내 눈길을 끈 것은, 가게 앞에 장식처럼 얌전히 놓여 있던 【최신식 마도(魔道) 버너】였다.

옆으로 네 개의 화구가 자리하고 있었고, 아래에는 커다란 오븐이 달려 있었다.

크기로 보면, 화구가 네 개 나란히 있는 만큼 옆으로 길쭉하게 2미터의 정도 길이에 폭은 80센티미터 정도였다.

조금 크기는 하지만, 그런 만큼 버너 아래의 오븐도 크다.

"어서 오십시오. 그쪽 최신식 마도 버너를 알아보시다니, 눈이 높으시군요."

최신식 마도 버너를 보고 있으려니 점주로 보이는 사람이 나왔다.

"실례합니다. 이거 화력은 어떤가요?"

마도구니까 마석을 사용할 테지만, 화력이 약하면 이야기가 안 된다.

"보면 아시겠지만, 이쪽 최신식 마도 버너에 사용된 마석은 알짜배기만을 엄선하여 설치했기 때문에 화력도 더할 나위 없습니다."

그렇게 말하며 버너 중앙 부분을 가리켰다.

거기에는 마법진이 그려져 있었고, 그 가운데에 직경 2센티미터 정도의 검은 마석이 박혀 있었다.

점주의 말에 따르면 이 마법진은 불의 마법진이며, 가운데 있는 마석이 마력을 공급하여 불을 붙이거나 하는 구조라고 한다.

과연, 마도구는 이런 느낌인 거로군.

"거기에 더해 약불부터 센 불까지, 자유자재로 조절 가능합니다. 그리고 이 정도 크기의 마석을 사용하고 있기 때문에 매일 사용한다고 해도 10년 정도는 마석을 교환할 일이 없을 겁니다."

10년은 이대로 쓸 수 있다는 거야? 그거 대단한데.

"실제로 불을 붙여보겠습니다. 한번 보시죠."

그렇게 말한 점주가 버너 앞쪽에 있는 버튼을 눌러 불을 붙였다.

"여기를 누르고 불을 붙일 때만 아주 조금 마력을 흘려보내 주십시오. 불이 붙으면 다음은 이 손잡이로 화력 조절을 하기만 하면 됩니다. 사용 방법도 이렇게 간단합니다."

버튼 옆에 있는 손잡이를 왼쪽으로 돌리면 약불, 오른쪽으로 돌리면 센 불이 된다고 한다.

점주가 말한 대로 사용 방법도 간단하고, 화력도 충분해 보였다.

"각각의 버너에 이러한 장치가 설치되어 있으니, 동시에 여러 요리를 만들 수 있어 편리하지요."

그렇겠네. 지금 쓰는 휴대용 버너도 못 쓸 건 아니지만, 화력이 약간 불안한 느낌이 들었거든. 이 마도 버너라면 그런 걱정은 없을 것 같네.

"그리고 이 버너 아래는 오븐으로 되어 있는데, 불을 붙이는 장치와 화력 조절 장치는 여기에 따로 붙어 있고, 불을 붙이는 것과 화력 조절 방식은 버너와 같습니다. 그리고 이쪽에 타이머가 있어서 지나치게 익히거나 할 염려도 없습니다."

점주가 앞에 있는 오븐의 왼쪽 문을 가리켰다.

과연, 타이머도 달려 있고, 보통 오븐과 사용법은 다를 게 없군.

"이 정도 크기의 오븐이라면 코카트리스 통구이도 할 수 있답니다. 게다가 위쪽 버너로 수프를 만들고, 아래의 오븐에서 빵을 굽거나 하는 일도 가능합니다."

코카트리스 통구이라…… 코카트리스가 1.5미터 전후니까 충분히 가능할 것 같은데.

로스트 치킨, 좋다.

게다가 갓 구운 빵이라. 맛있겠다. 나한테는 인터넷 슈퍼가 있으니까, 밀가루도 드라이 이스트도 간단히 손에 넣을 수 있으니 직접 빵을 굽는 것도 괜찮으리라.

아무튼 이게 있으면 요리의 폭이 충분히 넓어질 것 같다.

이거, 갖고 싶은데.

"좋네요. 그래서, 가격은 어떻게 되나요?"

그게 제일 중요하다.

마석을 썼으니 당연히 비싸겠지.

"금화 860닢입니다."

"…………네?"

"금화 860닢입니다."

점주님, 웃는 얼굴로 그런 말씀을 하시다니…….

금화 860닢이라. 역시 비싸네. 하지만 갖고 싶다.

으음, 어떻게 할까.

『어이, 아직이냐?』

『그러니까. 재미없어. 배도 고파졌다고.』

흥미 없는 듯 뒤로 물러나 있던 페르와 드라 짱이 더는 참기 힘든지 염화를 보내왔다.

참고로 스이는 평소 그대로 가죽 가방 속에서 자고 있다.

『아니, 이걸 살지 말지 좀 고민스러워서.』

『음, 그렇게 큰 걸 어쩔 셈이냐? 성가시기만 하지 않겠느냐?』

『성가시지 않아. 이건 말이지, 마도 버너라는 건데, 요리를 만드는 도구야. 근데 엄청 비싸서 망설이는 거라고.』

『요리를 만드는 도구라고 해도, 자네는 지금까지도 요리를 만들지 않았었느냐.』

『그건 그렇지만, 이게 있으면 요리의 폭이 넓어진다고. 아래에 오븐이 달려 있으니까, 지금까지 만들지 못했던 요리도 만들 수 있게 될 거야. 하지만 말이지, 금화 860닢이나 한다잖아. 그래서 고민스러워.』

돈이 없는 것은 아니지만, 금화 860닢이라고 하면 고민이 된다.

비쌌던 욕조보다 배 이상의 가격이니까.

『좋다, 사라.』

……뭐?

『새로운 맛있는 요리를 먹을 수 있게 되는 것이 아니냐?』

『뭐, 그렇지…….』

『그렇다면 문제없다. 돈은 있을 테지? 그렇다면 사라.』

그야 돈은 일단 있지만.

페르, 망설임이 없구나. 맛있는 요리를 먹을 수만 있다면 비싸도 사라니.

『뭐야, 뭐야? 그게 있으면 맛있는 요리를 먹을 수 있는 거야?

그럼 있는 편이 좋은 게 당연하지.』

드라 짱까지.

으음, 그럼 그냥 사버릴까? 갖고 싶기는 하니까.

좋아, 사자.

"죄송합니다만, 이거 사겠습니다."

"네? 사시는 겁니까?"

점주님, 그렇게 추천했으면서 놀라지 말아줄래요?

뭐, 내 겉모습으로 보자면 이렇게 비싼 걸 살 수 있을 거라고는 생각하기 힘들겠지만.

"네, 사겠습니다. 금화 860닢이었죠?"

나는 금화가 채워진 자루를 세 개 꺼냈다.

자루 하나에 금화 300닢이 들어 있다.

그중 하나에서 금화 40닢을 꺼내면, 이걸로 금화 860닢이다.

"이걸로 금화 860닢이 맞을 겁니다. 확인해주세요."

놀란 얼굴을 한 점주가 내 말에 퍼뜩 정신을 차리고 금화를 세기 시작했다.

"오래 기다리셨습니다. 확실히 금화 860닢 받았습니다. 마도 버너는 어디로 가져다드리면 될까요?"

"아, 그건 괜찮습니다. 저, 아이템 박스를 갖고 있어서, 이거라면 아슬아슬하게 들어갑니다."

사실은 여유롭게 들어가지만.

"오오, 그러십니까. 이 도시에는 사람이 많아서 아이템 박스를 가진 사람도 드물지는 않지만, 손님은 꽤 큰 아이템 박스를 갖고 계시는군요.”

호오, 역시 큰 도시에는 사람이 많은 만큼 아이템 박스를 가진 사람이 있기는 있구나.

하지만 이 정도 크기가 꽤 큰 편인 건가. 지금까지는 크다고 해도 마물 정도였고, 그 마물도 길드 마스터 같은 한정된 사람들 앞에서만 꺼냈으니까 그다지 신경 쓰지 않았는데, 사람들 앞에서 큰 걸 넣고 꺼내지 않도록 조심해야겠다.

나는【최신식 마도 버너】를 아이템 박스에 넣고 가게를 나왔다.

점주는 “감사합니다”라며 싱글벙글한 얼굴로 말했다.

그 다음은 식료품 거리를 구경했다.

채소는 익숙한 것들이 약간 다른 이름으로 팔리고 있었다. 양배추가 캬베트, 당근이 캐로트, 양파가 오네온 같은 느낌으로 말이지. 이곳의 채소는 인터넷 슈퍼와 비교하면 신선도는 떨어지지만, 싸기 때문에 잔뜩 사두었다. 양배추와 당근과 양파, 그리고 감자도 있어서 구입했다. 작은 양파 같은 것도 있었기 때문에 그것도 샀다.

모두 가로세로 약 1미터 크기의 자루에 가득 담아 은화 한 닢 정도였다.

앞으로 채소는 인터넷 슈퍼가 아니라 이쪽의 가게에서 사도 괜찮을지 모르겠다.

그리고 흑빵도 샀다. 딱딱하지만, 이건 이것대로 씹는 맛도 있고 맛이 없지는 않으니까.

그 다음, 길을 따라 있는 가게들을 조금 구경했지만, 페르도 드라 짱도 지루해지기 시작했는지 『배고프다』라는 말을 해서 숙소로 돌아가기로 했다.

바로 【최신식 마도 버너】를 써봐야겠다.

숙소의 안뜰을 빌려서 마도 버너를 이용해 식사 준비를 하려고 했는데, 페르도 스이도 드라 짱도 배가 고프다고 조르기 시작했다. 그래서 일단은 만들어두었던 닭튀김과 돈가스를 내주었다.

쇼핑하는 데 정신이 팔려서 식사 시간을 넘겼으니까. 뭐, 어쩔 수 없지.

모두가 먹고 있는 사이에 바로 오븐을 써서 요리를 만들어봐야겠다.

시간을 너무 들일 수는 없으니, 잘라서 굽기만 하면 되는 채소와 고기 오븐 구이를 만들까 한다.

인터넷 슈퍼에서 살 것은 우선 쿠킹 페이퍼, 그리고 올리브 오일과 허브 솔트.

다음은 채소류다. 뭐든 괜찮지만, 내가 전에 만들었을 때는 감자와 당근과 양파, 그리고 만가닥버섯과 새송이버섯과 색색의 파프리카를 넣었었지. 그걸 따라 만든다고 한다면, 만가닥버섯과 새송이버섯과 파프리카가 부족하니, 구입하기로 하자.

좋아, 이거면 됐으려나?

우선은 고기인데, 록버드 고기를 쓰기로 정했다. 큼직하게 한 입 크기로 썰고, 포크로 구멍을 낸 다음 소금 후추를 뿌려둔다.

다음은 채소를 자른다. 감자와 당근처럼 딱딱한 채소는 껍질을 벗기고 잘 익도록 동그랗게 썰어둔다. 양파는 모처럼 산 작은 양파를 써보기로 했다. 껍질을 벗기고 그대로 넣을 생각이다. 만가닥버섯은 밑동을 제거하고 적당한 크기로 떼어놓는다. 새송이버섯은 적당한 크기로 손으로 찢는다.

오븐 트레이에 쿠킹 시트를 깔고, 고기와 채소를 트레이 가득 색감 좋게 놓는다.

그리고 올리브 오일을 전체에 뿌리고 그 위에 허브 솔트를 뿌려준다.

그것을 예열해둔 오븐에 넣고 구우면 된다.

이 오븐은 어떤 느낌인지 모르기 때문에 상태를 살펴가며 구웠고, 표면이 살짝 타기 시작했을 무렵에 한 번 확인했다.

"오오, 잘 구워졌는데. 채소에도 고기에도 열기가 잘 전달됐고, 응. 완성이다."

완성된 채소와 고기 오븐 구이를 접시에 담아 페르와 스이와 드라 짱에게 내주었다.

『아까 산 걸로 만든 것이냐? 뭐냐, 채소가 들어간 건가…….』

페르, 채소가 들어 있다고 투덜대지 말아줘.

『어쩐지 좋은 냄새가 나는데.』

드라 짱이 코를 씰룩거리며 냄새를 맡았다.

허브 솔트를 썼으니까 말이지.

『이거, 짭짤하기만 한 게 아니야. 좋은 냄새도 나고 맛있어.』

스이는 바로 먹었구나.

허브 솔트, 꽤 평이 좋다.

자, 그럼. 드라 짱은 이걸로 배가 부를 테지만, 페르와 스이는 더 달라고 할 테니까 추가로 더 만들어야지. 하지만, 트레이 자체가 크니까 페르도 스이도 이번에 굽는 양으로 충분할지도 모르겠네. 닭튀김이랑 돈가스도 먹은 다음이고.

나는 추가로 채소와 고기 오븐 구이를 만들었다. 이번에는 다 구워진 다음에 모차렐라 치즈를 위에 얹어봤다. 여열로 치즈가 쭈욱 녹아내려서 무척이나 맛있어 보였다.

내 몫도 조금 덜어두었다.

페르와 스이는 치즈가 뿌려진 채소와 고기 오븐 구이를 비우고 만족한 모양이었다.

『맛있었어.』

『음, 그럭저럭이었다.』

그렇게나 먹어놓고, 그럭저럭이라니. 뭐, 채소도 남기지 않고 먹었으니 상관없지만.

"아직 어두워질 때까지는 시간이 있으니까, 나는 던전에 들어갈 준비로 밥을 만들어둘 거야."

모두는 한숨 잘 모양인가 보다. 배부르게 먹고 낮잠이라니, 부럽다.

그럼, 나는 던전에 가져갈 밥 만들기다.

전에 만들어두었던 건 조금 전 모두에게 내주고 다 떨어졌으니까.

우선은 밥을 지어둬야지.

지금 갖고 있는 솥도 큰 편이기는 하지만, 그래도 부족하다. 같은 크기의 솥을 더 사서 전부 열 개가 되었다. 쌀도 많이 사서 아이템 박스에 넣어두었다. 던전 안에서 인터넷 슈퍼를 열어 구입하지 않아도 되도록 해둔 것이다.

쌀을 씻어서 물에 불리고, 그 사이에 튀김할 것들의 밑 준비를 한다. 페르도 스이도 튀김류는 꽤 좋아하니까. 드라 짱도 아까 먹는 모습을 보면 좋아하는 것 같다. 음식을 미리 만들어둘 때는 닭튀김 같은 튀김 종류는 꼭 들어가야 한다.

남아 있던 레드 서펜트, 블랙 서펜트, 록 버드, 자이언트 도도, 네 종류의 고기를 전부 써서 간장 베이스 양념과 소금 베이스 양념을 넣어 간이 배도록 버무려준다. 네 개의 버너 중 세 개에 밥을 안치고, 남은 하나로 튀김을 시작했다.

튀기지 않고 두었던 민치가스도 이번에 전부 튀기기로 했다.

서둘러 밥을 짓고, 튀김을 튀겼다.

"후우~ 이걸로 밥이랑 튀김류는 괜찮겠지."

전부 아이템 박스에 넣어두고 한숨 돌렸다.

"다음은, 간단히 만들 수 있는 쇠고기 덮밥을 만들어둘까."

블러디 혼 불 고기 외에도, 이번에는 와이번 고기를 써서 쇠고기 덮밥을 만들어볼까 한다.

약간 아까운 느낌이 들기도 하지만, 잔뜩 있으니까.

만들기 전에 냄비를 새로 장만하기로 했다. 지금까지도 휴대용 버너에서 쓸 수 있는 것 중에서 제일 큰 냄비를 써오기는 했지만, 지금은 마도 버너가 있으니까 말이지. 훨씬 큰 냄비를 구입했다.

아무리 그래도 식당에서 쓸 법한 큰 곰솥은 인터넷 슈퍼에서는 팔지 않았지만, 그 절반쯤 되는 크기의 솥은 있었다. 말한 대로 큰 곰솥에 비하면 절반 정도 크기지만, 그래도 꽤 크기 때문에 도움이 될 터다. 그걸 일단 두 개 샀다. 내일 비축용 음식을 만들 때 추가로 더 구입할 예정이다.

절반 크기의 곰솥 가득 블러디 혼 불 고기와 와이번 고기로 쇠고기 덮밥을 만들었다.

와이번 고기 쪽은 양념을 조금 약하게 해보았다. 와이번 고기는 슬쩍 열을 가하기만 해도 될 정도로 좋은 고기니까.

그 다음, 저녁 식사용으로 자이언트 디어 로스트를 만들었다. 자이언트 디어 고기는 아직 꽤 많으니까 말이지.

자이언트 디어 고기 덩어리를 몇 개 준비한 다음, 각각에 올리브 오일을 꼼꼼하게 바르고 허브 솔트를 문질러 바른다. 그리고 쿠킹 시트를 깐 트레이에 올려 예열해둔 오븐에 굽는다. 오븐이 커서 한 번에 잔뜩 구울 수 있어 좋다.

표면이 노릇하게 구워지면 꺼내서, 식기 전에 알루미늄 포일로 감아 여열로 익혀준다. 식으면 얇게 잘라서 소스를 뿌리면 끝이다. 여열로 익어서 안은 분홍빛을 띠고 있는 것이, 꽤 잘 구워졌다.

맛을 보니 부드럽고 맛있었다. 소스가 없어도 먹을 수 있을 정도다.

하지만 일단 소스는 준비했다. 귀찮으니까 시판인 폰즈와 양파맛 스테이크 간장 소스로 했지만.

자이언트 디어 로스트가 완성되었을 즈음에는 완전히 날도 저

물었다.

"다 됐……."

부를 것도 없이, 모두 뒤에서 기다리고 있었다.

『오오, 맛있구나.』

얇게 자른 자이언트 디어 로스트를 한 입 가득 물어 삼키고서 페르가 그렇게 말했다.

후후후, 역시 마도 버너를 사길 잘했지?

『새콤한 소스가 맛있는데.』

드라 짱, 그건 폰즈야.

『부드럽고 맛있는 고기야.』

지나치게 구워지지 않게 여열로 익혔으니까.

꽤 미식가인 스이에게 그런 말을 들으니 기쁘다.

페르와 스이는 몇 번이나 더 먹었지만, 한 번에 잔뜩 구워두었기 때문에 더 만들지 않아도 되었다. 살았다.

역시 마도 버너를 산 건 정답이었어.

오늘 하루는 던전 안에서 먹을 밥 준비다.

여차하면 던전 안에서도 요리를 하겠지만, 사나흘은 버틸 수 있을 만큼 만들어두고 싶다.

모두에게 아침도 먹였으니 시간은 넉넉하다.

참고로 굽기만 하면 간단하게 완성되는 블러디 혼 불 스테이크를 만들어줬는데, 모두 맛있게 먹었다. 아침부터 스테이크여도 아무런 문제도 없는가 보다.

물론 나는 아침부터 스테이크를 먹는 건 무리인지라, 인스턴트 수프와 빵과 커피로 간단하게 끝냈다.

그럼, 오늘은 뭘 만들까. 어제는 튀김류와 쇠고기 덮밥을 만들었으니까…….

덮밥으로 만들 수 있는 게 편하겠지? 밥 위에 얹기만 해도 맛있고.

그렇게 생각하니 생강구이나 된장 절임 같은 건 만들어두는 편이 좋을 것 같았다.

아 참, 그러고 보니………… 아, 있다.

전에 만들어두었던 오크 제너럴 된장 절임, 완전히 잊고 있었다. 꽤 많이 남아 있네. 이걸 전부 구워서 된장 구이를 확보하자.

다음으로 오크 제너럴 생강구이를 만들자. 이건 늘 사용하는 모 회사의 생강구이 소스로 굽기만 하면 되니 간단하기도 하고.

다음은 밥에 어울릴 만한 것으로, 전에 만들었던 폭찹도 간단하니 만들어두도록 할까? 오크 제너럴 고기를 쓰면 더 맛있을 것 같기도 하고.

밥에 어울린다고 하면, 이제 슬슬 카레를 먹고 싶은데. 카레에는 돼지고기를 넣는 파인 나로서는 오크 제너럴 고기도 아직 남아 있으니 만들어두고 싶지만, 냄새가 말이지……. 카레 냄새는 꽤 강하니까 말이야. 이 근처 일대에 카레 냄새를 풀풀 풍기면 분명 무슨 말을 듣게 되겠지.

어떻게 할까, 돼지고기를 쓴 요리…………아, 돈지루(돼지고기와 채소를 넣은 된장국)를 만들자.

건더기가 많은 따뜻한 국물은 개인적으로도 원하는 바다. 페르와 스이와 드라 짱은 어떨지 모르지만, 오크 제너럴 고기를 잔뜩 쓰면 괜찮지 않을까?

우선은 인터넷 슈퍼에서 장보기를 해야 한다.

어제도 샀던 중간 사이즈 곰솥을 돈지루 용으로 하나. 다음으로, 지금까지 썼던 프라이팬도 28센티미터로 큰 편이기는 했지만, 바닥이 조금 더 깊은 형태의 프라이팬을 갖고 싶은데. 아, 깊은 형태의 프라이팬이 있었네. 이걸 버너 수에 맞춰서 네 개 정도 사둘까. 다음은 프라이팬에 맞는 뚜껑도 사두도록 하자. 사는 김에 볼이나 소쿠리, 국자, 나무 주걱 등의 주방용품과 식료품도 이것저것 샀다.

그리고 돈지루를 만드는 데 부족한 재료를 사야지. 감자와 당근과 양파, 그리고 참기름과 과립형 육수는 있으니까, 무와 우엉과 곤약, 그리고 된장도 떨어졌지.

다음은 늘 쓰는 모 회사의 생강구이 소스도 사고, 폭찹 소스를 만들 때 쓸 케첩을 사자.

잠깐. 생강구이랑 된장 구이를 만들려면, 덮밥으로 해서 먹든 그대로 먹든 잘게 채 썬 양배추가 필요하잖아.

이 세계의 양배추는 있지만, 생으로 먹기엔 좀……. 채 썰어 먹을 양배추도 인터넷 슈퍼에서 샀다. 생으로 먹을 때는 인터넷 슈퍼에서 산 걸 쓰는 편이 안심되니까.

그렇게 되면, 이쪽에서 산 양배추가 아까운데.

양배추를 익혀서 만드는 간단한 요리라고 하면…… 회과육(돼지고기를 삶아 채소와 볶는 요리) 정도가 괜찮으려나? 시판되는 회과육 양념을 쓰면 간단하기도 하고. 좋아, 회과육 양념도 사자.

으음, 돈이 꽤 들었다. 중간 크기의 곰솥과 프라이팬이 비교적 비쌌으니까 말이지. 그렇다고는 해도 지금 가진 돈을 생각하면 미미한 액수지만.

자, 그럼 만들어볼까.

우선 첫 번째로는 손이 많이 가는 돈지루부터 해야겠다.

오크 제너럴 고기는 얇게 저며서 3센티미터 폭으로 자른다. 감자, 당근, 무는 4등분 하여 자르고, 양파는 5밀리미터 폭으로 썰어준다. 다음은 우엉을 어슷하게 썰어 물에 담가둔다. 곤약은 길쭉하게 직사각형으로 잘라서 살짝 데친다.

밑 준비가 끝나면 솥에 참기름을 두르고 오크 제너럴 고기를 볶는다.

오크 제너럴 고기의 색이 달라지면 채소와 곤약을 넣고 함께 볶아주어 전체에 참기름이 배게 한다. 그리고 물과 과립형 육수를 넣고 거품을 제거해주면서 끓인다.

채소가 부드러워지면 국물로 풀어둔 된장을 더해서 한소끔 끓이면 완성이다.

어디, 맛을 한번 볼까.

후르륵, 응, 맛있네.

채소도 부드럽게 익기는 했지만, 조금 더 시간을 들이면 간이 더욱 배서 훨씬 맛있을지도 모른다.

돈지루는 집집마다 맛이 꽤 다르니까. 본가에서 참기름을 썼기 때문에, 내가 만들 때도 참기름을 쓰게 됐었지. 참깨 냄새가 나서 맛있기도 하고.

그리고 건더기도 꽤 다르다. 우리 집은 기본적으로는 지금 내가 만든 것에서 양파를 뺀다. 양파를 넣게 된 건 혼자 나와 살기 시작하면서부터다. 양파를 넣는 편이 단맛이 나서 좋기 때문에 넣어서 끓이게 되었다. 감자 대신에 토란이나 고구마를 넣어도 맛있다.

건더기를 바꿔서 돈지루를 또 만들어도 괜찮겠는데?

돈지루는 이대로 한 시간 동안 그대로 두었다가 다시 한 번 끓여서 아이템박스에 넣기로 하자.

다음은 오크 제너럴 생강구이와 된장 구이, 그리고 폭찹을 구웠다.

구워서 접시에 담아 아이템 박스에 수납하기를 반복했다.

"후우~, 이 정도 있으면 되려나."

다음은 회과육이다.

오크 제너럴 고기는 얇게 저며서 한 입 크기로 잘랐다. 양배추는 큼직하게 썰어둔다.

프라이팬에 기름을 두르고 오크 제너럴 고기를 볶다가 색이 변하면 양배추를 투입한다.

양배추가 숨이 죽기 시작하면, 시판된 회과육 양념을 휘이 둘러 넣어 전체적으로 어우러지게 하면서 가볍게 볶아주면 완성이다.

엄청 간단하다.

이것도 익혀서 접시에 담아 아이템 박스에 수납하기를 반복한다.

자, 그럼 이제 슬슬 점심시간도 되었으니, 양배추 채 썰기는 점심을 먹은 다음에 하도록 할까.

물론 돈지루도 한 번 더 끓여서 아이템 박스에 넣어두었다.

"오늘 점심은…… 또 스테이크로 할까. 이번에는 덮밥으로 해서, 으앗."

기척을 느끼고 뒤를 돌아보니, 페르와 스이와 드라 짱 셋이 나란히 기다리고 있었다.

『배가 고프다, 밥을 다오.』

『밥 줘, 밥~.』

『주인, 배고파.』

정말이지, 너희의 배꼽시계는 정확하구나.

점심밥은 와이번 스테이크 덮밥으로 했다. 밥 위에 와이번 스테이크를 얹고, 마늘 풍미의 스테이크 소스를 쭉 뿌려주면 완성이다.

다들 맛있다 맛있다를 연발하며 먹었다.

나도 먹었는데, 엄청 간단하게 만들었지만 맛있었다. 무엇보다 고기가 좋으니까 말이지.

점심을 이렇게 먹는 것도 호사스럽고 좋네.

이제부터 또 요리를 해야 하지만.

으음, 이번에는 뭘 만들까.

그러고 보니 흑빵을 샀었지.

그렇다면 빵에 어울리는 스튜나 수프가 있는 편이 좋으려나.

아, 전에도 만들었던 비프스튜로 하자. 그건 평도 좋았으니까.

지나치게 평이 좋아서 한 번에 다 먹어치우고 말았으니, 이번에는 두 냄비를 만들어야겠다.

재료도 거의 다 있으니까, 푹 끓이는 사이에 양배추 채 썰기를 하면 효율도 좋을 것 같네.

인터넷 슈퍼에서 다시 중간 크기의 곰솥을 두 개 사고, 비프스튜를 만드는 데 부족했던 버터와 데미글라스 소스 캔과 레드와인을 샀다.

좋아, 만들어볼까.

탕탕, 슈욱슈욱.

"다음은 채소가 흐물흐물해질 때까지 끓이고, 데미글라스 소스 캔과 케첩을 넣어서 더 끓여주면 완성이네."

채소를 익히는 사이에 양배추를 채 썰자.

쉼 없이 양배추를 채 썰고 물에 담그기를 반복했다. 학생 때는 돈이 필요해서 식당에서 아르바이트만 했었기 때문에 이런 건 꽤 특기다. 그렇다고는 해도 프로는 아니니까 말이지. 때때로 굵게 썰린 부분이 있는 건 애교다.

도중에 솥에 데미글라스 소스 캔과 케첩을 넣고 불을 약불로 조절해서 계속 끓여준다.

끓는 사이에는 다시 양배추 채 썰기.

"후우~ 이 정도면 되려나."

대량으로 만든 채 썬 양배추를 아이템 박스에 넣고, 비프스튜 솥을 살폈다.

때때로 저어주면서 약불로 보글보글 끓였으니, 전보다 잘됐을 것 같다.

다음은 뭘 만들어볼까…….

햄버그를 만들어두고 싶지만, 간 고기는 전부 민치가스에 써버 렸으니 말이지.

지금부터 고기를 갈려면 시간이 너무 걸린다.

으음, 아, 식당 아르바이트라고 하니 생각난 게 있었다.

라멘 가게에서 아르바이트를 했을 때 만들었던 차슈(중국식 돼지 고기 구이로, 고기를 구워서 양념에 넣어 익힌다)다. 그건 그대로 먹어도 좋 고 덮밥으로 만들어도 맛있다. 만드는 데 시간이 걸리지만, 푹 익 히기만 하면 되니까 말이야. 어차피 만드는 거니까, 반숙 맛 달걀 도 만들자.

그러면 또 인터넷 슈퍼에서 중간 크기 곰솥을 사야겠네. 그럼 실이랑 마늘이랑 생강, 그리고 달걀을 사야지.

우선은 오크 고기 덩어리에 실을 빙글빙글 감아준다. 흔히 보 는 그물 코 모양으로 만들지 않아도 괜찮다. 솔직히 그렇게 하는 건 귀찮은 일이기도 하니까. 요컨대, 모양을 잡아주는 것과 익어 서 뭉그러지는 걸 방지하기 위한 것이니 실로 빙글빙글 감아서 어느 정도 형태를 잡아주면 OK다.

그러면 프라이팬에 기름을 두르고 표면이 노릇해질 때까지 구워준다. 곰솥에 물, 간장, 술, 맛술, 설탕, 그리고 파의 파란 부분과 남아 있던 양파와 당근 자투리, 다진 마늘과 얇게 저며둔 생강을 넣고 한소끔 끓인 다음, 표면을 구운 오크 고기 덩어리를 넣어서 보글보글 끓인다.

그 사이에 반숙 달걀도 만들어둔다.

참고로 삶기 전에 달걀 아래에 작은 구멍을 내두면, 껍질을 벗기기 쉽단 말씀. 전에는 안전핀으로 구멍을 냈지만, 100엔 숍에서 달걀에 구멍을 내는 도구를 샀기 때문에 최근에는 그걸 썼었다. 혹시나 싶어서 인터넷 슈퍼를 살펴보았더니 마침 있었고, 그걸 샀다. 100엔은 아니었지만, 그래도 동화 세 닢이니 싼 편이다.

구멍을 내는 도구로 껍질에 구멍을 낸 다음, 노른자가 한가운데에 오도록 살살 굴려가며 6분 정도 삶아주고 냉수에 담가서 껍질을 벗겼다.

다음은 차슈를 만든 국물이 식었을 때 넣어서 하룻밤 재워두면 완성이다.

차슈가 보글보글 끓는 사이에 뭔가 더 만들어야겠다.

고기 덩어리를 굽기만 하면 되니까, 로스트비프를 만들어볼까?

블러디 혼 불 고기 덩어리에 올리브 오일을 바르고, 간 마늘과 소금과 굵게 간 후추를 뿌린다. 그리고 트레이에 깔아둔 쿠킹 시트 위에 고기 덩어리를 얹고, 예열해둔 오븐에 구워준다. 구워지는 정도를 살피다가 색이 노릇해지면 꺼내서 식기 전에 알루미늄 포일로 감싸서 여열로 익혀준다. 어제 만든 자이언트 디어 로스트와 거의 같은 조리법이다.

이번에는 생마늘이 있었기 때문에 허브 솔트은 쓰지 않고 소금과 후추만 뿌려보았다. 고기 덩어리 하나를 살짝 잘라보았더니, 안은 선명한 분홍색인 레어 느낌으로 잘 구워졌다.

덥석.

음, 맛있다.

『밥이 다 된 게냐?』

『배고프다고~.』

『밥, 밥~.』

응, 정말로 이 녀석들은 밥때를 놓치지 않는구나.

그보다, 이 로스트비프는 저녁밥으로 만든 게 아니거든.

그렇다고는 하지만, 저녁밥은 아직 안 만들었고…… 아, 로스트비프 샌드위치를 만들어서 부피를 늘려야겠어.

어떻게 해서든 다른 로스트비프는 사수해야 해.

"잠깐 기다려봐."

로스트비프 샌드위치를 만들기 전에 익히고 있던 챠슈를 불에서 내렸다.

냄비 안을 살펴보니 적당하게 잘 익었다. 다음은 식혀서 하룻밤 그대로 두면 맛이 배어서 더 맛있어질 거다. 그리고 하룻밤 둘 때는 냄비에 반숙 달걀도 함께 넣어두면, 맛 달걀도 만들어진다는 말씀.

이걸로 차슈는 다 됐으니, 로스트비프 샌드위치다.

나는 인터넷 슈퍼에서 식빵과 버터와 일본풍 양파 드레싱을 샀다.

식빵을 오븐으로 가볍게 구운 다음, 버터를 바르고 그 위에 양배추 채 썬 것을 얹어준다.

그리고 로스트비프를 올리고 일본풍 양파 드레싱을 뿌려준 다음 그 위에 빵을 얹으면 완성이다.

스테이크 소스를 뿌려도 되지만, 채 썬 양배추가 있으니까 새콤한 드레싱 쪽이 더 어울린다.

그것을 여러 개 만들어 접시에 놓았다.

"다 됐어."

모두가 냉큼 달려들어 입에 물었다.

『이 고기 맛있구나. 고기만 있는 건 없느냐?』

페르 씨, 고기만 내주면 바로 다 떨어져버릴 거 아냐.

오늘은 그걸로 참아주세요.

로스트비프는 사수할 거라고.

『페르는 뭘 모르네. 고기만이 아니라, 이건 안에 끼워진 채소랑 같이 먹어서 맛있는 거라고.』

의기양양한 얼굴로 그렇게 말하는 드라 짱.

드라 짱, 뭘 좀 아는데.

드라 짱도 의외로 혀가 예민한 건가?

『새콤한 소스랑 채소랑 고기가 하나가 돼서 맛있어~.』

역시 미식가 스이, 잘 아는구나.

페르와 스이가 몇 번이나 한 그릇 더를 외쳤지만, 어떻게든 고기 덩어리 두 개를 소비하는 데 그쳤다.

겨우 로스트비프를 지켜냈어. 얼른 아이템 박스에 넣어둬야지.

차슈가 든 냄비에 반숙 달걀을 넣고, 그 냄비도 일단 아이템 박스에 챙겨두었다가 방에 들어가면 다시 꺼내서 거기서 하룻밤 두도록 해야겠다.

소중한 마도 버너도 집어넣고.

"그럼, 방으로 돌아갈게. 아, 내일은 점심 지나서 모험가 길드에 갈 거야."

『음, 무슨 일로 가는 게냐?』

"무슨 일이라니, 어스 드래곤(지룡) 고기라든가 받으러 가야 하잖아. 엘랑드 씨가 사흘 후라고 했었으니까."

『오오, 그랬지, 그랬어. 드디어 어스 드래곤 고기를 먹을 수 있는 게군. 내일 밤은 어스 드래곤 고기로 부탁한다.』

"네네."

드래곤 고기라.

어떤 맛이려나.

방으로 돌아와 방에 있는 책상 위에 차슈 냄비를 꺼내두었다.

다음은 어디, 그래. 스이에게 부탁해야 할 게 있었지.

"스이. 좀 부탁하고 싶은 게 있는데, 괜찮을까?"

『뭔데? 주인.』

약간 졸려 보이네. 미안해.

"저기 있지, 지난번 나이프처럼, 이번에는 검을 만들어줬으면 해. 이런 느낌으로."

나는 아이템 박스에서 전에 구입해두었던 쇼트 소드를 꺼냈다.

『알았어. 지난번에 만든 것보다 조금 시간이 걸릴지도 모르는데, 괜찮아?』

"물론 괜찮지. 그럼 이걸로 부탁할게."

나는 미스릴 광석을 스이에게 건넸다.

한 시간 후——.

『주인 다 됐어.』

스이에게 받은 것은 이런 느낌의 검이었다.

【미스릴 쇼트 소드+】

잘 만들어진 미스릴 쇼트 소드.

응응, 대단해. 역시 스이야.

"고마워, 스이."

나는 답례로 인터넷 슈퍼에서 딸기 쇼트케이크와 푸딩 아라몬드와 슈크림을 사주었다.

"스이, 이건 일을 해준 답례야. 먹어도 돼."

『정말 먹어도 돼?』

"되고말고. 어서 먹어. 하지만 페르랑 드라 짱한테는 비밀이야."

『응, 비밀~.』

그렇게 말하고 스이는 딸기 쇼트케이크를 흡수했다.

『달고 맛있어~.』

역시 스이는 단걸 좋아하는구나. 다행이네, 다행이야.

스이 덕분에 여차할 때의 무기도 완성되었으니, 던전 안에서도 어떻게든 될 것 같다.

미스릴 나이프도 날이 엄청나게 날카로웠으니까.

실은, 미스릴로 식칼도 만들어달라고 할까 하는 생각도 했었는데, 이렇게 날카로우면 무섭다.

나도 가끔 실수를 하는데, 이렇게 잘 베이면 손가락이 썩둑 하고 사라져버릴 것만 같다고.

현재의 나한테는 인터넷 슈퍼의 식칼로도 충분하지.

무기는 자중하지 않았지만.

그게, 무슨 일이 있을 때 확실히 몸을 지킬 수 있어야 하잖아.

미스릴 쇼트 소드라면 내 불안불안한 검 실력으로도 일단 맞히기만 하면 어떻게든 될 테니까.

정말. 스이 덕분이야

자 그럼, 오늘도 던전용 음식 만들기다.

내일은 던전에 들어가기로 되어 있으니 가능한 한 많이 만들어두고 싶거든.

하지만 점심 무렵에는 모험가 길드에 가야만 한다.

그런고로, 어제 자기 전에 열심히 간 고기를 만들어두었다. 그 간 고기로 햄버그와 양배추 롤을 만들 생각이다. 햄버그 재료도 양배추 롤 재료도 크게 다르지 않으니까.

그럼, 인터넷 슈퍼에서 중간 사이즈 곰솥과 슬라이스 토마토 캔, 고형 수프, 모차렐라 치즈를 구입했다. 간 고기를 반죽해두고, 그중 절반은 공기를 빼주며 평범한 햄버그와 치즈가 들어간 햄버그 모양을 잡았다.

남은 절반은 양배추 롤을 만든다. 이 세계에서 산 양배추 속을 도려내고 한 장씩 떼어내서 데친다. 잎에 붙어 있는 심의 단단한 부분을 잘라내고, 재료를 둥글게 감싸서 꼬치로 고정하면 된다. 이때 치즈를 넣은 것도 함께 만들었다.

솥에 양배추 롤을 빈틈없이 채워 넣고, 물과 슬라이스 토마토 캔을 양배추 롤이 잠길 정도로 넣는다. 그리고 고형 수프를 손으로 부숴가며 넣어주고, 케첩도 조금 넣어서 끓인다. 맨 처음에는 중불로 익히다가 끓어오르면 알루미늄 포일로 냄비 위를 막아주고 30분 정도 약불로 보글보글 끓이면 된다.

끓이는 동안에는 햄버그를 구웠다.

점심 무렵까지 그런 작업을 계속했다.

그런 후 다 함께 점심을 먹고 모험가 길드로 향했다. 참고로 점심은 간단하게 남은 다진 고기를 써서 다진 고기와 콩나물과 피망을 넣은, 달콤하고 짭짤한 중화식 된장 볶음 덮밥을 만들어 먹었다.

모험가 길드의 접수창구로 갔더니 곧바로 창고로 가라고 했다.

거기에서 엘랑드 씨가 기다리고 있다고 한다. 아니, 분명 그 사람이 그곳에서 떠날 생각을 안 하는 거겠지.

창고로 가보니, 엘랑드 씨가 어스 드래곤 해체를 위해 확보했다고 하는 한쪽 공간에 있었다.

작업대 위에 죽 놓여 있는 저것은 어스 드래곤의 소재인가? 그것들을 펼쳐놓고 멍하니 바라보고 있는데…….

엄청나게 말을 걸기 힘듭니다.

"저, 저기, 엘랑드 씨……."

어라? 전혀 알아채지 못하고 있잖아? 아니, 저건 완전히 자신의 세계에 빠져 있는 것 같은데.

"역시 드래곤의 피로군요. 이 심홍색, 훌륭합니다. 줄곧 바라보고 싶어지네요……."

붉은 액체가 담긴 병을 양손에 들고, 그런 위험한 말을 중얼거리고 있다.

엘랑드 씨, 엄청 질리는데요…….

이 사람, 진짜 정말로 괜찮은 거지? 길드 마스터를 하고 있을 정도니까, 이 사람한테 어스 드래곤을 맡겨도 괜찮았던 거겠지?

"엘랑드 씨."

"응? 오오, 무코다 씨 아니십니까."

크게 힘주어 부르자 엘랑드 씨가 겨우 내 존재를 눈치채주었다.

무코다 씨 아니십니까, 가 아니라고~.

"저기, 그래서 어스 드래곤 쪽은……."

"예, 물론 차질 없이 해체해두었습니다. 이 엘프의 긴 인생 속에서 제일 멋진 시간이었지요⋯⋯."

무슨 생각을 떠올리고 있는 것인지 하아~ 하고 한숨을 내쉬며 엘랑드 씨가 그렇게 말했다.

엘프 인생 속에서 제일이라니, 그거 너무 과장된 거 아냐?

그보다, 엘프 인생 속에서 제일이 어스 드래곤 해체여도 괜찮은 걸까?

살짝 위험한 엘랑드 씨의 이야기는 제쳐두고.

"저기, 어스 드래곤 소재 중 일부를 매입하시겠다던 이야기는 어떻게 되셨나요?"

"예, 그것도 엘프의 긴 인생 속에서 가장 고민스러운 일이었습니다. 그러나 고민하고 고민한 끝에 저는 마음을 정했습니다!"

주먹을 움켜쥐며 엘랑드 씨가 힘주어 그렇게 선언했다.

"아, 네에. 그래서 어떤 걸?"

"잘 물어봐 주셨습니다. 진짜 정말로 고민했습니다. 이것도 저것도 군침이 줄줄 흐를 정도로 갖고 싶은 소재였으니까요. 그중에서 제가 고른 것은⋯⋯ 우선, 이 어스 드래곤의 피입니다!"

엘랑드 씨가 작업대 위에 죽 놓여 있던 붉은 액체가 담긴 병 중 하나를 들어 올렸다.

"드래곤의 피는 말이지요, 일릭서의 소재가 될 정도인 만큼, 일종의 만능약 같은 것이지요. 다른 약제와 섞으면 그 효과를 몇 단계 올려준답니다. 게다가 드래곤의 피로 만든 환약은 자양강장 효과도 뛰어나고, 한 알을 먹으면 1년 동안 병을 모르고 산다는 이야기가 있을 정도랍니다."

호, 호오~.

엘랑드 씨, 너무 흥분하셨는데요.

"이걸 두 병. 한 병에 금화 150닢에 매입하게 해주셨으면 합니다."

…………어?

한 병, 금화 150닢?

자, 자, 자, 잠깐만.

끝이 가느다란 술병처럼 생긴 병이 코르크 마개로 봉해져 있는데, 이거 한 1리터 들어 있는 거지?

작업대로 시선을 돌렸다.

작업대 위에 그 병이 주르륵 놓여 있는데…….

이거, 100병이 넘는 것 같은데?

"참고로 어스 드래곤의 피는 이 병까지 해서 160병 채취했습니다."

엘랑드 씨가 웃는 얼굴로 그렇게 말했다.

배, 백육십 병………….

한 병이 금화 150닢, 그게 160병.

총액이 얼마인 거야? 생각해본 것만으로도…… 우욱.

위, 위, 위가 아파 온다.

"그리고 다음으로 사고 싶은 것이, 간입니다. 이것도 피와 마찬가지로 만능약 같은 역할을 하는데, 효과가 피보다 몇 배 높다고 합니다. 그렇다면 반드시 손에 넣고 싶은 물건이지요. 하지만 간 하나를 전부 사기에는 가격이 너무 큰 부담이 되니, 아쉽지만, 정

말로 아쉽지만, 간은 절반만 매입하도록 하겠습니다. 간 절반의
가격을 금화 1500닢으로 책정했습니다."

저, 절반이, 금화 1500닢…………

살려줘, 위, 위가…….

"그게~ 이 어스 드래곤은 무척 훌륭한 성체였으니까요. 간도
깨끗했고, 크기로 보나 색으로 보나, 아마도 간 하나가 금화
3000닢 아래로는 내려가지 않을 겁니다. 아무래도 그 가격이라
면 간 하나밖에는 매입할 수 없을 테지요. 무척이나 안타깝지만
절반으로 하기로 했습니다."

간 하나에 금화 3000닢, 3000닢, 3000닢…….

장기 하나가 그런 가격이라니 어떻게 된 거야?

드래곤은 버릴 데가 없다고 했으니까, 다른 장기도 있다는 거
잖아?

대체 전체를 셈하면 어떤 가격이 될지…….

틀렸어, 위가 욱신욱신해.

드래곤 완전 얕봤어. 다른 마물과는 비교가 안 돼.

"매입할 마지막 하나는 말이지요, 엄니를 하나 받기로 했습니
다. 이건 금화 2000닢에 사도록 하겠습니다. 솔직히 말하면 눈알
과 엄니 중에 어느 쪽으로 할까 무척이나 고민했습니다만, 역시
여기는 엄니를 선택하도록 하겠습니다."

어, 엄니, 하나가, 금화 2000닢…….

하아~ 이제 한숨밖에 안 나온다.

"그것참, 이 도시의 유명한 대장장이에게 부탁해서 이걸로 검을

만들까 합니다. 대단한 무기가 될 겁니다. 그야말로 검사라면 죽기 전에 한 번은 손에 쥐어보고 싶다고 생각할 법한 명검이 될 테지요. 우후후, 꿈에서도 그리던 드래곤 소드입니다. 드래곤 소드."

……그거, 그냥 대놓고 엘랑드 씨 개인의 소망이잖아.

꿈에서도 그리던 드래곤 소드라는 말까지 했고.

그야 이렇게나 드래곤 드래곤 노래하는 사람이니까 꿈이기는 하겠지만, 개인적인 욕심이 그대로 드러나거든. 그래서 그 드래곤 소드는 어떻게 할 셈인지 물어보니, 모험가 길드에 장식해놓겠다고 한다.

"드래곤 소드는 말이지요. 던전에서 나온 마검에도 필적하는 검이랍니다. 이건 이 길드의 상징이 될 것이 틀림없습니다. 던전이 있으니 모험가들이 모여들지만, 드래곤 소드가 있으면 더욱 많은 모험가를 모으는 수단이 될 겁니다. 역시 드래곤 소드는 검을 다루는 자에게 있어서는 꿈의 검이니까요."

엘랑드 씨의 말에 따르면, 모험가란 좋은 무기를 보고 싶어 하는 법이라고 한다.

그래서 소문을 들으면 드래곤 소드를 한번 보기 위해 이 도시로 올 거란다.

게다가 이 도시에는 던전도 있으니, 모험가라면 이 도시에 오지 않을 이유가 없다.

이 도시는 모험가들로 윤택함을 누리는 곳인 만큼, 도시로서도 모험가가 많이 몰려드는 것은 환영할 만한 일이라고 한다.

일단 도시에 관한 것이나, 모험가 길드에 관한 것도 생각하고는 있는 모양이지만, 아무리 봐도 역시 엘랑드 씨 본인이 갖고 싶다는 이유가 제일 큰 것 같다.

뭐랄까, 지금도 "드래곤 소드……"라는 말을 중얼거리며 히죽히죽 웃고 있으니 말이다.

바탕이 엄청난 미형인 만큼 유감스런 느낌이 장난 아니다.

"저기, 그럼 이건 가져가도록 하겠습니다."

나는 작업대 위에 놓여 있는 어스 드래곤 소재를 가리키며 그렇게 말했다.

그중에는 놀랄 만큼 커다란 마석도 포함되어 있었다.

얼른 돌아가고 싶다.

이 사람 상대하는 건 지친다고.

"예. 이 위에 있는 소재는 전부 돌려드릴 것들입니다. 그리고 이쪽에 있는 것들이 길드에서 매입할 소재입니다."

나에게 돌려줄 소재와 길드에서 매입할 소재는 처음부터 따로 나눠두었던 모양이다.

작업대 옆에 있는 다른 테이블에 피가 담긴 병 두 개와 갈색이 도는 단지, 그리고 굵은 엄니가 놓여 있었다.

"구입 대금은 지금 드리겠습니다. 금액이 금액이니 만큼, 대금화로 준비했습니다. 피와 간과 엄니, 전부 해서 금화 3800닢. 대금화 380닢입니다."

엘랑드 씨가 자루 하나를 건네주었다. 안을 들여다보니 대금화가 채워져 있었다.

"아, 그렇지. 해체 비용은 얼마인가요?"

"아뇨, 아뇨. 해체 비용 같은 건 필요 없습니다. 솔직히 해체할 수 있게 해주신 것에 돈을 내고 싶을 정도니까요. 그것참~, 지난 사흘 동안은 꿈같은 멋진 시간이었습니다. 어스 드래곤을 이 손으로 해체했으니까요……."

아, 예에, 그러시군요.

그럼, 공짜로 해주신다고 한다면 저도 감사히 받아들이도록 하겠습니다.

나는 작업대 위의 어스 드래곤 소재를 아이템 박스에 넣었다.

어스 드래곤 피가 담긴 병이 158개.

눈이 담긴 병.

장기가 담긴 단지 등등.

눈알이 담긴 병과 장기가 담긴 단지에는 보존액이 가득 채워져 있는가 보다.

보존액은 그 이름대로 신선도를 유지하며 보존해주는 것인데, 약학을 어느 정도 배운 자가 아니면 만들 수 없다고 한다.

하지만 엘랑드 씨는 모험가를 하는 한편으로 약학도 배웠다고 하며, 이 보존액은 엘랑드 씨가 직접 만들었단다. 약학을 배운 것도 드래곤이 일릭서의 소재 중 하나라는 것이 주요 이유인 것 같지만. 드래곤을 위해 약학까지 공부하다니, 정말로 신념이 확고하구나.

차례차례 어스 드래곤의 소재를 아이템 박스에 넣었고, 엄니를 넣은 후 마지막은 엄청나게 큰 가죽이었다.

"어스 드래곤 가죽, 좋지요~. 아무래도 너무 비싸서 손을 댈 수 없었지만, 이 비늘 모양 같은 건 하루 종일 보고 있어도 질리지를 않는다니까요."

드래곤 가죽을 하루 종일 봐도 질리지 않는다는 말을 할 수 있는 건 엘랑드 씨 정도라고 생각하는데.

"분명 이 정도 크기의 가죽이라면 금화 1만 닢 아래로는 내려가지 않을 테죠."

·················네?

"저, 저기, 지금, 금화 몇 닢이라고 하셨나요?"

"금화 1만 닢이라고 했습니다."

싱글벙글한 얼굴로 엘랑드 씨가 대답했다.

"············1, 1만 닢."

"예. 1만 닢이요."

1, 1만 닢······ 1만 닢······ 1만 닢.

트, 틀렸어, 위가~.

애초에 1만 닢을 내고 사는 사람이 있겠냐고.

"참고로 물어보는 겁니다만, 1만 닢을 내고 매입할 사람이 있을까요?"

"으음, 유력 귀족 분들이라고 해도 어려울 테죠. 아니, 남쪽 보벤 공작이라면 어떻게든 될 것 같습니다만. 그리고 국가에서 매입하는 정도일까요?"

너무 비싸서 매입할 수 있는 상대가 한정된다니, 글렀잖아.

가치가 있어도 살 사람이 없어서는 아무 소용이 없잖아.

이쪽에서 사달라고 부탁하기도 그렇고. 뭐, 애초에 그렇게까지

돈에 궁하지는 않지만.

어스 드래곤 소재는 당분간 쟁여두도록 하자. 피 정도라면 다른 길드에서 사줄지도 모르지만. 그 부분은 나중에 엘랑드 씨와 상담해봐야겠다.

"그리고, 어스 드래곤 고기는 냉장실에 보관해두었습니다. 이쪽입니다."

엘랑드 씨의 뒤를 따라갔고, 엘랑드 씨는 창고 안쪽 문을 열었다.

문 너머에서 서늘한 공기가 흘러나왔다. 냉장실이라는 방의 벽 아래는 도랑으로 되어 있었고, 그곳에 얼음이 채워져 있었다. 얼음 마법을 쓰는 사람에게 부탁하여 정기적으로 얼음을 만들고 있다고 한다.

"아무래도 그대로는 넣을 수가 없었던지라, 3등분을 했습니다."

어스 드래곤 고기는 셋으로 나누었어도 무척 컸다.

나는 어스 드래곤 고기를 아이템 박스에 넣었다.

"무코다 씨, 저에게도 부디 꼭 어스 드래곤 고기를……."

아, 그러고 보니 그런 이야기를 했었지.

"네, 약속했으니까요."

"정말입니까?! 그럼, 가도록 하죠!!"

"네? 가도록 하죠, 라니. 어디를요?"

"어스 드래곤 고기를 먹으러 가는 게 당연하지 않습니까."

『음, 끝난 게냐? 그럼 지금 당장 어스 드래곤을 먹는 것이냐?』

아니 아니, 지금 당장이라니……

『고기라고? 고기 먹는 거야? 고기 고기~.』

드라 짱, 고기 고기~가 아니거든.

"무코다 씨는 요리를 잘하시지요? 그렇다면, 제 집으로. 드래곤 고기를 먹는다는 사실이 알려지면, 어떤 놈들이 몰려들지 알 수 없으니까요. 차분하게 맛보며 먹으려면 저희 집이 제일입니다. 자, 가시죠!"

아니. 자, 가시죠, 라니. 당신 일하는 중이잖아.

"엘랑드 씨, 아직 일하는 중이시잖아요?"

"무슨 말씀이십니까? 드래곤 고기를 맛보는 것보다 중요한 일 같은 건 없습니다! 게다가 이 길드에 관한 거라면, 부 길드 마스터가 있으면 문제없습니다. 걱정하지 마십시오."

어? 드래곤 고기를 먹는 것보다 중요한 일은 없다고 딱 잘라 말하는 거야?

아니, 당신 여기 길드 마스터잖아. 일이잖아.

그 말투로 보면 일을 내팽개치고 부 길드 마스터에게 떠넘길 생각으로 가득한 거잖아.

"자, 가시죠!"

으아아.

나는 엘랑드 씨에게 끌려가며 모험가 길드를 뒤로했다.

모험가 길드를 나올 때 본 아연실색한 표정을 한 살짝 통통하고 머리숱이 적은 아저씨. 분명 그 사람이 부 길드 마스터겠지. 분명 고생이 많을 거야.

엘랑드 씨에게 끌려온 곳은 모험가 길드에서 그리 멀지 않은 주택가였다.

런던 거리에 있을 법한 2층 건물이 주를 이룬 타운 하우스(일본풍으로 말하자면 연립주택이라고 할까) 중 하나가 엘랑드 씨가 모험가 길드에서 지급받은 집이라고 한다.

"여기가 제 집입니다. 자자, 어서 들어가시죠."

역시 길드 마스터의 집인 만큼 다른 집보다 커 보였다.

"여기가 주방입니다만, 저는 요리를 안 하는지라……."

안내받은 주방은 훌륭할 정도로 아무것도 없었고, 사용한 흔적도 없었다.

으음, 여기서는 좀 그런데.

아…….

거실 창을 통해 자그마한 정원이 보였다.

"조리 도구라면 제가 가지고 있으니까, 정원에서 요리해도 괜찮을까요?"

"예, 물론 괜찮고말고요."

나는 엘랑드 씨에게 허가를 받아 정원으로 나왔다.

거기에 마도 버너를 꺼냈다.

"오오, 어스 드래곤이 들어갈 정도니, 무척 큰 아이템 박스를 갖고 계실 거라고는 생각했습니다만, 그런 것까지 들어가는 거군요. 저도 아이템 박스를 갖고 있습니다만, 그 절반 정도밖에 들어가지 않습니다."

글쎄 엘랑드 씨도 아이템 박스를 갖고 있단다.

"엘랑드 씨도 아이템 박스를 갖고 계시군요."

"예, 엘프는 마력이 높은 자가 많기 때문에, 아이템 박스를 가진 자도 꽤 있답니다."

호오, 그렇구나. 분명 엘프는 마법이 특기라는 이미지가 있기는 하지.

엘랑드 씨는 바람 마법과 엘프 특유의 초목 마법을 쓸 수 있다고 했다. 본인이 말하길, 모험가를 하던 때는 이 두 개의 마법과 검으로 이름을 날렸다고 한다. 어디까지나 본인이 말한 거지만.

이것도 이미지지만, 모 영화의 엘프를 보고 엘프는 활을 쓴다는 이미지를 가졌었는데. 엘랑드 씨는 검사인 모양이다. 그래서인지, 드래곤 소드가 완성되는 것이 엄청나게 기대된다는 말을 했다. 뭐, 검사이기 때문이기도 하겠지만, 대부분은 드래곤 소재로 만든 검이라는 이유 때문일 테지.

그나저나 엘랑드 씨가 전 S랭크 모험가라는 이야기를 듣기는 했지만, 아무리 봐도 강한 엘랑드 씨는 상상이 되지 않는다.

그게, 유감스런 모습만 봤으니까 말이지.

길드 마스터에게 이런 말을 하는 건 좀 그렇지만, 엘랑드 씨한테는 드래곤이 관련되면 분별이 사라지는 좀 위험한 엘프 아저씨라는 이미지밖에 없다.

아니. 엘랑드 씨에 관한 건 그만 됐고, 드래곤 고기다. 드래곤 고기.

어떻게 해서 먹을까…….

여기는 역시 심플하게 스테이크가 좋으려나. 진짜 드래곤 고기로 만든 드래곤 스테이크다.

우선은 소금과 후추를 뿌려야겠지? 소금과 후추는 그걸 쓰자. 분명…… 있다.

아이템 박스에서 꺼낸 것은 와이번 스테이크를 구울 때 썼던 천일염과 그라인더가 달린 흑 후추다.

그리고서 어스 드래곤 고기도 아이템 박스에서 꺼내서 스테이크용으로 두껍게 잘랐다.

어스 드래곤 고기는 깨끗한 살코기에 지방도 적당히 섞여 있었다. 살코기가 많은 느낌이었기 때문에 블러디 혼 불의 살코기 스테이크를 구웠을 때와 같은 방법으로 구워보았다.

마도 버너에 불을 붙이고, 프라이팬에 기름을 둘러 센 불로 가열한다.

굽기 직전에 어스 드래곤 고기에 소금과 후추를 뿌린다.

촤아아아아——.

뜨겁게 달궈진 프라이팬으로 어스 드래곤 고기를 굽는다.

고기를 굽는 냄새가 확 피어올랐다.

꿀꺽.

무심코 군침을 삼켰다.

센 불로 1분 정도, 약불로 1분 정도 굽는다.

뒷면도 똑같이 굽는다.

그런 다음 접시에 담고 알루미늄 포일을 덮어서 5분 정도 뜸을 들인다.

좋아, 딱 알맞게 익었어.

맛을 좀 볼까…… 우걱우걱.

뭐, 뭐야 이거…………

"마, 맛있어. 이 고기, 너무 맛있잖아……."

처음 먹어본 드래곤 고기는 이렇게 맛있는 고기가 있을까 하고 감동할 정도로 맛있었다.

소나 돼지, 닭과도 다르다.

하지만 각각의 좋은 점만을 취한 듯한 감칠맛과 맛이 있었고, 씹을수록 그 극상의 육즙이 쭈욱 넘쳐 나왔다.

무심코 조금 더 먹고 싶어 손을 뻗으려던 때, 모두의 목소리가 들려왔다.

『뭐냐, 자네만 먹는 게냐? 우리에게도 어서 다오.』

『맞아, 맞아. 혼자서 먹다니 약았어. 우리한테도 줘.』

『주인, 스이 배고파.』

윽, 미안……. 너무 맛있어서 나도 모르게.

나는 서둘러 페르와 스이와 드라 짱, 그리고 엘랜드 씨 몫의 드래곤 스테이크를 구웠다.

"자, 먹어."

페르도 스이도 드라 짱도 눈앞에 접시를 놓자 바로 드래곤 스테이크를 먹기 시작했다.

"엘랜드 씨도 드세요."

정원과 면한 테라스에 있는 테이블에 엘랜드 씨 몫의 드래곤 스테이크를 내려놓았다.

엘랜드 씨가 "그럼, 잘 먹겠습니다"라고 말하고, 조금 긴장한 기색으로 드래곤 스테이크에 나이프를 가져다 댔다.

그리고 진중하게 잘라서 입에 넣었다.

입에 넣자마자 엘랑드 씨가 눈을 크게 부릅떴다.

응응, 그렇겠지. 맛있을 테지.

나도 깜짝 놀랐다고. 드래곤 고기가 이렇게나 맛있을 줄이야.

"맛있어…… 드래곤 고기가 이렇게까지 맛있다니…………."

응응, 알지, 알아. 이건 감동스러울 정도의 맛이지.

아, 나도 드래곤 스테이크를 먹어야지.

소금과 후추만으로 간한 스테이크를 베어 물었다.

하아~, 이거 맛있다.

『역시 드래곤은 맛있구나. 더 다오. 이번에는 그걸로.』

페르의 말대로 드래곤은 맛있네.

그거라는 건, 스테이크 소스 말이지?

『이거 어스 드래곤이지? 어스 드래곤이 이렇게 맛있었구나. 나도 더 줘.』

드라 짱도 드물게 더 달라고 했다.

아니, 드라 짱. 같은 드래곤을……. 아, 분명 같은 종인 픽시 드래곤을 먹지 않는 한은 동종 포식이 아니랬지.

『주인, 드래곤 고기 맛있어. 스이도 더 줘.』

스이도 더 먹는 거구나. 드래곤 고기는 맛있으니까. 많이 먹으렴.

모두가 먹을 드래곤 스테이크를 더 구우려고 할 때, 울먹이는 소리가 들려왔다.

"우흑…… 으흑………… 저는 행복합니다. 꿈에서도 그리던 드래곤 고기를 먹다니…… 훌쩍. 게다가 꿈에서도 그리던 드래곤 고기가 이렇게나 맛있다니…….”

엘랑드 씨…….

이 사람 울면서 드래곤 스테이크를 먹잖아.

“무코다 씨, 정말로 정말로 고맙습니다. 어스 드래곤을 해체할 기회를 주신 데다, 귀중한 그 소재를 얻을 기회도 주시고, 게다가 이렇게 드래곤 고기를 먹을 기회까지 주셔서………… 정말로 정말로 감사합니다. 오래 살길 잘했어………… 으흑.”

네네, 알았으니까요.

이제 울면서 먹는 건 그만하세요.

“어스 드래곤을 사냥해 온 건 페르예요. 감사를 하시려면 페르한테 하세요.”

내가 그렇게 말하자 엘랑드 씨가 페르에게 “펜리르 님, 정말로 고맙습니다”라고 말했다.

『그래. 드래곤은 맛있으니까 말이다.』

아니, 그런 의미가 아니라고 생각하는데.

엘랑드 씨는 맛있어서 감사 인사를 하는 게 아니라, 하아, 뭐 됐어.

나는 모두에게 줄 드래곤 스테이크를 더 구웠다. 물론 이번에는 스테이크 소스를 뿌렸다.

엘랑드 씨도 아직 더 먹을 수 있어 보였기 때문에 한 장 더 구워주었다.

스테이크 소스를 뿌려주었더니 맛있는 드래곤 고기가 더 맛있어졌다며, 또 울면서 먹었다.

그 후, 페르도 스이도 드라 짱도 몇 그릇 더 먹고 드래곤 스테이크를 충분히 맛본 모양이었다. 나도 너무 맛있는 나머지 상당한 볼륨인 스테이크를 한 장 더 먹고 말았다.

엘랑드 씨의 집을 떠날 때 받은 드래곤 스테이크 대금은 무려 금화 100닢.

아무리 그래도 너무 과하다고 말했지만, 엘랑드 씨는 귀중한 드래곤 고기에 합당한 가격이라며 내 말을 들어주지를 않았다. 게다가 드래곤 스테이크를 두 장 먹었다며 추가로 더 내려는 것을 겨우 거절했다.

그게, 고작 스테이크로 금화 100닢이라고. 아무리 귀중한 드래곤이라고 해도, 스테이크 두 장에 금화 100닢은 지나치다 싶단 말이야. 그런데 추가로 더 받다니, 그건 아니지. 그래서 결국 엘랑드 씨한테는 금화 100닢만 받았다.

나와 페르와 스이와 드라 짱은 함께 숙소로 돌아가는 도중이다.

스이는 배부르게 먹고 졸음이 왔는지 가죽 가방 안에서 이미 숙면 중이다.

드라 짱은 너무 먹어서 움직일 수 없게 된 탓에 페르 등에 올라타 있었다.

『너무 맛있어서 과식했어……』라는 말을 중얼거리고 있다.

페르는 페르대로『역시 드래곤은 맛있구나』라고 말하며 만족스런 얼굴을 하고 있다. 분명 페르가 말한 대로 엄청나게 맛있기는 했지만. 앞으로는 이때다 싶은 때는 드래곤 고기를 내주어야겠다.

숙소에 도착하니, 그대로 기분 좋게 자고 싶은 마음이었지만, 나에게는 또 해야 할 일이 있다는 말씀.

내일은 던전에 들어가야 할 테고, 던전에 들어가고 나면 다른 모험가의 눈도 있어서 할 틈이 없을 것 같거든.

던전에서 돌아온 다음이 되면 또 무슨 말을 들을지 알 수 없기도 하고.

서둘러서 얼른 끝내둬야지.

◇ ◇ ◇ ◇ ◇

숙소의 방으로 돌아와서, 언제나처럼 호출을 했다.

"저기, 여신님들. 계십니까?"

부르자 곧바로 대답이 머릿속에 울렸다.

『음? 자네, 평소보다 빠르구나. 좋은 마음가짐이니라. 모두를 불러올 테니 잠시 기다리거라.』

잠시 후, 시끌시끌 모두의 목소리가 들려왔다.

『이세계 인간 군, 이번에는 빨랐네~. 부탁할 것도 있고 해서 기쁘기는 하지만.』

『그렇군. 이쪽으로서는 감사하다만.』

『……밥이랑 과자.』

『오옷, 기다렸다네. 그것참~, 이세계 술은 최고였어. 그래, 전쟁의 신. 어떤 술을 부탁할지 의논하지 않겠는가?』

『오, 이세계인 군! 그렇군, 대장장이 신이여. 이세계의 술은 모두 맛있으니 망설여지는데.』

뭐랄까, 여러분 주문할 마음이 가득하시네요.

헤파이스토스 님과 바하근 님은 무슨 술을 부탁할지 의논까지 시작했고.

"실은 말이죠, 내일부터 던전에 들어갈 예정인데, 들어가 있는 동안은 공물이라든가 바칠 수 없을 겁니다. 제 고유 스킬인 인터넷 슈퍼를 쓰는 모습을 다른 사람에게 보이고 싶지 않아서요."

다른 모험가들에게 보이는 것만은 피하고 싶으니까.

『그래, 그러하겠구나. 어쨌든 이세계 물건을 손에 넣을 수 있는 묘한 스킬이니, 쓰기에 따라서는 막대한 이익을 낳을 수 있을 테지. 그 덕분에 이 몸도 이세계의 단맛을 만끽하고 있는 게다만.』

『확실히 그러네. 신인 우리도 들어본 적 없는 스킬인걸. 이세계 물건을 손에 넣을 수 있는 스킬이라니.』

『……이세계 밥이랑 과자.』

이 스킬 덕분에 나도 원래 세계의 것들을 이것저것 구할 수 있다는 점은 고맙고, 도움을 받는 부분도 있지만 이렇게 신 여러분들에게 뜯기고…… 어흠, 공물을 바쳐야만 하게 되기도 했지.

뭐, 그 대신에 가호를 받기는 했지만.

"아무튼 다른 모험가에게 보일 수는 없으니, 던전에 들어가기 전에 여러분께 공물을 바치기로 했습니다. 그럼 여러분이 바라시는 것을 여쭙겠습니다. 아, 한 사람당 은화 세 닢까지입니다."

『그래, 알았느니라. 그럼 이 몸은 평소처럼 단것이니라!』

정말로 이 사람(여신)은 한결같고만.

그렇다고 할까, 얼마나 단걸 좋아하는 거야.

나는 인터넷 슈퍼를 열어서 닌릴 님이 바라시는 단것을 골랐다.

닌릴 님이 좋아하는 도라야키를 중심으로 하고 그 외에는 양과자와 화과자, 그 외의 과자류와 단 탄산음료를 구입했다.

"다음 분이요."

『키샤르야~. 지난번에 골라준 세안제랑 스킨로션이랑 크림, 정말 좋았어! 특히 크림이 좋았어. 당신 말대로 밤에 듬뿍 바르고 잤더니, 다음 날 아침에 피부가 탱탱하더라고. 건조했던 게 거짓말 같은 피부가 됐어. 덕분에 매일 거울을 보는 게 즐겁다니까~.』

하아, 그러십니까.

어쩐지 키샤르 님은 자신의 얼굴을 거울로 보면서 넋을 잃고 그럴 것 같은데.

뭐, 아무튼 미용에 깐깐한 키샤르 님의 마음에 들었다니 잘됐네요.

"그럼, 뭘 바라시나요?"

『그거 말인데, 얼굴을 관리하는 게 더 갖고 싶어. 뭔가 좋은 게 없을까?』

으음~ 여자가 아니니까 퍼뜩 떠오르는 게 없네.

"잠깐 살펴볼 테니 기다려주세요."

나는 인터넷 슈퍼의 스킨케어 상품 관련 페이지를 살폈다.

크림이 마음에 든다고 하셨으니, 이런 건 어떠려나.

"크림이 마음에 든다고 하시니 같은 크림 종류는 어떨까요? 하나에 은화 세 닢이 다 날아가기는 하지만, 비싼 만큼 미용 성분이 풍부하게 들어 있나 본데요."

『미, 미용 성분이 풍부하게 들어 있다고?! 그거야! 절대로 그걸로 해줘!!』

키샤르 님, 미용 성분 풍부에 반응이 지나친데.

나는 키샤르 님의 요청대로 은화 세 닢짜리 크림을 카트에 넣었다.

『뭐냐, 키샤르는 하나에 은화 세 닢을 전부 써버린 게냐? 너, 의외로 바보로구나. 우후후.』

『그렇다니까. 이것저것 부탁하는 편이 좋은데.』

『……끄덕끄덕.』

『내버려 둬. 나는 미용에 눈을 떴다고.』

키샤르 님은 다른 여신님들에게 바보 취급을 받았지만, 아랑곳하지 않았다.

다만, 닌릴 님. 말해두겠는데, 크림 하나에 은화 세 닢은 시작에 불과하다고. 세상에는 하나에 몇만 엔만 하는 크림도 있거든요.

미용 마니아인 우리 누나는 하나에 3만 엔이나 하는 크림을 샀었다고. 미용에 관해서는 돈을 아끼지 않는 주의야(째릿), 하는 말도 했었지. 누나는 미용 성분이 이러니저러니 하며 그만한 가치가 있다고 역설했지만, 뭐, 아무리 그래도 미용 크림 하나에 3만

엔을 쓰는 누나를 보면서 "제정신이야?" 하는 생각을 했었지. 입
밖으로는 말하지 않았지만. 절대로.

　세계가 같았다면 키샤르 님과 우리 누나는 무척 마음이 맞았을
지도 모르겠다.

　"저기, 다음은 아그니 님이신가요?"

　『오오, 나다. 나는 지난번의 술과 같은 거면 된다. 다양해서 질
리지도 않고, 전부 맛있는 술이었으니 말이다.』

　아그니 님은 지난번과 같은 조합인가. 하지만 같은 메이커면 질
릴 테니까, 다른 걸로 해볼까. 메이커가 다르면 맛도 달라지니까.

　"그럼, 지난번과 같은 종류로, 메이커가 다른 걸 고르도록 할
게요."

　『그 부분은 맡겨두마.』

　나는 지난번과 같은 조합으로, 메이커가 다른 술을 골라 카트
에 담았다.

　"다음은 루카 님이시죠?"

　『밥이랑 과자.』

　루카 님도 지난번과 같은 건가.

　『쇠고기 덮밥이라는 게 맛있었어. 있으면 줘.』

　쇠고기 덮밥이라. 달고 짭짤한 쇠고기가 밥과 어우러져 맛있지.

　있으면 달라고 하시는데, 이게 또 있단 말이지. 던전용으로 만
들어둔 게.

　『그리고 고기를 꼬치에 꽂아서 구운 것도 맛있었어.』

　아, 그건 닭 꼬치인가? 그럼 닭 꼬치도 사고.

다음은 던전용으로 튀겨둔 튀김들, 그리고 비프스튜랑 양배추 롤도 제공하도록 하지요.

남은 건 평소와 마찬가지로 식빵이랑 과자 종류다.

"다음은……."

『오오, 헤파이스토스니라. 다음은 우리 차례구나. 나는 그 도수가 셌던 위스키라는 술을 바란다. 그게 맛있었다. 자네가 말한 대로 얼음을 넣어서 마셔도 좋았고, 물을 타서 마셔도 좋았다. 그대로 마셔도 맛있었지. 정말로 이세계 술은 맛있더구나.』

헤파이스토스 님은 위스키란 말이지.

음, 센 술을 좋아한다면 위스키가 맞을지도 모르겠네.

『바하근이다. 내 몫은 위스키 이외의 술이다. 지난번과는 다른 종류가 있으면 더 좋겠다. 대장장이 신이여, 이거면 되겠지?』

『그렇다네. 위스키는 맛있지만, 이세계 술을 이것저것 더 즐겨보고 싶으니 말일세. 전쟁의 신이여, 자네도 그게 좋지 않겠나?』

이 두 사람은 협력해서 술을 확보하기로 한 모양이네.

『너희들, 술이 엮이면 협력성이 아주 좋아지는구나.』

『정말이야~.』

『정말이지, 자기가 좋아하는 걸 고르면 될 걸 말이야. 술이 관련되면 잔꾀가 늘어난다니까, 너희들은.』

『……술, 맛없어.』

여신님들이 어이없어하고 있다.

이전부터 여신님들이 한 말들을 생각해보면 이 둘은 술에 관해서는 이런저런 일을 저질렀던 모양이다.

『핫, 무슨 말을 하든 상관없다. 술에 관한 거라면 나는 타협하지 않느니라.』

『그렇다고. 맛있는 술이 손에 들어온다면 얼마든지 협력하겠어. 그리고 루카. 술은 맛없지 않아. 더할 나위 없이 맛있는 거라고.』

『그래, 그렇고말고. 우리에게는 생명의 물이지. 크하하.』

둘 모두 누구에게도 지지 않을 만큼 술을 좋아한다는 거구나.

그럼, 얼른 골라볼까.

헤파이스토스 님은 위스키라. 이번에는 미국산이랑 스코틀랜드산을, 그리고 지난번의 일본 메이커와는 다른 메이커로 위스키 세 병을 골랐다.

바하근 님은 이것저것 다양하게, 지난번과 다른 게 있으면 더 좋다고 했지. 그렇다면, 지역의 유명 술과 두 명 모두 도수가 센 술이 좋은 것 같으니 보드카랑 럼주를 골라보았다.

『아, 그렇지. 너, 던전에 간다고 했지?』

바하근 님이 갑자기 그렇게 물었다.

"네, 내일은 던전에 들어갈 거라고 봅니다."

그렇게 대답하자 뭔가 신들끼리 이야기를 시작했다.

『어이, 너희들. 이세계인에게 방어계 스킬은 줬겠지?』

『방어계 스킬이라고? 바하근, 무슨 말이냐?』

『아니, 너희들 방어계 스킬 안 준 거야? 뭐 하는 거야?』

『그렇다. 우리를 위해서도 이 녀석에게 방어계 스킬은 필수가 아니냐.』

바하근 님도 헤파이스토스 님도 무슨 말을 하는 거지?

『바하근이랑 헤파이스토스는 무슨 말을 하는 거야~? 이세계인 군한테는 가호도 내렸으니까, 됐잖아.』

『그렇다고. 닌릴과 키샤르와 내 가호가 있고, 그 펜리르도 사역하고 있으니까 괜찮다고.』

『……내 가호를 받은 슬라임도 있어.』

『하아~.』

『너희들, 수비가 무르잖아.』

『그렇다. 아니, 이 녀석들은 모르고 있군. 바하근, 설명해주게.』

『어쩔 수 없지. 들어봐. 내일부터 이세계인은 던전에 들어간다고. 어디 보자, 그 위치면 드랭의 던전인가. 드랭의 던전은 난도도 높고, 거기에 있는 마물도 꽤 강하고 위험해. 너희들, 이세계인에게는 가호도 있고 사역마도 있으니 괜찮을 거라고 했지? 분명 펜리르는 결계를 쓸 수 있고, 슬라임은 포션을 만들 수 있지. 하지만 말이야, 던전에 들어가 있는 동안 쭉 결계를 펼치고 있는 건, 아무리 마력이 높은 펜리르라고 해도 힘든 이야기라고. 포션을 만들 수 있는 슬라임이 있으면 죽지 않는 한은 치료할 수 있겠지만, 그건 어디까지나 죽지 않았을 때의 이야기잖아. 예를 들면, 머리가 박살 날 정도의 공격을 받거나, 심장을 단숨에 꿰뚫리는 경우는 어떻지? 즉사잖아. 그렇게 되면 포션이고 뭐고 의미 없다고.』

『그래, 그렇다. 그 말대로다.』

『이세계인이 죽으면…….』

『이세계인 군이 없어진다면…….』

『이세계인이 없어져버리면…….』

『…………..』

『이세계 물건은 두 번 다시 손에 넣을 수 없게 되겠지.』

꿰꿰곤란(하니라)(해)(하다고)(끄덕끄덕끄덕).꿰꿰

『이세계의 단결 위해, 녀석에게 방어계 스킬을 내리겠느니라.』

『그래, 미용 제품을 손에 넣을 수 없게 되는 건 단순히 곤란한 정도가 아니라고.』

『이세계 술을 가질 수 없게 되다니, 농담이 아니야.』

『…………(끄덕끄덕끄덕끄덕끄덕).』

『우리도 이세계 술을 더욱 즐기고 싶다. 그러니 녀석이 죽는 건 곤란해. 그러하지 않은가? 전쟁의 신이여.』

『맞아. 이세계 술은 종류도 다양하고, 맛있으니까 말이야. 마실 수 없게 된다면, 나는 하계에서 날뛸 거라고.』

『그런 연유로, 내가 이세계인에게 완전 방어 스킬을 내리려고 한다만, 괜찮겠는가?』

『이의 없느니라.』

『당연하지.』

『그래, 당연히 괜찮고말고.』

『얼른.』

『좋다. 이세계인, 자네에게 완전 방어 스킬을 내리겠다.』

……뭐가 뭔지 잘 모르겠지만, 스킬을 주려는가 보다.

『됐다. 이걸로 당분간은 이세계 술을 즐길 수 있겠구나. 전쟁의 신이여.』

『그래. 이세계 술을 즐길 수 있겠군, 대장장이 신이여.』

『우후후, 단거 단거.』

『미용 제품.』

『술, 술.』

··········이 신들이 진짜.

내 걱정보다 완전히 이세계 물건을 가질 수 없게 되는 걸 걱정하고 있잖아.

하아~ 신이라고 하는 대단한 존재는 그런 건지도 모르겠지만.

뭔가, 신들을 상대하는 건 엄청 지친다. 얼른 공물을 준비하고 받아주시길 빌자.

나는 인터넷 슈퍼에서 카트에 담은 물건들을 계산하고, 서둘러 종이 상자 제단 위에 올려두었다.

"바하근 님, 헤파이스토스 님, 이 두 개는 도수가 높으니까 주의해주십시오. 이쪽 건 그대로 마시는 겁니다. 이쪽 건 얼음을 넣거나 그대로 마십니다."

일단 알코올 도수가 높은 보드카와 럼주를 주의하도록 말해두었다.

"여러분이 바라시던 물건입니다. 부디 받아주십시오."

종이 상자 제단의 물건이 사라지자, 언제나 그렇듯 여신들과 남신들의 환성이 들려왔다.

하아~ 끝났다, 끝났어. 신들 상대는 지쳐.

얼른 자자.

"저기, 페르. 어제 말이지, 신분들한테 완전 방어라는 새로운 스킬을 받았는데, 뭔지 알아?"

던전으로 향하는 도중에 신들에게 받은 새 스킬에 관해 물어보았다.

『완전 방어라. 좋은 스킬을 받았구나. 완전 방어 스킬은, 적의를 가진 자가 한 공격을 완전하게 방어하는 스킬이다. 이 몸의 결계가 있기는 하지만, 언제고 결계를 편 채로 있을 수는 없으니 말이다. 그런 점을 고려한 것일 테지. 역시 신들이시다.』

페르의 결계는 상시 발동하고 있는 게 아니구나.

신들도 그런 말을 했었지.

"페르의 결계는 늘 펼쳐져 있는 게 아니구나."

『멍청한 소리. 마력을 써야 하는 것을, 항상 펼 수 있겠느냐. 아무리 나라도 닷새가 한계다.』

아, 그래도 닷새는 상시 발동할 수 있는 거구나. 그런 일이 가능한 것도 페르이기 때문일 테지만.

그나저나, 완전 방어 스킬은 꽤 좋은데.

'적의를 가진 자가 한 공격을 완전히 방어하는 스킬'이라니.

이제부터 던전에 들어가야 하는 나한테 딱이네. 이 스킬을 준 건 신들에게 감사해야겠다.

그러고 보니 어제 신들에게 완전 방어 스킬을 내렸다는 말을 듣기만 했지, 아직 내 스테이터스 확인을 하지 않았었군. 제대로 붙어 있는 거겠지?

【이름】무코다(츠요시 무코다)

【나이】27

【직업】휩쓸린 이세계인

【레벨】13

【체력】229

【마력】223

【공격력】206

【방어력】205

【민첩성】200

【스킬】감정, 아이템 박스, 불 마법, 흙 마법, 완전 방어
　　　사역마(계약 마수) 펜리르, 빅 슬라임, 픽시 드래곤

【고유 스킬】인터넷 슈퍼

【가호】바람의 여신 닌릴의 가호(소), 불의 여신 아그니의 가호
(소), 대지의 여신 키샤르의 가호(소)

스킬난에 완전 방어가 있네.

완전 방어 부분으로 시선을 옮기자…….

【완전 방어…… 적의를 가진 자가 한 물리 공격 및 마법 공격을
완전히 방어하는 스킬】

오옷, 뭐, 뭔가 설명이 나왔는데.

쓰여 있는 건 페르가 설명해준 내용과 거의 같지만.

그러고 보니, 스이가 만들어준 미스릴 나이프와 검을 감정했을 때도 설명이 쓰여 있었지.

그때는 그다지 이상하게 여기지 않았었지만.

잘 모르겠는데, 이건 감정이 레벨 업 했기 때문인가?

이럴 때는…… 가르쳐주세요, 페르 선생님!

"페르, 뭔가 완전 방어 스킬이라고 쓰인 부분을 보고 있었더니, 설명이 나왔는데……."

『음, 그건 자네의 레벨이 올라서 감정으로 할 수 있는 일이 늘었기 때문일 테지.』

"응? 무슨 뜻이야?"

페르의 설명에 따르면, 스킬에 따라서는 레벨이 오르면 할 수 있는 일이 늘어나기도 한단다. 감정도 그중 하나로, 페르 정도가 되면 감정을 하면 무척이나 자세한 설명이 나온다고 한다. 페르는 귀찮아서 설명은 그다지 보지 않는다고 하지만.

어라? 하지만 전에 인터넷 슈퍼에서 산 걸 감정했을 때는 분명 식빵이 이세계의 빵이라고 나오고 '마력을 10분간 1퍼센트 향상시킨다'느니 어쩌니 하는 설명이 나왔던 것 같은데.

"전에 이세계 물건을 감정했더니 설명문이 나왔었는데, 그건 어째서지?"

『음? 자네가 감정하면 그리 되는 건가? 이 몸도 감정해본 적이 있었는데, 무언가가 쓰여 있기는 했지만 전혀 읽을 수 없었다. 그런 일은 지금까지 없었지. 추측이지만, 이세계 물건이라는 점과 관계있으리라고, 이 몸은 그리 생각한다.』

이 세계의 물건과 인터넷 슈퍼(이세계)의 물건은 뭔가 다르다는 뜻이리라.

먹기만 해도 체력이나 마력이 올라가고, 쓰레기라고 해도 스이가 먹으면 레벨이 올라가거나 하니, 이 세계의 물건과는 근본적으로 무언가가 다를지도 모르겠다. 그 부분은 해명할 방법이 없고, 지금 현재로는 불편한 것도 없으니 그 이상은 추궁하지 않겠지만.

일단 레벨이 올라가서 감정에 간단하지만 설명문이 붙게 되었다는 점은 환영할 일이다.

그리고 페르에게 들은 이야기에 따르면, 할 수 있는 일이 늘어난다는 점은 특히 검술과 창술 등의 물리 공격계 스킬과 불·물·바람·흙 마법 등의 마법계 스킬에서 현저하며, 사용자의 레벨이 올라가면 올라갈수록 할 수 있는 기술도 늘어난다고 한다.

생각해보면 그야 당연하겠지. 레벨이 올라가면 체력이나 마력이나 스테이터스 전체가 올라가니까.

반대로 쭉 변하지 않는 스킬도 있는데, 내가 가진 스킬 중에서는 아이템 박스와 완전 방어가 그에 해당한다고 한다.

전부 다 그런 아니지만, 타고난 스킬과 신의 가호로 후천적으로 생긴 스킬은 쭉 변하지 않는 경우가 많다고 한다.

과연, 그렇구나~.

그 부분은 그다지 신경 쓰지 않았었어.

"내 스킬에 있는 사역마라는 건 어떨까?"

페르와 사역 계약을 맺고 생긴 스킬인데, 레벨이 오르면 뭔가 달라지려나?

『모른다. 전에도 말했듯이, 이 몸과 사역 계약을 맺은 것은 자네가 처음이다. 게다가 엘프가 말하지 않았느냐. 우리의 사역 계약은 보통과는 다르다고.』

아, 엘랑드 씨가 그런 말을 했었지.

보통 사역 계약을 맺어도 염화는 할 수 없다고 말했던가?

뭐, 하지만 내 레벨이 올라가서 지금 상태 이하가 되는 일은 없을 테니, 그렇게 걱정할 필요도 없으려나.

내 고유 스킬인 인터넷 슈퍼에 관해서도 물어보았지만, 『이세계 물건을 가져올 수 있는 스킬을 가진 건 자네뿐일 텐데, 내가 알 리가 없지 않느냐』라며 일축했다.

확실히 그러네.

내 고유 스킬이고, 게다가 인터넷 슈퍼라는 알 수 없는 이상한 스킬이니. 이세계에 와서 어떻게 일본의 제품을 가져올 수 있는 건데? 싶은걸. 뭐, 이건 관찰할 필요가 있으려나.

페르와 스킬 이야기를 하는 사이에 던전 앞까지 왔다.

"그럼, 출장소에서 등록하고 올까."

등록을 마치면 드디어 던전이다.

등록을 마치고 던전에 들어가는 모험가들 뒤로 가서 줄을 섰고, 드디어 우리들이 들어갈 차례가 되었다.

입구 양옆에 선 기사에게 길드 카드를 보여주고 던전 안으로.

"지도는 필요 없다고 말하긴 했지만, 정말로 괜찮은 거지?"

줄을 서기 전에 노점에서 던전 지도를 사려고 했더니, 페르가 그런 건 필요 없다고 해서 사는 걸 그만두었다.

냄새와 기척으로 어디에 무엇이 있는지는 대략 판단할 수 있으니 괜찮다는 이야기였다.

『괜찮은 게 당연하지 않느냐. 이 몸을 누구라고 생각하는 게냐.』

아, 그러십니까.

괜찮다면 됐지만, 괜찮다면 말이지.

『초반에는 잔챙이들밖에 없구나.』

"그래, 그런가 봐. 보통 모험가의 대부분은 10계층에서 15계층 정도를 탐색하고 있는 것 같아. 그 부근부터 보물 상자가 나오게 되거나 드롭 아이템도 꽤 좋은 게 나오기 시작한대."

『그렇군. 그렇다면 거기까지는 단숨에 달려서 내려가기로 하지. 자, 타거라.』

예이예이.

나는 그 말대로 페르의 등에 올랐다.

『완전 방어가 있으니 괜찮으리라 생각하지만, 자네는 겁이 많으니 말이다. 이 몸의 결계도 펴주마.』

우으으.

겁 많다고 하지 마. 좋은 쪽으로 생각해서, 진중하다고 해달라고.

뭐, 결계를 펴준다면 더 없이 좋은 일이지만.

『드라에게도 펴두마.』

『오오, 페르. 미안하네.』

『드라, 자네는 이 몸을 따라올 수 있을 테지?』

날고 있는 드라 짱을 보면서 페르가 그렇게 말했다.

『페르, 민첩함으로 이름 높은 픽시 드래곤인 이 몸에게 그런 걸 묻다니 세상 물정 모르시네.』

드라 짱이 폼을 잡는 느낌으로 그렇게 대꾸했다. 뭐가 세상 물정 모르시네, 냐.

드라 짱은 겉모습이 귀여운 부류에 들어가니까 폼을 잡아도 안 어울리거든.

『그럼 가자.』

페르의 구호를 신호로, 우리는 던전 안으로 나아갔다.

석벽으로 둘러싸인 통로를 점점 나아갔다.

우연히 조우한 성가신 마물은 페르와 드라 짱에 의해 처리되어 갔다.

이거 빠르게 나아가겠구나 생각하면서 조금 방심했었다.

휙——.

"으앗."

화살이 날아왔다.

하, 함정인가?!

이 던전은 함정이 있는 거야?

『이 던전, 함정이 있었구나. 페르가 결계를 펼쳐줘서 살았어.』

질주하는 페르에게 염화로 이야기했다.

『이 몸의 결계가 없어도 자네에게는 완전 방어가 있으니 문제 될 것 없다만.』

뭐? 함정인데 완전 방어로 막을 수 있는 거야?

내가 받은 완전 방어는 '**적의를 가진 자**가 한 물리 공격 및 마법 공격을 완전히 방어하는 스킬' 아니었어?

『완전 방어는 '**적의를 가진 자**에게 받은 공격을 방어한다'고 했잖아? 함정은 적의를 가진 공격으로는 볼 수 없는 거 아닐까?』

『하아, 자네는 던전에 관해 아무것도 모르는구나.』

아니, 한숨 쉬지 말라고. 분명 던전에 관해서는 막연한 이미지 밖에 없지만.

마물 소굴로, 그곳에 있는 마물을 쓰러뜨리고 드롭 된 아이템을 손에 넣거나, 보물 상자가 있거나 하는 느낌으로 말이지.

『던전이란 마물을 쓰러뜨리고 드롭 되는 물건과 보물 상자를 미끼로 사람을 끌어들이고, 만들어낸 마물과 덫으로 그 목숨을 빼앗는다. 그리고 죽은 자는 던전에 흡수되어 그 양분이 되고, 던전도 성장하는 것이다. 그것을 보면 던전이란 것은 하나의 생물이라고 생각할 수 있을 테지. 함정도 던전이라는 생물의 '적의를 가진 공격'이라는 얘기다.』

과연, 그렇군.

페르의 이야기를 들어보면 분명 생물이라고 못 할 것도 없네.

페르에게 던전 이야기를 더 들어보니, 던전에는 던전 코어라는 것이 있고, 그것이 망가지거나 던전 밖으로 가지고 나가거나 하지 않는 한 던전은 천천히 성장을 계속한다고 한다.

『던전 코어를 부수거나 밖으로 가지고 나가거나 하면, 던전은 어떻게 되는데?』

『그건 던전의 죽음을 의미한다. 아무것도 낳지 못하는 텅 빈 구멍으로 전락할 뿐이다. 원래 던전 코어는 던전 안을 늘 이동해 다니는 것이니, 인간이 발견하기란 거의 불가능에 가깝다.』

호오~ 그런 거구나.

그보다, 사람이 발견하기란 거의 불가능하다는 말은 페르라면 발견할 수 있다는 거야? 물어보니 페르라면 조금 시간을 들이면 가능하다고 한다. 하지만 『던전이라고 하는 즐거운 놀이 공간을 없애버린다는 건 어리석은 짓일 뿐이다』라고 했다.

그 이후로도 때때로 함정이 있었지만, 우리한테는 전혀 효과가 없었다. 화살이니 창이니 하는 것들이 날아와도 페르의 결계가 막아주었고, 바닥에 갑자기 구멍이 생겨도 가볍게 뛰어 넘었다. 계층 보스도 지나치는 순간에 일격에 쓰러뜨리고, 그 안쪽에 있는 계단을 내려갔다.

우리 일행이라고 할까, 페르와 드라 짱은 잠시도 멈추지 않았다.

참고로 말하는데, 스이는 평소의 정위치인 가죽 가방 안에서 자고 있다.

10계층까지 내려갔을 때, 드디어 다른 모험가를 발견할 수 있게 되었다.

『어떡할래? 여기가 10계층인데.』

『흐음, 기적을 보면 대단한 적은 없구나. 이 계층의 보스는 베놈 타란툴라인가 보군.』

그렇게 말하는 페르는 불만스러워 보였다.

페르한테는 베놈 타란툴라도 잔챙이인가 보다.

『그럼, 바로 아래로 내려갈래?』

『그래, 그렇게 하자.』

우리는 10계층도 탐색하지 않고 그대로 보스의 방으로 향했다.

보스의 방 앞에는 근육이 울끈불끈하고 무서운, 그야말로 모험가다운 남자가 네 명 정도 대기하고 있었다. 페르와 드라 짱을 보고 무기를 들었지만, 나를 보고 "뭐야, 사역마인가"라며 무기를 내렸다.

"저기, 여기가 보스의 방인가요?"

한 사람에게 말을 걸어보니 "그렇다"라며 고개를 끄덕였다.

"안으로 들어가지 않으시는 건가요?"

그렇게 묻자 모험가는 이런이런 하는 느낌으로 고개를 저었다.

"혹시 당신, 던전은 처음인가?"

그 질문에 나는 고개를 끄덕였다.

"역시 그런가. 던전 안에서는 말이지, 여러 가지 규칙이 있다고."

그 모험가의 말에 따르면.

· 던전 안에서 마물과 싸울 경우에는 맨 처음에 공격을 한 자

가 속한 파티에 우선권이 있으며, 드롭 아이템도 물론 그 파티의 소유가 된다.

· 전투 중에는 도움을 청했을 때 이외에는 손을 대서는 안 된다.

· 보물 상자에 관해서는 연 자에게 우선권이 있다.

그렇다고 한다.

"지금 안에 먼저 들어간 파티가 있거든. 그게 끝나지 않으면 우리는 들어갈 수 없어."

그렇구나.

"뭐, 규칙이 정해져 있다고는 해도, 그중에는 무시하는 녀석도 있지. 드롭 아이템을 훔쳐가는 좀도둑도 있고. 그리고 너처럼 던전에 익숙하지 않은 녀석을 죽여서 금품을 모조리 털어가는 망할 놈들도 있어. 던전 안이면 시체도 남지 않으니까. 뭐, 어디든 나쁜 놈은 있기 마련이야. 너도 조심해."

우와, 무서워.

확실히 던전 안이라면 시체도 남지 않을 테니, 아무도 못 봤을 경우라면 증거도 남지 않겠네.

어떤 세계든 선한 사람도 악한 사람도 있다는 거군. 조심해야지.

이러저러 하는 사이에 보스의 방에 들어갔던 파티의 전투가 끝났고, 무서운 4인조가 안으로 들어갔다. 고전하는지 시간이 좀 걸렸다.

『어이, 더 기다려야 하는 게냐?』

『그래, 얼른 앞으로 나아가자고.』

"페르도 드라 짱도 그런 말 하지 마. 던전 안의 규칙은 잘 지켜야만 한다고."

그리고 드디어 무서운 4인조의 전투가 끝났다.

네 사람은 드롭 아이템을 주워서 우리가 있는 쪽으로 돌아왔다.

"너희들, 이제 가도 돼."

"어라? 여러분은 아래로 내려가지 않으시는 겁니까?"

"그래. 우리는 이 층에 머물 거야. 모두 처자식이 있으니까. 위험한 다리는 건너지 않아."

리더 격으로 보이는 사람이 그렇게 말했고, 네 사람은 통로 쪽으로 사라져갔다.

……어떻게 저런 무서운 녀석들한테 처자식이 있는 거야?

젠장, 리얼충 폭발해버려.

『어이, 가자.』

안에는 리스폰 한 베놈 타란튤라와 거미계 마물이 있었다.

베놈 타란튤라를 필두로 포이즌 스파이더라는 자그마한 거미(라고 해도 30센티미터 정도는 된다)가 우글우글했다.

페르가 손을 댈 것까지도 없이, 드라 짱이 불 마법으로 베놈 타란튤라들을 유린했고, 순식간에 끝났다.

나도 홧김에 파이어 볼을 쏴줬다고.

베놈 타란튤라가 독주머니를 드롭 했기 때문에, 그것을 주워서 곧바로 아래층으로 향했다.

11계층도 페르에게는 잔챙이뿐이었는지 그대로 통과했다.

이 층의 보스 방에는 오크 제너럴을 필두로 한 오크 부대가 있었는데, 페르와 드라 짱, 그리고 여기서 스이도 전투에 참가하여 1분도 지나기 전에 끝나버렸다. 모두가 싸우는 모습은 오크 놈들이 불쌍해질 정도였다고 말해두겠다.

우리들 뒤에 줄을 서서 기다리던 파티는 모두가 싸우는 모습을 보고 얼굴이 굳어져버렸다고. 그것참, 죄송합니다. 애들이 자중하지를 않아서.

오크 고기 덩어리가 몇 개 드롭 되었기 때문에 그것을 주워서 바로 12계층으로 향했다. 12계층에도 특별히 눈에 띄는 적은 없었기 때문에 그대로 통과하기로 했지만, 모두의 배꼽시계가 공복을 호소한지라 보스 방에 가기 전에 세이프 에리어에서 밥을 먹기로 했다. 지도가 없기 때문에 세이프 에리어가 어디인지 알 수 없었지만, 그 부분은 페르가 아는 것 같으니 맡겨버렸다.

『여기다.』

우리는 통로 옆의 방으로 들어갔다.

안은 학교 교실 정도 크기의, 비교적 넓은 방이었고, 안의 벽 쪽에서는 용수가 졸졸 흐르는 물가까지 있었다.

10계층부터 15계층에는 모험가가 많다고 듣기는 했지만⋯⋯. 세이프 에리어 안은 인구 밀도가 꽤 높았다. 이거 다섯 파티 정도 있는가 보네.

우리는 입구 가까이의 비어 있는 공간에 자리를 잡았다.

"무코다 씨?"

갑자기 이름을 불려서 목소리가 들려온 쪽을 보니, 그곳에는 눈에 익은 얼굴이.

"빈센트?!"

"역시 무코다 씨였군요! 오랜만입니다!! 어이, 다들, 역시 무코다 씨였어."

빈센트의 말에 모여든 것은 베르너 씨, 라몬 씨, 리타와 프랑카. 신세를 졌던 C랭크 모험가 파티 '아이언 윌(철의 의지)' 멤버들이었다.

설마 이런 곳에서 재회할 줄은 생각도 못 했다.

"여러분, 오랜만이에요."

"오랜만입니다, 무코다 씨. 설마 이런 곳에서 재회할 줄이야."

아이언 윌의 리더인 베르너 씨와 악수를 나누었다.

이야기를 들어보니, 아이언 윌 멤버들은 나와 헤어진 직후에 이 던전을 향해 여행을 떠났다고 한다. 쭉 마차를 타고서 이 도시를 향해 왔고, 그저께 겨우 도착했단다.

그리고 바로 어제부터 이 던전에 들어와 있었다고 한다.

"그러셨군요. 우리는 바다의 도시 베를레앙으로 갈 예정이었는데, 그 도중에 있는 이 도시의 던전 이야기를 들은 페르가 들어가겠다는 말을 꺼내서요."

아이언 윌 멤버들이 고개를 끄덕이며 "과연"이라는 말을 하고 있다.

짧은 기간이지만 페르와 함께 지냈기 때문에, 다들 페르라면 그런 말을 할 법하다고 생각하고 있는 것 같았다.

모두라면 내 고생도 알아주시겠죠?

"그러고 보니 무코다 씨, 페르 님 이외에도 사역마가 늘어났군

요. 그건, 드래곤이죠? 새끼 드래곤입니까?"

그렇게 말하는 빈센트의 시선은 드라 짱에게 쏟아지고 있었다. 역시 드라 짱은 처음 봤을 때는 드래곤 새끼로 보이는구나.

드라 짱과 스이는 아이언 월의 멤버들과 헤어진 후에 내 사역마가 되었으니 첫 대면이다. 둘을 소개해두자.

"이쪽의 드래곤은 이런 크기지만 성체입니다. 픽시 드래곤이라는 보기 드문 종류의 드래곤이죠. 제 사역마로, 이름은 드라 짱이라고 합니다."

"풉……."

"큭."

어이, 빈센트. 이름 듣고 뿜은 거지? 베르너 씨도.

리타와 프랑카는 "드라 짱, 잘 부탁해"라고 말했다.

라몬 씨는, 응, 무언으로 일관하고 있다. 살짝 떠는 것 같은데.

"그리고 말이죠, 여기는 슬라임인 스이입니다. 슬라임이지만, 특수 개체라서 엄청나게 강합니다."

가방에서 기어 나와 상황을 살피던 스이를 안아 들어서 소개했다.

"페르 님만으로도 대단한데, 사역마를 더 늘렸군요. 놀랍습니다."

베르너 씨, 그렇게 감탄해도 곤란한데요.

모두 밥에 낚인 거니까. 사역마가 된 이유는 페르와 똑같습니다.

『어이, 밥은 아직이냐?』

『배고프다고.』

『주인, 배고파아.』

165

아, 미안 미안.

"잠깐만요. 애들 밥을 줘야 해서요."

어디, 뭘로 할까.

비프스튜면 되려나? 도시에서 산 빵과 함께 먹어보고 싶기도 하니까.

그 빵은 좀 딱딱하지만, 비프스튜와 어울릴 거라고 생각하거든.

접시에 고기가 잔뜩 들어간 비프스튜를 덜어 페르와 드라 짱과 스이에게 내주었다.

『이건 전에도 먹었던 요리구나. 고기가 부드럽게 익어서 입안에서 녹는다. 으음, 맛있다.』

고맙다, 페르.

『오오, 이건 또 맛있네. 진짜, 네가 만든 요리는 맛있다니까.』

드라 짱도 비프스튜가 마음에 든 모양이다. 아니, 입 주변이 비프스튜로 엉망이잖아.

『이거, 고기가 부드럽고 양념도 배어들어서 맛있어.』

스이의 보증을 받았으니 잘 만들어졌다는 뜻이군. 잘됐다.

""""""꿀꺽.""""""

뒤를 보니 아이언 윌 멤버들의 시선이 비프스튜에 못 박혀 있었다.

빈센트와 리타는 군침까지 흘리고 있잖아. 여자아이잖아, 침은 안 된다고.

어쩔 수 없네. 여기는 옛정을 생각해서.

"저기, 여러분도 드시겠어요?"

그렇게 묻자 아이언 월 멤버들은 획획 고개를 위아래로 끄덕였다.

비프스튜를 속이 깊은 나무 접시에 담아서 흑빵과 함께 건네주었다.

"하아, 이런 곳에서 무코다 씨 밥을 먹을 수 있다니. 최곱니다."

"빈센트는 무코다 씨와 헤어진 후로, 무코다 씨가 만든 밥은 맛있었는데 하고 줄곧 말했으니까."

"뭐야, 리타. 너도 말했잖아."

"뭐, 그렇기는 했지. 그게 정말로 맛있었으니까."

그렇게 빈센트와 리타가 말다툼을 하는 사이에……

"하아, 맛있어. 채소도 부드럽게 익었고, 뭐니뭐니 해도 입안에서 녹아버리는 고기가 뭐라고 말할 수 없을 정도야."

"그래, 정말 맛있는데. 이 스튜에 빵을 찍어 먹어도 맛있다."

"이 감칠맛 있는 깊은 맛…… 던전 안에서 이런 맛있는 밥을 먹다니. 역시 무코다 씨입니다."

프랑카와 베르너 씨와 라몬 씨가 한발 먼저 먹기 시작했다.

"앗, 치사해. 나도 먹을 거라고."

"나도!"

빈센트와 리타가 이어서 먹기 시작했다.

"맛나아아앗."

"맛있어."

그렇게 말한 빈센트도 리타도 비프스튜를 입안 가득 넣었다.

응응, 다들 마음에 든 것 같다 다행이네.

나도 비프스튜를 먹기 시작했다.

우선은 한 입.

응, 맛있네.

블러디 혼 불 고기도 푹 익어서, 스푼으로 자를 수 있을 정도로 부드러워졌다.

부드럽게 익은 고기는 입안에 넣으면 스르륵 녹았다.

흑빵을 비프스튜에 적셔서 덥석.

데미글라스 소스의 깊은 맛을 빨아들인 흑빵을 깨무는 이 행복함.

아, 맛있다.

ᒣᒣ한 그릇 더.ᒐᒐ

페르, 드라 짱, 스이의 추가 주문이 들어왔습니다.

드라 짱도 더 먹는 거구나. 뭔가, 마법을 썼더니 배가 고프단다.

나는 각각의 접시에 비프스튜를 담았다.

"그나저나 이 고기 맛있네요. 무슨 고기인가요?"

빈센트가 그렇게 묻기에 "블러디 혼 불 고기야"라고 말했더니, 빈센트가 "푸우웁" 하고 뿜었다.

다른 멤버들도 입을 떡 벌리고 놀라고 있다.

어? 뭐지? 뭔가 잘못된 거야?

"블러디 혼 불 고기입니까? 이 스튜에 들어간 게…….."

베르너 씨가 그렇게 묻기에 "그렇습니다"라고 대답했더니…….

"죄송합니다. 그런 고급 식재료인 줄도 모르고 먹어버렸습니다."

어째선지 사과를 받았다.

……아, 이거 그때의 반응과 똑같네.

카레리나의 모험가인 라슈 씨 일행, 그 사람들도 고급 식재료라는 걸 알고 당황했었지. 고급 식재료라는 것도 전혀 모르고 먹어버렸다면서.

그런 말을 한들, 우리로서는 이게 평범한 거거든. 그렇다기보다 요즘에는 드래곤 고기도 들어왔습니다. 예. 뭐랄까, 페르가 있어서 우리 식생활 수준은 귀족 급인 거 아닐까요? 게다가 드라 짱도 스이도 있으니까, 고기 보충에는 빈틈이 없거든. 그런 만큼 소비도 엄청나지만.

뭐, 맛있는 걸 먹는 것보다 좋은 건 없으니까.

"아니, 그렇게 사과하지 말아주세요. 블러디 혼 불 고기는 아직 잔뜩 있으니까요."

그렇게 말하자 베르너 씨가 놀란 표정을 지었다.

"페르와 스이가 잔뜩 사냥했거든요."

그 말을 듣고서야 베르너 씨도 "아아" 하고 납득한 표정을 했다.

"페르 님, 대단해."

"역시 페르 님이야."

빈센트와 리타가 눈을 빛내며 페르를 보고 있다.

프랑카와 라몬 씨도 감탄한 듯 페르를 보고 있고.

"그런 거니까 걱정하지 않으셔도 괜찮습니다. 그보다, 더 드시겠어요?"

"그래도 됩니까?"

"물론이죠."

그렇게 대답하자, 페르가 불만스런 얼굴을 했다.

『음, 내 몫이 없어지지 않느냐.』

"베르너 씨 일행한테는 전에 신세를 졌었잖아. 페르한테는 고기 구워줄 테니까."

『그래, 그렇다면 드래고……우푸푸………… 무슨 짓이냐.』

페르 녀석이 드래곤 고기라는 말을 꺼내려는 것 같았기에 순간적으로 입을 막았다.

『페르, 드래곤 고기라는 말을 하려고 했지? 블러디 혼 불 고기로도 놀랄 정도잖아. 드래곤 고기라는 말을 했다간 다들 졸도할 거야.』

페르에게 염화를 보냈다.

『으음. 그렇다면 와이번 고기도 좋다.』

『그것도 안 돼. 와이번 고기도 놀랄 거야. 여기는 아까 드롭 된 오크 고기로 가자.』

『으음, 할 수 없구나. 양념은 그걸로 부탁한다.』

『네네.』

정말이지, 분위기 좀 읽어달라고.

"아, 여러분 더 드시겠어요?"

"정말로 괜찮겠습니까?"

"네, 여러분께는 그때 무척 신세를 졌는걸요."

그때는 페르와 사역 계약을 맺은 지도 얼마 안 돼서, 혼자서는 아무것도 할 수 없었을 테니까.

아이언 윌 멤버가 있어준 덕분에 어떻게든 무사히 국경을 넘을 수 있었다는 느낌이기도 하고.

"그럼, 한 그릇 더 주시겠습니까?"

"어이, 빈센트."

"리더, 왜 그래요? 무코다 씨가 괜찮다고 하셨으니까, 괜찮잖아요."

빈센트에게 한 그릇 더 담아주면서 "베르너 씨도 더 드시겠습니까?"라고 물어보았다. 그러자 베르너 씨도 면목 없다는 듯이 "부탁합니다"라며 나무 접시를 내밀었다. 그 뒤를 이어서 리타도 프랑카도 라몬 씨도 더 달라고 말했다.

맛있다고 생각해주면 만든 보람이 있지.

남은 비프스튜를 페르와 스이에게 더 나눠주고 나니 스튜는 완전히 바닥이 나버렸다.

페르와 스이의 부족한 양은 휴대용 버너를 꺼내서 오크 고기 스테이크를 구워주었다. 고기를 굽는 냄새에 빈센트와 리타가 먹고 싶다는 표정을 하기에 조금 나눠주었다.

세이프 에리어의 모험가들이 이쪽을 뚱한 눈으로 보고 있었지만, 아무리 그래도 처음 보는 사람에게 밥을 나눠줄 수는 없는 일이므로, 물론 무시했다. 비축해둔 밥이라고 해도 양에는 한계가 있으니까 말이지.

잠시 식후의 휴식을 가진 다음, 페르에게 재촉을 받으며 보스의 방으로 향하게 되었다.

"그럼, 여러분. 조심하세요."

"무코다 씨들도, 아니. 페르 님이 계시니까 괜찮으려나."

"무코다 씨 일행은 아래로 내려가는 건가요?"

"네. 페르가 던전을 답파할 마음이 넘쳐서 말이죠······."

『베헤모스가 있다고 하더군. 조금은 즐길 수 있을 테지.』

"라고 합니다."

아이언 윌 멤버들은 웃었다. 페르 님답다며.

이쪽으로서는 베헤모스 같은 건 보고 싶지 않은데.

"그럼 이만."

우리는 세이프 에리어를 나와 보스의 방으로 향했다.

아이언 윌 멤버들은 이 층을 조금 더 탐색할 예정이라고 했다.

휴식 중에 들은 이야기로는 12층 보스의 방에 있는 것은 리저드맨이라고 했는데······.

마침 보스의 방에는 아무도 없었고, 그대로 들어갔다. 안에 있던 것은 들었던 대로 리저드맨이었다. 그 이름처럼 이족 보행하는 도마뱀이다.

수가 꽤 많았는데, 페르와 드라 짱과 스이에게는 대단할 것도 없었다.

드롭 아이템인 가죽을 주워서 13계층으로 향했다.

13계층부터 15계층도 페르에게는 잔챙이들뿐인 모양이다(20계층 부근까지는 이렇다 할 기척이 없다고 한다). 그런고로 그냥 통과했다. 보스를 냉큼 쓰러뜨리고 앞으로 나아간다. 14계층의 트롤은 스이가, 15계층의 미노타우로스는 드라 짱이 혼자서 쓰러뜨렸다.

다들 세구나. 이 파티에 사각은 없다.

……아니, 사각은 있구나. 나라고 하는 사각이. 슬프지만 이 중에서 제일 약한 건 나니까.

뭐, 그 부분은 현실을 제대로 봐야지.

모두에게 보호받으며 던전을 나아가기로 하겠습니다.

16계층으로 나아가자 지금까지의 층과는 상황이 바뀌었다.

우선 풍경부터가 달랐다. 15계층까지는 정돈된 석벽에 둘러싸인 인공적인 형태였는데, 16계층은 파낸 갱도라는 느낌으로 울퉁불퉁한 바위가 그대로 드러나 있었다.

"뭔가, 15계층까지랑은 다른 분위기네."

『그래. 던전이니까. 던전에 따라서는 숲이나 사막지대 계층이 나오기도 한다.』

아, 그러고 보니 게임에도 그런 게 있었지.

갱도를 걷고 있으려니 오른쪽에 구멍이 있었다. 들여다보니, 반구 형태의 비교적 큰 방처럼 된 공간이 있었고, 안에는 마물이 있었다. 오크 제너럴이 여럿, 그리고 그것을 둘러싼 오크 집단이 있었다.

"저기, 이 계층부터는 모험가도 적어지기 시작했으니까, 드롭 아이템이나 보물 상자를 적극적으로 회수하면서 가자."

『잔챙이들뿐이라 귀찮다…….』

"무슨 소리를 하는 거야. 던전에 들어가는 목적은 원래 드롭 아이템과 보물 상자 속의 보물이라고. 그걸 무시하면 던전에 들어온 의미가 없잖아."

『이 몸은 근성 있는 상대를.』

"아, 네네. 페르는 그럴지도 모르지만, 모처럼 들어왔으니까 드롭 물품이나 보물을 챙겨서 가자고. 그러면 밥에 관한 요청도 들어줄 테니까."

『음, 정말이냐? 그렇다면 하겠다. 나는 전에 먹었던 이세계 고기가 먹고 싶다.』

아, 국산 쇠고기 말이야?

그것보다도 와이번이나 어스 드래곤(지룡) 고기 쪽이 훨씬 맛있는데, 스테이터스에 보정이 걸리기도 해서 페르한테는 인터넷 슈퍼(이세계)의 식재료 쪽이 맛있는 건가?

"페르는 이세계 음식을 먹고 싶어 하는데, 그쪽이 더 맛있는 거야?"

『이세계 고기 같은 건 자네에게 부탁하지 않으면 먹어볼 수 없지 않느냐. 드래곤만큼이라고는 할 수 없지만, 물론 이세계 고기도 맛있고, 먹을 기회가 없어 먹고 싶어진다.』

뭐, 그러네.

인터넷 슈퍼의 식재료 같은 건, 나한테 부탁하지 않으면 먹을 방법이 없으니까.

그게 맛있다는 걸 알면 더 먹고 싶어지겠지.

그렇게 되어 방에 들어가자마자 오크를 눈 깜짝할 사이에 순

살. 드롭 된 아이템은 고환과 고기였다. 고환을 주울 때 순간 손이 멈췄다. 더럽지만 돈이 된다는 생각에 어쩔 수 없이 키친 페이퍼로 싸서 주웠다.

그 후에도 방을 네 개 정도 돌며 드롭 아이템을 회수했다.

나온 것은 11계층부터 15계층에서 나왔던 마물들이었다.

페르의 이야기에 따르면 아주 조금 강해지기는 했다고 한다.

갱도를 걷고 있으려니 "철컥" 하는 소리가 들렸다.

『음? 함정에 걸린 모양이다.』

데구루루 하고 무언가가 굴러오는 소리가 들렸다.

데구루루루루루.

뭐, 뭔가 이쪽으로 접근해 오는 소리 같은데······.

쿠구구구구구구궁.

"끄아──악, 뭐, 뭐야 이거."

갱도에 꽉 찰 듯한 크고 둥근 돌이 이쪽을 향해서 굴러왔다.

『소란 피우지 마라.』

페르가 앞다리를 휘둘러 내리자 빛나는 날카로운 발톱의 환영이 보였다. 전에도 본 적 있는 발톱 베기라는 스킬이다.

콰직.

둥근 바위는 빛나는 날카로운 발톱에 베여 산산이 부서졌다.

··········어? 저 기술, 바위도 가르는 거야?

페르는 페르대로 자못 당연하다는 얼굴로『가자』라고 말하고 있고. 이제 있지, 페르한테 맡겨두면 뭐든 가능할 것 같은 기분이야.

그보다, 조금 전 함정도 그렇지만, 뭔가 함정도 지금까지의 층보다 위험해진 것 같네. 조심하자.

그 후로도 몇 개의 함정을 피해가며 방을 돌고 드롭 아이템을 빈틈없이 회수했다.

그리고 보스의 방에 도달했다.

15계층까지의 보스의 방보다 배 가까이 넓었다. 그 안에는 오크, 리저드맨, 오거로 된 혼성 마물 부대가 있었다. 꽤 많은 수가 있었지만 페르와 드라 짱과 스이한테 걸리니 5분도 버티지 못했다.

나도 무리에서 떨어진 오크와 싸웠다. 스이가 만들어준 미스릴 쇼트 소드가 얼마나 잘 드는지 시험해보고 싶어서, 형편없는 실력이지만 검을 써서 싸워보았다. 완전 방어 스킬이 있는 덕분에 꽤 침착하게 대응했다고 본다.

내가 상대한 오크는 쇠도끼를 들고 있었는데, 그 공격은 나의 완전 방어 스킬에 전부 튕겨나갔다. 나는 엉거주춤한 자세로 쇼트 소드를 휘둘렀다. 그랬더니 쇠도끼를 든 오크의 팔이 싹둑 잘려 날아갔다. 어찌나 예리한지 깜짝 놀랐지만, 절규하는 오크를 보고 지금이다, 라고 판단해 마지막 일격을 가했다. 무서울 정도로 간단히 검이 오크의 가슴을 꿰뚫었다.

아쉽게도 드롭 아이템은 없었지만, 나도 아주 조금 전투에 참여해서 만족했다.

그나저나 스이가 만든 미스릴 쇼트 소드는 예리함이 발군이다. 대장장이 신의 가호는 겉멋이 아니었다.

모두가 있는 쪽을 보니, 수가 많았던 만큼 드롭 아이템도 어느 정도는 되는 것 같았다.

가죽과 마석 등의 드롭 아이템을 주워 모으고 우리는 17계층으로 향했다.

◇ ◇ ◇ ◇ ◇

이 던전은 사람 형태의 마물이 많은지 17계층도 16계층과 마찬가지로, 11계층부터 15계층에서 나왔던 마물들이 있었다. 페르의 말에 따르면 이 아래 계층도 그런 느낌이라고 한다.

다만, 점점 상위 종이 나오는 식으로 되어 있는가 보다. 뭐, 그래도 우리 애들한테는 상대가 안 되겠지만. 모두 희희낙락하며 척척 마물을 쓰러뜨리고 있답니다.

드롭 아이템도 꽤 많은 수가 모였다.

제일 많은 것은 가죽이었는데, 이게 얼마 정도가 될지는 아직 알 수 없다. 단가가 그리 높을 것 같지는 않지만. 어쨌든, 조금이라도 식비에 보탬이 되어주면 좋겠는데.

17계층의 여러 방을 돌고 드롭 아이템을 회수하던 때, 드디어 보물 상자를 발견했다.

마물을 쓰러뜨리고 드롭 아이템을 회수하고 있으려니, 방 안쪽 벽 근처에 희끄무레한 상자가 오도카니 놓여 있었다. 테두리가 금으로 되어 있고, 약간의 보석이 장식되어 있었다.

"오오, 드디어 보물 상자가!"

곧바로 열어보려다가 잠깐만, 하고 멈췄다. 이 던전은 함정도 있고 꽤 고약하게 만들어져 있다. 그렇다는 건, 이 보물 상자에도 뭔가 장치가 되어 있을 가능성이……

일단 감정해보자.

【보물 상자】
열면 동시에 독가스가 나오게 되어 있는 보물 상자.

……안 되잖아.

독가스라니, 뭐야 이거. 무서워. 이거 열 수 없잖아.

특히 나는 가호가 있다고 해도 (소)니까.

가호(소)면, 상태 이상 무효화의 힘은 있어도, 즉사 효과가 있는 건 안 될 거 아냐.

독가스라고 나오는 걸 보면, 이거 즉사 효과일 것 같아. 여기는 가호가 만전 상태인 여러분, 부탁드립니다.

"저기, 이 보물 상자, 열면 동시에 독가스가 나온대. 나는 가호 (소)니까 누가 좀 열어줘."

『음, 어쩔 수 없군.』

페르가 보물 상자를 열기 위해 접근하던 때, 닌릴(유감 여신)에게서 신탁이 내려왔다.

『아, 아, 이세계인 들리느냐? 이 몸이니라, 닌릴이니라. 전하는 걸 완전히 잊고 있었다만, 자네의 가호는 (소)지만, 세 여신이 가호를 거듭하여 내린 연유로 (소)라고 해도 보통 가호와 같은 상태

이상 무효화의 힘이 발휘되느니라. 셋이 같은 인간에게 가호를
내린다는 건 드문 일이라 확인하는 데 조금 시간이 걸렸느니라.
그런고로, 자네는 어지간한 일로는 죽지 않으니 안심해도 된다.
레츠 인조이 던전! 이니라.』

　…………일찍 좀 말하라고, 유감 여신.

　확인하는 데 시간이 걸렸다고 하지만, 닌릴 님이니까 확인하고
말하는 걸 잊어버렸을 뿐인 거잖아?

　그리고 뭐가 레츠 인조이 던전이야. 정말이지, 어디서 그런 말
을 배워 오는 거냐고.

　"아, 페르, 내가 열어볼게. 뭔가, 지금 닌릴 님한테서 신탁이 있
었는데, 내 가호는 (소)지만 세 여신님한테서 가호를 받아서 너희
랑 같은 상태 이상 무효화의 힘이 발휘되니까 괜찮대."

『음, 그런가. 그럼 부탁한다.』

　나는 보물 상자로 다가갔다.

　특별히 잠겨 있거나 하지는 않았고, 걸쇠로 고정되어 있을 뿐
이었다.

　마음을 먹고 걸쇠를 빼내서 보물 상자를 열었다.

　순간 슈욱 하고 보랏빛 안개 상태의 무언가가 뿜어져 나왔다.

　"쿨럭, 쿨럭, 쿨럭."

　이게 독가스일 테지만, 조금 매캐하기만 할 뿐 딱히 아무렇지
도 않았다.

　상태 이상 무효화가 있어서 다행이야.

　평소에는 성가시다고만 생각했던 여신님들이 이때만은 조금

고마웠다.

　보물 상자 속을 들여다보니 안에 들어 있던 것은 꾀죄죄한 자루였다.

"이건 뭐지?"

　꾀죄죄한 자루를 꺼내자 보물 상자는 사라졌다.

　감정해보니 【매직 백(소)……마대(대)가 다섯 개 들어가는 크기의 매직 백】이 나왔다.

　마대(대)라니, 확실히 가로세로 1미터 정도의 마대를 말하는 거지? 그게 다섯 개라는 건 그럭저럭 들어간다는 건가?

　나는 아이템박스가 있어서 불편하지 않지만, 없는 사람에게는 군침이 나올 정도로 갖고 싶은 물건일지도 모르겠네.

　꾀죄죄해서 겉보기는 별로이고 크기도 (소)지만, 꽤 괜찮은 가격에 팔 수 있을 것 같다.

　그렇게 생각하면, 첫 보물 상자인 것치고는 꽤 좋은 게 손에 들어왔는지도 모르겠다.

　매직 백을 아이템 박스에 넣어두었다.

　다음 방으로 향해보니 다른 모험가가 전투 중이었기 때문에 그대로 지나쳐서 마지막 보스의 방으로 갔다.

　안을 보니 오크 킹을 필두로 그 주변을 둘러싼 오크 제너럴, 그리고 그 주위에는 무수한 오크들이.

『흥, 오크인가. 오크 따위는 제아무리 많아도 우리의 적이 안 된다. 가자.』

『오오.』

『스이도 잔뜩 쓰러뜨릴래.』

그렇게 말하고 페르와 드라 짱과 스이는 오크 군단을 향해 달려들었다. 그리고 오크 군단을 유린해갔다. 나는 뒤쪽에 대기하며 모두가 놓쳐서 무리에서 떨어져 나온 오크를 쓰러뜨렸다.

오크 군단이 사라지는 데는 시간이 얼마 걸리지 않았다.

오크들이 떨어뜨린 고기니 가죽이니 고환이니 하는 것을 주웠다.

참고로 오크 킹은 고환을 떨어뜨렸다. 더럽지만 역시 주웠다. 이건 반드시 아이가 생기는 정력제의 재료로, 꽤 높은 값을 받으니까. 전에 오크 킹을 매매했을 때 들었던 걸 기억하고 있다고.

그 다음인 18계층도 페르와 드라 짱과 스이에게는 별 어려움이 없었고, 빈틈없이 마물을 쓰러뜨렸다.

물론 드롭 아이템은 모두 회수했다. 다양한 마물의 가죽이 점점 쌓여간다.

아쉽지만 18계층은 보물 상자가 없어서 그대로 보스의 방으로 갔다.

여기는 피부가 불그스름한 특수 개체 오거를 필두로 오거와 오크 혼성 부대가 있었다. 여기도 수가 꽤 되었지만, 모두에게는 이렇다 할 것도 없는지 전투는 바로 끝났다.

19계층도 순조로웠다고 할까, 척척 마물을 쓰러뜨리고 드롭 아이템을 회수해갔다.

다섯 번째 방에 들어가서 안에 있던 마물을 다 쓰러뜨렸을 때 보물 상자를 발견했다.

"오, 보물 상자가 있어."

또 어떤 장치가 되어 있을지도 모르니 감정을 했다.

【미믹】
보물 상자로 의태한 던전산(産) 마물. 쓰러뜨리면 드물게 장식된 보물 상자를 드롭 한다.

오오, 이거 보물 상자가 아니라 마물이었어.

"이거, 보물 상자가 아니라 마물이래."

『아, 미믹인가.』

페르는 아는 모양이군.

『그 마물은 열려고 하는 때를 노려 덤벼든다.』

열려고 하는 때라, 그렇다면 접근해서 미스릴 쇼트 소드로 해치워도 되려나?

"그렇다면 내가 쓰러뜨려볼게."

조심스럽게 다가가서…….

"하앗."

"그에엑."

슈욱 하고 일도양단.

정말로 이 미스릴 쇼트 소드는 잘 잘리는구나.

미믹이 사라진 자리에는 조그마한 보석 상자 같은 것이 있었다.

"오오, 드롭 아이템이야. 드롭 하는 일이 드물다고 쓰여 있는데."

손에 들어보니, 작지만 보석과 금장식이 되어 있어서 꽤 예뻤다. 이것도 괜찮은 값을 받을 수 있을 것 같다. 나는 신난 표정으로 보석 상자를 아이템 박스에 넣었다.

그 다음으로 두 개의 방을 더 돌고 보스의 방으로 갔다.

거기에는 오거 킹을 중심으로 한 오거와 트롤 혼성 부대가 있었다.

2미터 정도인 오거와 한층 더 큰 트롤이 꽤 많이 있는 것을 봤더니 다리가 풀렸다.

그런 나를 무시하고, 페르도 드라 짱도 스이도 희희낙락하며 돌진했다.

물론 순식간에 격파.

가죽과 마석 등의 드롭 아이템을 주우며 문득 생각했다.

"그러고 보니 던전에 들어온 지 아직 하루밖에 안 됐는데, 다음이 벌써 20계층이잖아. 모두 강하니까 쑥쑥 진행되네."

『뭐, 이 몸은 강하니까 말이다. 지나온 계층의 마물들은 상대가 안 된다.』

『으하하, 내가 얼마나 강한지 다시 봤지? 팍팍 쓰러뜨리자고.』

『주인, 스이 강해? 스이 훨씬 많이 쓰러뜨릴 거야.』

모두 아직 기운차고, 엄청 의욕 넘치는구나.

나는 힘이 넘치는 모두를 보고 쓴웃음을 지었다. 던전 탐색에 열흘 정도는 걸릴 거라고 예상하고 있었는데, 어쩌면 그렇게 오래 걸리지 않을지도 모르겠다는 느낌이 들었다.

기운 넘치는 모두와 함께 20계층, 21계층을 탐색해 나아갔다.

두 계층 모두 16계층부터 19계층과 마찬가지로, 11계층부터

15계층에서 나왔던 마물들이 뒤섞여 있었다.

페르가 말했던 대로 상위종이 나왔지만, 모두에게 간단하게 처리되었다.

20계층과 21계층에서도 많은 드롭 아이템을 획득했고, 우리는 22계층으로 내려갔다.

지금 가장 선행하고 있는 모험가 파티가 탐색 중이라고 하는 22계층은, 지금까지와는 상태가 조금 달랐다. 아니, 파내서 만든 갱도라는 느낌은 같았지만, 크기가 명백하게 달랐다.

통로도 지금까지의 배 이상으로 넓어졌다.

어째서인지는 첫 번째 방 안을 들여다보고 알았다.

지금까지의 방들보다 훨씬 커다란 공간에 빽빽하게 들어찬 것은 3미터를 넘는 트롤과 미노타우로스였다.

"트롤과 미노타우로스밖에 없는데……. 그래서 통로도 방도 큼직하게 만들어진 건가?"

『그런 것 같군. 기척을 보니, 여기는 거인들만이 모여 있는 계층인 모양이다. 게다가, 이 아래 아래 아래쯤의 계층까지는 기척이 비슷하다.』

과연 그렇군.

페르의 이야기로 판단하건대, 다음 23계층부터 25계층은 거인존이라는 건가.

3미터를 넘는 거인이라는 것만으로도 겁이 나는데, 그게 잔뜩 나오는 거냐고…… 정말이지, 이 던전 너무 별로잖아.

나도 조금은 도우려고 했는데, 저 덩치는 좀 무리일 것 같다.

저것과 태연하게 상대할 수 있는 모두를 존경한다고.

"나한테는, 저 거인을 상대하는 건 좀 무리야. 그러니까, 모두 잘 부탁해."

『흥, 정말이지 자네는 기개가 없구나. 뭐, 이 몸한테는 트롤도 미노타우로스도 상대가 안 되지만. 자네는 거기서 얌전히 보고 있어라.』

기개 같은 거 없어도 되거든요. 완전 방어 스킬은 받았지만, 나는 저 3미터를 넘는 거인에게 덤빌 정도로 상황을 달관하지 않는다고요.

『나한테 맡겨둬! 저렇게 움직임이 둔하고 덩치만 큰 놈들은 내가 냉큼 처리해줄게!!』

오, 드라 짱 의욕 넘치는데. 잘 부탁드립니다.

『주인. 스이도 풋풋해서 많이 쓰러뜨릴게. 물 마법도 쓸 거야.』

스이도 의욕 넘치는구나. 풋풋해서 해치워주렴.

『그럼, 가자.』

페르의 호령과 함께 모두가 방 안으로 뛰어들어 갔다.

슈슉, 슈슉, 슈슉——.

콰광, 콰광, 콰광——.

""""크어어억.""""

""""므어어어.""""

페르의 바람 마법과 번개 마법이 트롤과 미노타우로스에 작렬했다.

퍼억, 퍼억, 퍼억, 퍼억, 퍼억——.

""""""크르으으으으.""""""

불 마법을 몸에 두른 드라 짱이 고속으로 이동하면서 트롤의 가슴을 연달아 꿰뚫었다.

풋, 풋, 풋, 풋, 풋——.

""""""므어어어어어.""""""

스이의 산탄이 미노타우로스의 배를 녹였다.

지금까지 스이가 싸운 모습을 보면, 근거리 전과 원거리 전에서 산탄을 나누어 쓰는 것 같다.

가까이에 있는 적에게는 산을 쏟아붓는 듯한 커다란 산 덩어리를 쏘고, 멀리 있는 적에게는 산탄을 고속으로 쏘아서 상대를 꿰뚫는다는 느낌이다.

페르와 드라 짱처럼 다양한 마법을 쓰지 못하기 때문에, 그런 부분을 궁리하고 있는 모양이다.

머리가 좋다고 할까, 요령이 좋다고 할까. 스이는 제일 어리기도 하고 성장기이기도 하니, 점점 강해지겠지? 지상으로 돌아가면 진화하거나 하는 거 아닐까?

아, 끝났네.

어디 어디, 드롭 아이템을 주워보도록 할까요.

미노타우로스의 쇠도끼에 미노타우로스의 뿔, 미노타우로스의 고기, 그리고 트롤 가죽에 트롤의 독 손톱.

이 층에 오고서 드롭 아이템이 늘어난 느낌이 드는데. 역시 아래층으로 가면 갈수록 쏠쏠하다는 건가. 당연히 그만큼 위험도 늘지만.

그 후 차례차례 방을 돌면서 드롭 아이템을 회수했다.

그나저나 마물이 많네. 21계층까지는 통로에서 마물이 나오는 일은 별로 없었는데, 이 계층에 오고서는 통로에서도 빈번하게 마물과 조우하게 되었다.

물론 페르와 드라 짱과 스이가 있으니 지거나 할 일은 없겠지만.

22계층을 거의 다 탐색하고, 남은 것은 보스의 방뿐이던 때에……

『배가 고프다.』

『그래, 나도 배고프다고.』

『스이도 배고파아.』

우리 애들의 식사 타임.

보스의 방 근처의 세이프 에리어에서 밥을 먹기로 했다.

이번에는 뭘로 할까.

오크 제너럴 생강구이 덮밥과 돈지루면 될까?

바닥이 깊은 접시에 밥을 담고 채 썬 양배추를 듬뿍 깐 다음, 그 위에 역시나 듬뿍 생강구이를 얹어주면 생강구이 덮밥 완성이다. 그리고 돈지루도 바닥이 깊은 접시에 덜어 담았다.

페르, 드라 짱, 스이 앞에 생강구이 덮밥과 돈지루를 내주었다.

"자, 먹어."

모두 바로 우적우적 먹기 시작했다.

『몸을 움직인 다음에 먹는 밥은 맛있구나.』

『오오, 이 고기 양념 맛있는데.』

『응응, 맛있어. 이 채소랑 고기가 들어 있는 국물도 맛있어.』

운동 후에 먹는 밥은 맛있는 법이지.

나도 생강구이 덮밥과 돈지루를 먹어볼까.

생강구이 덮밥은 달고 짭짤한 생강구이와 양배추가 밥과 잘 어우러지는군요.

채 썬 양배추가 있어서 산뜻하게 먹을 수 있는 점이 좋다.

다음으로 이 돈지루. 채소에 맛이 배어들어서 맛있었다.

게다가 따뜻한 국물이라 속이 풀린다.

아~ 맛있다.

『한 그릇 더.』

드라 짱은 배가 부른 것 같지만(모두에게 내준 바닥이 깊은 접시에 담은 건 약 3인분 정도는 되니까), 페르와 스이는 더 먹겠다고 한다. 페르와 스이에게 추가로 음식을 내주자 다시 우걱우걱 먹기 시작했다. 만들어둔 생강구이가 전부 없어질 때까지 몇 번이나 더 먹고서야 겨우 배가 불러진 모양이었다.

돈지루는 앞으로 한 번 더 먹을 양이 겨우 남았다.

"저기, 페르. 나도 지쳤으니까 오늘은 여기서 자고 내일 보스방에 도전하자."

『그렇구나. 밖의 시간은 아마도 잠들어 고요한 시간대일 테니, 그렇게 하지.』

페르는 감각적으로 시간을 파악할 수 있는 듯했고, 지금 밖은 밤이라고 했다.

뭐, 배꼽시계도 비교적 정확하니까.

"드라 짱, 스이, 그렇게 정해졌으니까 오늘은 여기서 자자."

『그래, 알았어.』

『알았어. 주인, 이불은?』

아, 이불이라. 어차피 이 세이프 에리어에 있는 건 우리들뿐이니까, 이불을 쓰도록 할까?

종이 상자를 깔고, 그 위에 내 이불과 페르의 이불을 깔았다.

설마 이렇게 빨리 아래층까지 올 줄이야. 인터넷 슈퍼나 이것저것 남들에게 보이고 싶지 않다고 생각해서 여러 가지를 만들어 두었는데, 쓸데없는 짓이었던 건가? 뭐, 던전 안에서 요리하지 않아도 되니 아주 쓸데없는 짓이었던 건 아니라고 해야 하려나.

이불을 깔면서 그런 생각을 하고 있으려니 목소리가 들려왔다.

"아무튼 세이프 에리어로 들어가야 해!!!"

"서둘러! 어서!!"

"데미앙, 정신 차려!"

"포션은 어쨌어?!"

"이제 없다고!!"

만신창이 모험가들이 세이프 에리어로 뛰어 들어왔다. 남자 넷에 여자 둘인 모험가 파티였다. 양옆에서 부축을 받고 있는 남자 모험가는 특히 심각한 상태로, 피투성이였다. 자세히 보니 옆구리를 베여서 내장이 보이고 있었다.

갑작스런 일에 깜짝 놀라고 있으려니, 내 존재를 깨달은 모험가 파티의 리더 격으로 보이는 남자가 말을 걸어왔다.

"어이, 당신. 포션을 갖고 있나?! 돈을 낼 테니, 갖고 있다면 나눠줘!"

"이, 있습니다."

카레리나에서 샀던 병이 있었기 때문에, 던전에 들어오기 전에 스이에게 부탁해서 스이 특제 포션을 상급·중급·하급으로 만들어두었다. 전에 만들어주었던 것까지 합쳐서 상급·중급·하급을 각각 스무 병씩 아이템 박스에 보관하고 있다.

나는 아이템 박스에서 스이 특제 상급 포션을 한 병 꺼내서 리더 격인 남자에게 건넸다.

"어이, 포션이야. 정신 차려!!!"

중상을 입은 남자를 눕히고, 베인 옆구리에 스이 특제 상급 포션을 뿌렸다.

그러자 남자의 옆구리에 난 상처가 순식간에 봉합되어갔다.

그 모습을 본 동료 모험가들은 놀란 표정을 지었다.

"뭐, 뭐야 이거……? 특급 포션이야?"

"서, 설마…… 특급 포션 같은 걸 개인이 갖고 있을 리가 없잖아…………."

모험가들의 시선이 나에게 쏟아졌다.

"저, 저기 말이죠, 이건 상급 포션입니다만, 보통 것보다 효과가 좋습니다. 입수한 곳은 말씀드릴 수 없습니다."

뭐, 뭐 거짓말은 아니거든.

"그런가. 이렇게나 효과가 좋다면 우리도 구하고 싶지만, 그런 만큼 비밀로 해두고 싶은 마음도 이해해."

"모험가에게 있어 이런 패는 중요하니까. 그렇게 간단히 가르쳐줄 수야 없겠지."

뭔가 멋대로 납득했는데.

그건 일단 제쳐두고, 중상을 입은 사람은 괜찮은 건가? 보이면 안 될 게 슬쩍 보였었는데.

"의식은 없지만, 상처는 봉해졌고 호흡도 안정적이야. 이제 괜찮을 테지."

그렇게 말한 리더 격의 남자가 안도하며 한숨을 내쉬었다.

"다행이다……. 훌쩍………… 데미앙은 이제 틀린 건가 했어……."

"울지 마. 뭐, 너는 특히 데미앙과 사이가 좋았으니까. 하지만 정말로 무사해서 다행이야."

"정말이야. 회복 담당인 내가 말하기는 뭐하지만, 내 마력이 떨어지지 않았다고 해도, 이런 상처를 회복시키는 건 역시 무리였으니까."

"그래. 이런 상처를 치료하다니, 그런 건 고위 신관이 아닌 한은 무리니까……. 데미앙이 산 건 기적이야."

중상을 입은 남자, 데미앙 씨라고 하는 모양인데, 그가 무사해서 멤버 전원이 안심한 표정을 짓고 있었다.

"정말 큰 신세를 졌다. 고맙다."

리더 격인 남자가 나를 향해서 고개를 숙였다.

"아뇨, 신경 쓰지 마십시오. 우연히 포션을 갖고 있던 것뿐이니까요."

우연히라고 할까, 포션을 만들 수 있는 스이가 있으니까 언제

든 괜찮지만.

"방금 그 포션의 효과와 던전 안이라고 하는 상황을 고려해서, 대금은 금화 열다섯 닢이면 어떻겠나?"

보통 상급 포션이라도 금화 열 닢이라고 들었으니까 충분하다.

애초에 공짜인걸.

"아, 네. 괜찮습니다만, 보통 상급 포션이 금화 열 닢이라고 알고 있는데……."

"아까 받은 포션은 보통 상급 포션보다 명백하게 효과가 있었어. 게다가 던전이라는 특수한 조건 아래서 받은 것이니, 우리로서도 그 정도는 지불해야 한다고 보네."

그렇게 말하면서 리더 격인 남자가 금화 열다섯 닢을 내밀었다.

그런 거라면, 하고 나도 금화를 받아 들었다.

그 대신에…….

"이건 덤입니다. 쓰세요."

스이 특제 하급 포션을 세 병 정도 건넸다.

그게, 중상은 아니지만 데미앙 씨 이외의 멤버들도 베인 상처 투성이라 만신창이다. 애처롭기가 이루 말할 수 없다.

"괜찮겠나?"

"네, 받으세요. 그 대신이라고 하기는 뭐하지만, 무슨 일이 있었는지 들려주시겠습니까?"

그렇게 말하자 리더 격인 남자가 "미안하군" 하고 말하며 스이 특제 하급 포션을 받아 들었다.

그리고 무슨 일이 있었는지 이야기해주었다.

이 모험가 파티는 A랭크 모험가 파티 '템페스트'라고 했다. 리더인 남자와 또 한 사람이 A랭크 모험가이고, 다른 멤버도 B랭크 모험가로, 실적도 능력도 있다고 자부했다고 한다. 이 던전에는 2개월 전부터 들어오기 시작했고, 이번이 두 번째 도전이라고 했다.

지난번에도 이곳 22층까지 탐색했지만, 식량이 다 떨어져가서 지상으로 돌아갔단다. 그래서 이번에는 더 아래까지 내려갈 예정을 세웠고, 20층까지는 패스하고 내려왔다고 한다.

그리고 21계층, 22계층을 탐색하고 22계층의 보스 방에 도달했다.

그러나, 그곳에 있던 것이……

"스프리간이 세 마리나 있었다고. 그 외에도 트롤이랑 미노타우로스가 우글우글했지. 지난번에 봤을 때보다 명백하게 수가 많았어."

스프리간이라는 건 트롤과 미노타우로스보다도 더욱 크고 추한 얼굴을 한 거인 마물이란다.

지난번 이 던전에 들어왔을 때는 스프리간이 한 마리뿐이었고 트롤과 미노타우로스도 이번만큼 수가 많지 않았다고 한다.

"던전이니까, 지난번과 똑같을 수는 없다는 건 알지만, 설마하니 스프리간이 세 마리나 나오다니……"

게다가 트롤과 미노타우로스도 늘어난 상태였다.

이건 위험하다고 판단하여 겨우 후퇴를 시작했지만, 그 도중에 데미앙 씨가 미노타우로스의 도끼에 맞아서 부상을 당했고, 간신히 세이프 에리어로 들어올 수 있었던 것이다.

"당신도 조심하는 편이…… 아니, 당신이라면 괜찮겠군."

그렇게 말한 리더 남자가 페르를 슬쩍 보았다.

아아, A랭크나 B랭크 모험가라면 페르가 펜리르라는 걸 알아
채려나.

"펜리르를 사역한 모험가가 있다는 이야기는 들었지만, 사실이
었군."

"어, 아아, 뭐……."

"하하, 그렇게 경계하지 않아도 되네. 자세한 건 묻지 않아. 모
험가 길드에서도 펜리르를 사역한 모험가에게는 관여하지 말라
는 말을 들었으니까."

그렇게 해주시면 무척 감사하겠습니다.

"펜리르가 붙어 있으니 괜찮을 거라고는 생각하지만, 조심해.
우리도 충분히 준비했다고 생각했는데도 이 꼴이니까. 사전에 이
곳의 길드 마스터에게 이야기를 듣거나 하며 던전에 관한 정보를
입수는 했었는데. 이 층에서 나오는 스프리간은 한 마리라는 게
통설이었어. 그래도 두 마리라는 것도 있을 수 있는 일이라고 상
정하고 있었는데, 설마 세 마리나 나올 줄은……. 뭐, 이제 와서
말해봐야 아무 소용없겠지만. 우리는 하룻밤 자고 다시 지상으로
돌아갈 거야."

그야말로 예상치 못한 일이 일어나 버렸다는 건가.

스프리간 세 마리만이 아니라 트롤과 미노타우로스의 수도 많
았다고 하니까.

역시 이 던전, 고약하게 만들어졌잖아. 함정 같은 것도 그렇지만.

응? 어라?

템페스트 여러분이 보스의 방에 있는 적을 쓰러뜨리지 못했다면, 스프리간이나 트롤이나 미노타우로스가 그대로 버티고 있다는 거야?

페르에게 물어보니 그럴 테지, 라는 대답이 돌아왔다.

크헉, 어떻게 할 거야.

『걱정할 필요 없다. 스프리간 정도가 몇 마리 있든 내 적이 못된다. 그보다, 그만 자라. 내일은 훨씬 아래로 내려가야 하니까.』

라는 말을 들었다.

페르에 드라 짱에 스이가 있으면 괜찮을 테고, 나한테는 완전 방어 스킬도 있다는 건 알고 있지만, 거인 마물이 사방팔방을 둘러쌀 걸 상상하면 불안해진다.

모두가 있으면 괜찮을 거라고 스스로를 납득시키고, 억지로 잠을 청했다.

◇ ◇ ◇ ◇ ◇

다음 날 아침, 페르도 드라 짱도 스이도 일어나서 밥을 기다리고 있었다.

아침을 먹고 나면 드디어 보스의 방 돌입이다.

어제 템페스트 여러분의 상태를 보고 이야기를 들었으니, 불안이 없다고 말한다면 거짓말일 터다.

하지만 지금은 배고픈 모두에게 밥을 준비해주는 것이 먼저다.

오늘은 뭘로 할까…….

아침부터 튀긴 음식은 아니고, 음, 폭참이면 되려나? 폭참 샌드위치를 만들까 하는데, 모두는 어떨까? 물어보니 페르는 고기만 먹고 싶다고 하기에 접시에 폭참을 산처럼 쌓아 내주었다.

드라 짱과 스이는 빵에 끼운 폭참 샌드위치가 좋다고 해서, 샌드위치를 만들었다. 둥근 흑빵을 평평하게 자르고, 아래쪽 빵 위에 채 썬 양배추를 올린 다음 그 위에 폭참을 얹으면 폭참 샌드위치 완성이다. 이건 폭참 샌드위치라기보다 폭참 버거인가?

그걸 일단 다섯 개씩 만들어서 드라 짱과 스이에게 주었다.

드라 짱은 요령 좋게 앞다리로 빵을 들고 베어 물었다.

『약간 신맛이 나는 양념이 된 고기가 맛있는데.』

『정말이야, 맛있어~.』

드라 짱도 스이도 폭참 버거가 마음에 든 모양이다.

그럼 나도 먹어볼까 하던 때에 페르가 『한 그릇 더』란다. 페르의 접시에 다시 산처럼 폭참을 담아주었다. 페르는 고기만 먹고 싶다고 말했기 때문에 폭참만 주었는데, 우걱우걱 먹고 있다. 정말로 고기를 좋아하는구나.

그럼 나도 먹을까.

덥석.

흑빵과 양배추와 폭참은 의외로 잘 어울리는데. 역시 케첩을 베이스로 한 양념이 맛있네. 게다가 흑빵이 씹는 맛도 있어서 하나로도 충분히 배가 든든해질 것 같다는 점도 좋다.

다시 한 입, 폭찹 버거를 베어 물려던 때에 뜨거운 시선을 느꼈다.

"""""""꿀꺽.""""""""

템페스트 여러분이 나를, 이라고 할까, 폭찹 버거를 빤히 보고 있었다.

저기, 뭔가 먹기 힘든데…….

"던전 안에서 음식이 얼마나 귀한지는 알아. 하지만, 혹시, 혹시 여유가 있다면…… 돈을 낼 테니 우리에게도 그걸 나눠주지 않겠어?"

템페스트의 리더인 남자가 그렇게 말했다.

"그건 괜찮습니다만……."

"그, 그런가. 고맙다. 그래서, 대금은 얼마지?"

그게 문제라고. 돈을 낸다고 해도 얼마를 받으면 되는 건데?

동화 다섯 닢 정도일까? 아니, 버거 하나에 동화 다섯 닢은 비싼가?

"던전 안이라는 걸 생각해서, 은화 한 닢이면 어떻겠나?"

"네?"

"역시 은화 한 닢은 너무 싼가…… 그럼."

"아, 아뇨 아뇨, 으, 은화 한 닢이면 됩니다."

너무 싸서가 아니라, 버거 한 개에 은화 한 닢이라고 해서 놀란 겁니다.

"그럼, 미안하지만 이걸로 6인분 부탁하지."

리더인 남자가 멤버들에게서 은화를 한 닢씩 거둬서, 은화 여섯 닢을 건넸다.

괜찮은 걸까. 버거 하나에 은화 한 닢이나 받다니.

으음, 아, 그래. 커피를 마실 생각으로 뜨거운 물을 아이템박스에 넣어둔 게 있었고, 분명 인스턴트 콘소메 수프가 있었으니 그걸 덤으로 주자. 그래도 좀 비싸다 싶기는 하지만, 그건 던전 안이라서 그런 걸로 할까.

6인분의 폭찹 버거와 인스턴트 콘소메 수프를 만들어서 템페스트 여러분에게 내주었다. 물론 콘소메 수프는 보이지 않도록 몰래 만들었다.

"아, 맛있어⋯⋯."

"던전 안에서 따뜻한 걸 마시다니, 최고야."

"지금까지는 딱딱한 빵이나 맵고 짠 육포뿐이었으니까⋯⋯. 그거랑 비교하면 천지 차이네."

"확실히. 던전 안에서 제일 힘든 게 뭐냐고 묻는다면, 먹는 거니까⋯⋯."

"오랜만에 제대로 된 걸 먹은 기분이야."

"역시 아이템 박스는 좋겠어. 던전 안에서 이런 맛있는 걸 먹는다니 부럽네."

템페스트 멤버들은 폭찹 버거를 먹으며 제각기 그런 말을 했다.

보이면 안 될 게 보였던 데미앙 씨도 완전히 기운을 차린 모양인지, 열심히 폭찹 버거를 먹고 있다. 회복이 빠르네.

『더 다오.』

『주인, 더 줘.』

아, 페르와 스이의 추가 주문이다.

아니, 그게. 이제 폭찹 다 떨어졌는데.

"아, 방금 먹은 폭찹은 다 떨어졌으니까, 쇠고기 덮밥을 줄게."

『뭐든 좋으니까 어서 다오.』

『주인이 만든 건 다 맛있으니까, 뭐든 좋아.』

페르와 스이에게 블러디 혼 불 쇠고기 덮밥 곱빼기를 내주었다.

쇠고기 덮밥 곱빼기를 두 번 정도 더 먹고서야 겨우 페르도 스이도 만족한 모양이었다.

"그럼, 신세 많았어. 우리는 지상으로 돌아갈게."

아뇨 아뇨, 저야말로.

어째선지 던전 안에서 용돈 벌이를 했네.

"조심하세요."

그렇게 말하자, 템페스트 일행은 "당신도"라 답하고 떠나갔다.

『어이, 우리도 가자.』

드, 드디어인가.

페르의 목소리를 신호로 우리는 22계층 보스의 방으로 향했다.

보스의 방 안을 들여다보니…….

커다란 마물이 무더기로 있네. 들었던 대로 트롤과 미노타우로스보다 커다란 스프리간이 세 마리 있었다.

게다가 트롤과 미노타우로스도 수가 많다.

"스프리간, 크 크다…….."

무심코 그렇게 중얼거리게 될 정도로 스프리간은 커다랬다.

저거, 5미터 가까이 되겠는데. 저런 걸 어떻게 쓰러뜨리는데?

『드라, 스이, 가자.』

『오옷.』

『알았어.』

내가 겁먹고 있는 사이에 모두가 보스의 방으로 돌입했다.

"앗……."

정말이지, 다들 기운 넘치네. 일단 나도 가볼까.

스이가 만들어준 미스릴 쇼트 소드를 들고, 조심조심 보스의 방으로 들어갔다.

"그가아아아아아."

"그어어어어어어."

"므오오오오오오."

아비규환의 폭풍이다.

페르와 드라 짱과 스이가 날뛰고 있기 때문일 테지만.

한쪽 구석에서 모두가 싸우는 모습을 지켜보았다.

오, 페르의 바람 마법이 작렬했다. 저쪽에서는 드라 짱이 번개 마법을 두르고 날아다니는군.

아, 스이도 산탄을 쏘아내고 있네.

다들 거침없이 마물을 날려버리고 있었다.

"그오오오오."

쿵쿵쿵쿵.

갑작스런 외침과 진동.

응?

켁, 트롤이 이쪽을 향해서 달려오고 있잖아.

나는 곧바로 미스릴 쇼트 소드를 들고 자세를 취했다.

"그어어어어어어."

트롤이 나를 향해 커다란 주먹을 휘둘러 올렸다.

쳇, 젠장. 하지만 말이지, 이 정도로 동작이 굼뜨면 나라도 어떻게든 대처할 수 있다고.

"에잇."

나는 트롤이 휘둘러 내린 주먹을 피하고 미스릴 쇼트 소드로 그 오른쪽 다리를 베었다.

"그윽, 크아?!"

쿠궁——.

트롤이 버티지 못하고 오른쪽 무릎을 꿇었다.

나는 이내 왼쪽 다리도 베었다.

"에잇."

쿠궁——.

트롤이 왼쪽 무릎도 꿇었다.

좋아. 이제 움직일 수 없겠지.

"흐압."

나는 움직이지 못하게 된 트롤의 목에 미스릴 쇼트 소드를 찔러 넣었다.

미스릴 쇼트 소드의 날 끝이 스윽 트롤의 목으로 빨려 들어갔다.

"그아아아아아아아아악!"

귀를 막고 싶어질 정도의 단말마를 지르면서 트롤이 쿵 앞으로 쓰러져 움직이지 않게 되었다.

쓰러뜨린 거야? 나 혼자서?

"으, 우와아아앗! 해냈다!! 해냈다고!!!"

나 혼자서 트롤을 쓰러뜨렸어. 나도 할 때는 한다고.

전투에는 전혀 자신이 없었는데, 아주 조금 자신이 생겼어.

잠시 후, 숨이 끊어진 트롤이 점점 옅어지더니 사라져갔다.

그리고 트롤 가죽이 남았다.

스스로 획득한 전리품인 가죽을 아이템 박스에 소중하게 넣었다.

그리고 보스의 방에 흩어져 있는 드롭 아이템을 회수했다.

이 층에서 새롭게 나타난 스프리간이 드롭 한 것은 두 개였다.

하나는 마석, 또 하나는 무려 보석이었다.

이번에 손에 넣은 것은, 크기는 작지만 탁하지 않은 예쁜 색을
띤 루비와 에메랄드였다. 마지막에 꽤 괜찮은 게 손에 들어왔다.

다음은 도중에 밥시간을 가져가며 23계층, 24계층, 25계층의
거인 존 공략을 계속해나갔다.

아래층으로 내려갈수록 방이 늘어났고, 마물 수도 늘어갔다.
하지만 페르도 드라 짱도 스이도 전혀 동요하지 않았다. 그렇다
기보다 오히려 희희낙락하며 덮쳐 오는 마물을 차례차례 쓰러뜨
렸다.

물론 대량으로 떨어진 드롭 아이템 회수도 잊지 않았다.

도중에 보물 상자도 두 개 정도 있던 것은
다이아몬드 반지와 탄자나이트 목걸이였다. 보석 장신구는 고가
에 팔 수 있을 것 같으니 대환영이다.

그리고 미믹도 세 마리(?) 정도 나왔다. 그중 한 마리만이 보물 상자를 떨어뜨렸다. 이번 건 보석 상자 같은 자그마한 것이 아니라, 비교적 크기가 큰 장식된 보물 상자였다. 이것도 고가로 팔 수 있을 것 같다.

이러저러하며 탐색을 계속했고, 25계층 보스의 방 앞에 있는 세이프 에리어에서 오늘의 탐색은 일단 마무리하기로 했다.

우리는 내일 아침에 25계층 보스의 방에 도전하기로 했다.

그리고 그 다음은 26계층으로 돌입할 예정이다.

페르가 말하길 26계층은 25계층까지의 거인 존과는 기척이 다르다고 한다.

그렇다는 건, 또 경치가 달라질 가능성이 크다.

어떤 계층이 되는 걸까……

불안과 기대가 뒤섞인 마음을 품고 잠이 들었다.

어쨌든 나에게는 페르와 드라 짱과 스이가 있으니까 괜찮다.

나와 카논과 리오는 함께 있어주는 세 명의 기사들과 던전에 들어가 레벨 업을 노렸고, 최종적으로는 25층까지 도달했다.

　　혼자서 오거를 쓰러뜨릴 수 있게 되었을 때, 던전 안을 계속 나아가는 것은 일단 중지하고, 실제로 밖에서 마물을 토벌해보기로 했다.

　　세 기사들의 방침으로는, 역시 던전의 마물과 밖의 마물은 다르고, 밖에서의 전투 경험을 쌓는 편이 좋다고 한다.

　　던전도 게임 같아서 재미있었지만, 나로서도 밖에서 마물과 싸워보고 싶었기 때문에 바라던 바였다.

　　그 시점에서의 내 스테이터스로 말할 것 같으면, 이런 느낌이다.

【이름】카이토 사이토
【나이】17
【직업】이세계에서 온 용사
【레벨】10
【체력】1010
【마력】978
【공격력】988
【방어력】961
【민첩성】953

【스킬】감정, 아이템 박스, 성검술, 불 마법, 물 마법, 흙 마법, 바람 마법, 빛 마법, 번개 마법, 얼음 마법

순조롭게 레벨 업 하여 레벨도 10이 되었고 체력은 1000을 넘었다.

스테이터스 수치 중 어느 것이든 하나라도 1000을 넘으면 일류라는 말을 듣는다고 하니, 꽤 좋은 느낌으로 상승하고 있다고 생각한다.

스테이스터스 중 1000을 넘은 항목이 있는 건 현재 나뿐이지만, 카논과 리오도 비슷한 스테이터스니 조만간 1000을 넘을 터다.

다만 레벨이 오르면 오를수록 올리기 어려워진다는 것을 느꼈다.

그래도 이 세계에 와서 한 달도 지나지 않았는데 이 정도의 스테이터스인 건 용사이기 때문이겠지. 모두에게 "역시 용사님"이라는 말을 들으면, 부끄럽지만 역시 기쁘다.

내일은 드디어 밖에서 마물과 싸우는 날이다.

모험가 길드에서 받은 의뢰는 코볼트 소굴 섬멸이었다.

이 의뢰는 C랭크 이상이 받는 의뢰다. 기사들이 C랭크이기 때문에 받을 수 있었다. 우리와 기사들은 파티를 맺고 있으니까.

우리의 모험가 랭크는 D랭크지만, 실력은 그 이상이라고 기사들에게 보증을 받은 상태다.

루이제에게도 좋은 모습을 모이고 싶으니…… 코볼트 섬멸, 멋지게 해내겠어!

◇ ◇ ◇ ◇ ◇

왕도 남쪽 숲에 왔다.

코볼트는 후각이 좋아서 냄새로 이쪽을 눈치챌 가능성이 있었다.

바람의 방향에 주의하면서 소굴인 동굴로 다가가 상황을 살폈다.

"동굴 입구에 보초가 두 마리. 예상대로입니다. 그럼 작전대로 진행하도록 하죠. 저 두 마리를 처리한 다음, 불 마법을 동굴 안으로 때려 넣어서 대폭 수를 줄입니다. 그리고 동굴에서 나온 코볼트를 차례대로 쓰러뜨리는 겁니다. 아시겠습니까?"

레너드가 작은 목소리로 한 설명을 듣고 모두가 고개를 끄덕였다.

"우선은 나와 루이제가 보초를 처리한다. 그 다음 카이토, 카논, 리오는 불 마법을 부탁해."

아론의 말을 듣고 우리는 고개를 끄덕였다.

그것을 본 다음 아론과 루이제가 움직이기 시작했다.

눈치채지 못하도록 이동하여 두 마리의 코볼트 보초 뒤에 아론과 루이제가 섰고······.

샥.

슉.

아론이 뒤에 서서 검을 휘두른 순간, 코볼트의 머리가 데굴 하고 굴렀다. 그 직후 목 위쪽이 사라진 몸통도 풀썩 쓰러졌다.

루이제가 뒤에 섰던 고볼트는 레이피어로 심장을 단번에 꿰뚫려서 목소리도 내지 못한 채 숨이 끊어졌다.

두 사람의 검기는 언제 보아도 대단했다.

오늘은 지휘를 맡고 있는 레너드의 검기도 대단하지만.

나는 여기 오기 전에는 검 같은 걸 쥐어본 적도 없기 때문에 검술 실력은 아직 부족하지만, 언젠가는 저렇게 되면 좋겠다고 생각한다.

레너드와 아론과 루이제에게 조금이라도 다가갈 수 있도록 노력해야지.

그런 생각을 하는 건 나중으로 미루고.

보초가 쓰러진 것을 확인한 나와 카논과 리오는 동굴 앞까지 재빠르게 이동했다.

그리고 셋이 동시에 동굴 안으로 불 마법을 날렸다.

""불타오르는 불의 구여, 나의 적을 불태워라. 파이어 볼!""

"사나운 불꽃의 불화살이여, 내 적을 꿰뚫어라. 파이어 애로!"

카논과 리오는 파이어 볼, 나는 파이어 애로다.

우리의 불 마법이 동굴 안쪽에 이르자 "콰광" 하고 엄청난 소리가 났다.

"불꽃이 뿜어져 나온다! 너희 동굴 옆으로 피해!!"

아론의 목소리에 우리는 순간적으로 옆으로 몸을 날렸다.

"꺅."

"꺄악."

"으웃."

옆으로 몸을 날린 직후, 동굴의 입구에서 부오오오 하는 소리와 함께 불꽃이 뿜어져 나왔다.

불길이 잦아든 후에 몸을 일으켰다.

"뭐랄까, 너무 강했나?"

"그런가 봐……."

"응……."

동굴 안을 들여다보니 전체가 새카맣게 타서 코볼트가 살아 있는 기척은 느껴지지 않았다.

레너드와 아론과 루이제도 다가와 동굴 안을 확인했다.

"의뢰 완료라고 봐도 되겠지?"

"그래, 그 정도의 고화력 불 마법 속에서 살아남았을 리가 없으니까."

"그렇군. 생물의 기척은 느껴지지 않아. 섬멸 완료라고 봐도 되겠어."

세 사람이 그렇게 말했다.

"세 분 모두 잘하셨습니다. 코볼트 소굴 섬멸 완료입니다."

레너드가 한 그 말에 카논과 리오가 "해냈어"라며 함께 기뻐했다.

"뭐, 우리는 일단 용사니까. 이 정도야 뭐."

폼을 잡으며 그렇게 말했지만, 내심 엄청 기뻤다.

밖의 마물을 상대로도 충분히 싸울 수 있다는 생각이 들었고, 자신감도 늘었다.

좋아, 계속해서 쓰러뜨려주겠어.

◇ ◇ ◇ ◇ ◇

다음 날, 의뢰를 받으러 모두 함께 모험가 길드로 향하던 도중, 리오가 어제는 하지 않았던 팔찌를 손목에 하고 있는 것이 옷소매로 슬쩍 보였다.

"리오, 그거 어디서 난 거야?"

팔찌를 바라보며 그렇게 묻자, 리오가 기쁜 듯이 웃었다.

"어? 뭐야 뭐야, 그 얘기 나도 흥미 있는데."

카논도 지금 눈치챘는지 이야기에 끼어들었다.

"실은, 레너드한테 받았어……."

뺨을 붉히며 기뻐하는 모습으로 리오가 그렇게 말했다.

"꺄아, 잘됐다."

"응."

"좋겠다. 부러워."

"괜찮아. 아론 씨, 언제나 카논을 보고 있는걸. 분명 카논을 좋아하는 거야."

"그러려나~."

뭔가 두 사람의 연애 이야기가 되었는데.

그렇구나, 레너드한테 받은 건가. 레너드, 좀 하잖아.

그보다, 리오도 호칭이 '레너드'가 됐는데.

전에는 '레너드 씨'라고 불렀는데 말이야.

젠장, 나도 열심히 해야지.

역시 여자한테는 액세서리를 선물하는 게 좋으려나?

살짝 참고로 삼아야겠다.

리오가 하고 있는 팔찌를 보니, 1센티미터 폭의 은색 얇은 금속에 마법진 같은 것이 빼곡하게 그려져 있었고, 가운데에는 투명한 보라색 돌이 박혀 있었다.

무척 예쁜데.

리오에게 팔찌에 관해 물어보니, 마법진의 일종으로 신체 능력을 조금 높여준다고 한다.

"레너드가, 내가 카이토나 카논보다 체력이 부족한 게 걱정이라면서 줬어."

기뻐하며 리오가 그렇게 가르쳐주었다.

과연, 그런 액세서리도 있는 건가. 분명 비싸겠지.

리오는 사랑받고 있구나.

"레너드, 예의 그 물건은 잘 전해줬어?"

"물론이지. 신체 능력을 높여주는 마도구라고 말하면서 줬더니 기뻐하면서 받아주더군."

"흥, 달콤한 말이라도 속삭이면서 줬을 테지?"

"부정은 안 해. 하지만 너도 마찬가지잖아?"

"뭐 그렇지. 그 녀석들은 감정 스킬을 갖고 있으니까 아무래도 같은 시기에 건네는 건 쓸데없는 의심을 품게 할 수 있을 테지. 시기를 잘 피해서, 때를 보고 건넬 생각이야. 물론 달콤~한 말을

속삭이면서 그 팔찌를 팔에 채울 거야. 그렇게 하면 그 녀석들은
의심도 못 하겠지."

"너도 참 나쁜 남자네."

"듣기 안 좋은 소리 마. 너도 어차피 한패잖아."

"너희들은 좋겠어. 상대가 여자니까. 남자가 여자에게 액세서
리를 선물하는 건 전혀 이상할 것 없잖아. 이쪽은 카이토에게 어
떻게 건넬지 고심하고 있는데."

"그건 미인계라도 써서 팔에 슬쩍 끼우면 되잖아. 그 녀석, 이
러니저러니 해도 너한테 아주 푹 빠진 것 같으니까."

"그래. 당신 솜씨를 보여줄 때야."

"흥, 알고 있어. 이 '예속의 팔찌'를 용사에게 끼우는 데 성공하
면 임무도 달성된 거나 마찬가지니까. 그렇게 되면 승격은 틀림
없을 테니, 해내고 말겠어."

25계층 보스의 방 앞이다.

안을 들여다보니…….

"또 방이 넓어졌네. 게다가 마물 수도 늘었어."

『음, 기척도 그런 느낌이구나.』

"하나, 둘, 셋…… 어라? 스프리간도 열 마리는 되겠는데."

훨씬 커다란 스프리간을 눈으로 좇으며 수를 세어보니 열 마리는 확실히 있었다.

잘도 저렇게 많이 모였구나 하고 질릴 만큼 거인이 북적댔다.

거인 존 최후의 방이라서, 내보낼 수 있는 건 다 내보냈다는 건가?

역시 이 던전은 고약하게 만들어졌군.

『흥, 거인이 얼마나 모여 있든 나에게는 상대가 안 된다.』

『맞아 맞아, 오히려 이 정도가 아니면 재미없을 정도라고.』

『스이도 또 많이 많이 쓰러뜨릴 거야.』

응, 이렇게나 거인이 있어도 우리 애들한테는 별거 아닌 모양입니다.

『그럼, 간다.』

『가자고!』

『와아.』

페르의 구호와 함께 모두가 거인 바글바글한 방 안으로 흩어져

들어갔다.

모두 무서운 걸 모른다고 할까, 뭐라고 할까. 실제로 모두 강하기는 하지만.

그렇지만, 그래도 이런 던전 안인데 긴장감 같은 게 결여되어 있다고 보거든.

아니, 이제 와서 이야기해봤자 의미 없지만.

아, 다들 거인을 척척 쓰러뜨리고 있군요.

자 그럼, 나도 늦었지만 가볼까요.

나는 25계층 보스의 방으로 슬쩍 들어갔다.

"크아아아아!"

내 존재를 눈치챈 것처럼, 또 트롤이 이쪽을 향해 달려왔다.

응? 24계층에 있던 트롤보다 움직임이 좀 빠르려나?

"크오오오오오!"

크게 소리를 지르며 나를 향해 두 주먹을 휘둘러 올렸다.

24계층의 트롤보다는 움직임이 빠를지도 모르겠지만…….

"아직까지는 나라도 회피할 수 있을 속도라고! 에잇."

휘둘러 올린 트롤의 주먹을 피하고, 트롤 옆구리를 베어들었다.

예리함이 발군이 나의 미스릴 쇼트 소드는 트롤의 옆구리를 크게 베어 갈랐다.

"그어어어어어어어어어."

오오…….

트롤의 옆구리에서 장이 튀어나왔다.

나한테 베인 트롤이 나를 쳐서 날리려고 주먹을 붕붕 휘둘렀다.

이거, 엄청나게 열 받은 건가?

하지만 말이지, 그렇게 동작이 큰 공격은 맞지 않는다고.

나는 트롤의 주먹을 피하고 등 뒤로 돌아들었다.

"에잇, 에잇."

뒤에서 트롤의 양쪽 장딴지를 베었다.

"큭, 크오오오오오."

쿠구웅──.

트롤이 앞으로 고꾸라지며 쓰러졌다.

나는 그 등, 심장 근처에 미스릴 쇼트 소드를 깊게 찔러 넣었다.

푸슉.

"이건 어떠냐."

트롤은 한순간 꿈틀한 후에 숨이 끊어졌다.

"아자!"

카앙──.

"으아앗."

트롤을 쓰러뜨리고 기뻐하고 있었더니, 뭔가에 떠밀려 엉덩방 아를 찧고 말았다.

"뭐, 뭐야?"

"므어어어어어어어."

고개를 들어 보니 미노타우로스가 도끼를 들어 올리고 있었다.

"으아아앗."

순간적으로 팔로 머리를 감싸며 눈을 감았다.

완전 방어라는 거 진짜로 괜찮은 거지?! 조금은 전투에 자신이 생기기도 했고, 완전 방어 스킬이 있어서 오늘부터 페르한테 결계 펴달라는 말을 안 했다고.

완전 방어 스킬, 부탁한다!!!

휘둘러 내려진 미노타우로스의 도끼가 나를 상처 입히는 일은 없었다.

"어?"

머뭇머뭇 팔을 내리고 눈을 떠 보았다.

미노타우로스가 분노한 표정으로 몇 번이고 몇 번이고 내 머리를 노리고 도끼를 휘둘렀다.

카앙, 카앙, 카앙——.

그러나 나에게는 전혀 대미지가 없었다. 머리 위에서 조금 누르는 듯한 느낌은 들지만, 그 이외에는 아무렇지도 않았다.

아, 처음에 뭔가에 떠밀려 엉덩방아를 찧었던 것도 도끼로 공격을 받아서 밀려났기 때문이구나.

카앙, 카앙, 카앙——.

아니, 대미지는 없지만, 너 공격이 지나친 거 아냐?

"에잇."

슈욱.

미노타우로스의 심장을 노려 미스릴 쇼트 소드를 찔러 넣었다.

"므어어어어어어어어어."

쿠구궁——.

"좋아, 됐어."

내가 쓰러뜨린 트롤과 미노타우로스의 드롭 아이템인 독 발톱과 뿔을 주웠다.

『자네도 조금은 싸울 수 있게 되었구나.』

페르가 내 옆으로 다가와 그렇게 말했다.

"뭐, 조금은. 아직 전투에는 익숙하지 않지만, 너희들한테만 맡겨둘 수도 없으니까."

『주인, 떨어진 거 주워 왔어.』

오, 스이가 드롭 아이템을 주워 와준 모양이다.

떨어진 드롭 아이템이 없는 것을 보면 전부 회수했나 보다.

"오, 전부 주워줬구나. 고맙다, 스이."

스이에게서 드롭 아이템을 받아서 아이템 박스에 넣었다.

그리고 스이를 쓰다듬어주었더니 기쁜 듯 뿅뿅 뛰어올랐다.

『어이, 저기 안쪽 벽 근처에 커다란 보물 상자가 있다고.』

드라 짱이 날면서 염화를 보냈다.

"보물 상자라, 가자."

드라 짱에게 길안내를 받으며 보물 상자가 있는 곳으로 이동했다.

"드라 짱 말대로 지금까지 본 보물 상자보다도 크네……."

길이는 1미터 정도고 높이도 50센티미터 정도 되는 보물 상자가 오도카니 자리를 잡고 있었다.

바로 열고 싶은 충동에 사로잡혔지만, 우선은 감정이다.

【보물 상자】

연 순간 파이어 볼이 발사된다. 그 직후에 독가스가 나오는 장치가 된 보물 상자.

　……파이어 볼에 독가스까지. 뭐야 이 무자비한 장치.

　보통보다 큰 보물 상자라 그런 장치가 되어 있는 거겠지만.

　파이어 볼을 피한다고 해도 그 다음에 독가스라니.

　나처럼 완전 방어 스킬이나 상태 이상 무효화가 없다면, 완전히 죽는 거잖아.

　『그 보물 상자의 장치는 지나치구나…….』

　"페르도 감정해봤구나. 파이어 볼에 독가스래. 나처럼 상태 이상 무효화가 없었다면 죽을 거야."

　『그래, 파이어 볼 세 개는 피할 수 있을지도 모르지만, 즉사 효과가 있는 맹독가스는 웬만한 일이 없는 한은 무리일 테지.』

　……뭐?

　"응? 파이어 볼이 세 개 날아오는 거야? 게다가 즉사 효과가 있는 맹독가스라고?"

　『그래, 그건 레벨의 차이 때문일 거다.』

　"아, 그렇구나. 레벨이 올라가면 할 수 있는 일이 늘어난다는 그거 말이지? 페르의 감정은 꽤 자세한 설명이 나온다고 했었지?"

　그나저나, 페르의 상세한 감정 내용을 들어보니 지나침의 정도가 늘었잖아.

　파이어 볼 세 개에 즉사 효과가 있는 맹독가스라니…….

　이거, 안의 보물을 내놓을 마음이 눈곱만큼도 없는 거잖아.

　으하하, 그러나 나라면 괜찮지.

그런고로, 자, 열어보겠습니다.

보물 상자를 열자 감정대로 파이어 볼 세 개가 날아왔고, 그 직후에 시커먼 맹독 가스가 슈슈슉 주변으로 퍼져갔다.

"쿨럭 쿨럭. 아, 매캐했어."

당연히 우리에게는 듣지 않습니다.

보물 상자 안을 들여다보니 금괴와 보석과 반지가 들어 있었다.

보석은 감정해보니 임페리얼 토파즈였다. 뭔가 고귀한 이름이네.

다음으로 반지인데, 감정해보았더니 이렇게 나왔다.

【마력 회복 반지】

마력 회복이 조금 빨라지는 매직 아이템.

매직 아이템 등장!

조금이 어느 정도일까 싶어 페르에게 감정해보게 했더니 1.2배 정도 빨라진다고 한다. 이건 마음에 든다.

물론 내가 쓸 거다. 바로 반지를 껴보았다.

역시 매직 아이템이라, 처음에는 너무 크다 싶던 반지가 손가락에 끼우자 딱 맞는 사이즈로 줄어들었다.

금괴와 임페리얼 토파즈도 아이템 박스에 넣은 후, 다 함께 다음 26계층으로 향했다.

"어? 이건 뭐지…………."

계단을 내려선 곳에 있던 것은 울창하게 우거진 숲이었다.

『이렇게 나오는 건가. 이 던전은 무척 재미있구나.』

아니 아니 아니, 페르 씨, 전혀 재미있지 않거든요.

던전에는 이런 층도 있다고 듣기는 했지만, 너무 갑작스럽잖아.

그게, 지금까지 석벽이라든가 갱도라든가 그랬다고. 그럼 다음도 그런 식의 느낌으로 갈 거라고 생각하게 되잖아.

그런데 갑자기 숲이라고?

『어이, 타라. 그럭저럭 강한 기척도 느껴진다. 그곳으로 가자.』

페르가 어쩐지 즐거워 보입니다.

『서둘러라.』

예이예이.

나는 페르의 재촉을 받으며 등에 걸터앉아 앞으로 나아갔다.

울창하게 우거진 숲속에서 처음 조우한 것은 2미터를 넘는 커다란 사마귀였다.

그게 전부 해서 십여 마리. 감정해보니…….

【자이언트 킬러 맨티스】

B랭크 마물.

어? 이것뿐이야?

뭐, 그래, 전에는 마물 이름만 나왔었으니까, 그걸 생각하면 조금은 나아진 셈이지.

『뭐냐, 잔챙이지 않은가…….』

페르가 그렇게 중얼거린 후, 파직 파직 파직 파직 하고 자이언트 킬러 맨티스에게 전격이 내달렸다. 수십 마리 있던 자이언 킬러 맨티스가 순식간에 새카맣게 타서 죽었다.

"·········페르."

갑자기 전격을 날려버리다니. 자이언트 킬러 맨티스가 너무 불쌍하잖아. 뭐, 상대가 너무 안 좋았다는 거겠지.

『아, 왜 페르 혼자서 쓰러뜨린 거야!』

『페르 아저씨만, 치사해.』

드라 짱과 스이가 페르 혼자서 쓰러뜨린 것에 툴툴거리며 불만을 쏟아냈다.

『그런 잔챙이, 상관없지 않느냐. 훨씬 강해 보이는 것들을 말이다.』

『그렇게 말해놓고 혼자서만 싸우려는 거잖아. 약았다고.』

『스이도 싸울 거야. 풋풋 하고, 물 마법도 써서 잔뜩 쓰러뜨릴래.』

저기, 어째서 다들 그렇게 전투를 좋아하는 건까요? 너무 혈기 왕성하잖아.

"뭐, 여기는 전처럼 차례대로 싸우는 걸로 하면 되잖아. 다음은 드라 짱이고, 그 다음은 스이라는 식으로."

내가 그렇게 말하자, 드라 짱도 스이도 마지못해 납득했다.

『어쩔 수 없지. 그럼 다음은 내 차례라고.』

『주인이 그렇게 말하면, 스이 착한 아이니까 그렇게 할 거야.』

그리고 자이언트 킬러 맨티스의 드롭 아이템을 주운 다음 숲속을 나아갔다.

참고로 드롭 아이템은 작은 마석과 자이언트 킬러 맨티스의 낫이었다.

점점 숲속을 나아갔고, 다음에 마주한 것은 머더 그리즐리였다.

하지만 이건…… 페르가 잡아 왔던 것보다 크지 않아?

페르에게 물어보니, 같은 종류의 마물이라도 던전산 쪽이 크고 힘도 센 경향이 있다고 한다. 마소의 농도 등이 관계하고 있기 때문이라나?

"크아아아아!"

머더 그리즐리가 우리를 노리고 그 커다란 몸을 흔들며 달려왔다.

『야호, 가자!』

푸욱.

불을 두른 드라 짱이 엄청난 속도로 머더 그리즐리의 옆구리를 꿰뚫었다.

…………빨라.

드롭 아이템인 머더 그리즐리의 모피를 줍고, 계속해서 숲을 나아갔다.

다음으로 나온 것은 패럴라이즈 버터플라이였다. B랭크 마물로, 몸길이 1미터 정도, 오렌지색에 푸른 물방울 모양이 있는 꺼림칙한 색깔의 나비다. 무리 지어 행동하는 습성이 있는지, 우리와 마주친 것도 서른 마리 정도의 무리였다.

처음 본 마물이라 페르에게 물어보니, 마비 독성의 가루를 뿌려서 포식 대상을 움직이지 못하게 한 다음 산 채로 그 체액을 빤다고 한다.

산 채로 체액을 빤다니………… 흉악하잖아.

지금은 스이 차례니까, 스이야 이런 흉악한 벌레 놈들은 해치워버려.

"스이, 이 벌레들은 다가가면 몸이 움직이지 않게 돼버리는 가루를 뿌린대. 그러니까 멀리서 공격하는 편이 좋을 거야."

『응, 알았어.』

원거리 공격형 산탄으로 연달아 패럴라이즈 버터플라이를 쏴 떨어뜨렸다.

스이는 1분도 걸리지 않아 모두 쏴버렸다.

『주인, 전부 쓰러뜨렸어.』

"응응, 스이는 대단하구나."

칭찬하자 스이가 기쁜 듯이 내 주변을 뛰어 다녔다.

스이는 귀엽구나아. 살벌한 던전 속의 위안이야.

패럴라이즈 버터플라이의 드롭 아이템인 마비 독 가루(어째서인지 병에 들어 있음. 뭔가, 이게 대량으로 떨어져 있었다)를 줍고 숲을 더욱 나아갔다.

그 후에도 숲속에 있을 법한 짐승류, 조류, 곤충류의 마물이 나왔지만, 계속해서 쓰러뜨리고 수많은 드롭 아이템을 회수하면서 나아갔다.

도중에 슬슬 밥을 먹을까 하는 이야기가 나왔는데…….

"뭐? 이 층은 세이프 에리어가 없는 거야?!"

식사 타임을 갖기 위해 페르에게 세이프 에리어로 안내해달라고 할 생각이었는데, 이 계층에는 그런 게 없다는 것이 판명되었다.

『이런 모양을 한 계층에는 그런 장소가 없는 경우가 많다.』

페르가 말하길, 숲이나 사막지대 같은(분명 필드 던전이라고 했었지?) 곳에는 세이프 에리어가 없는 경우가 많다고 한다.

필드 던전은 아무튼 넓고, 높은 랭크의 마물이 많아서 난도가 높다고들 하는데, 세이프 에리어가 없는 것도 그 난도를 더욱 높이는 원인이라고 한다.

세이프 에리어가 없다는 것은 마음 편이 쉴 장소가 없다는 거잖아. 게다가 높은 랭크의 마물만 나오다니, 한순간도 마음을 놓을 수가 없겠네. 평범한 숲에서 야영하는 것과는 상황이 다르다고.

『뭐, 걱정하지 마라. 이 몸의 결계가 있으면 괜찮다.』

확실히.

지금까지의 일을 생각했을 때, 페르의 결계라면 웬만한 일이 아닌 한은 걱정 없을 테지.

"그럼, 여기서 식사를 할까? 페르, 결계 부탁해."

『그래, 알았다.』

페르에게 결계를 펼쳐달라고 하고 식사 준비를 시작했다.

메뉴는 뭐가 좋을까…….

아, 그래. 그걸로 하자.

만들어두었던, 푸욱 끓여 만든 차슈다. 그걸 쓴 차슈 덮밥으로 하자.

우선은 익힌 돼지고기를 두툼하게 자른다. 그런 다음 바닥이 깊은 접시에 밥을 푸고 그 위에 두툼하게 자른 돼지고기를 밥이 보이지 않을 정도로 빈틈없이 얹어주고, 고기를 삶아낸 육수를 뿌린다.

그 다음 한쪽으로 반숙 맛 달걀을 반으로 잘라 곁들이면, 차슈 덮밥 완성이다.

"자, 다 됐어."

페르도 드라 짱도 스이도 허겁지겁 먹고 있다.

『오오, 이건 맛있군. 고기가 부드러워서 입안에서 녹는다. 게다가 이 양념도 제법 괜찮다.』

페르도 차슈가 마음에 든 모양이다.

『맛있어어! 뭐야 이 고기, 촉촉하고 부드럽잖아. 역시 네가 만든 밥은 맛있다고.』

드라 짱도 마음에 든 모양이로군.

『이 달고 짭짤한 맛이 밴 부드러운 고기가 맛있어~.』

스이도 마음에 든 모양이다. 스이는 이런 달고 짭짤한 맛이 정말 좋은가 보군.

호평이라 다행이야. 만든 보람이 있다는 거지.

그럼 나도 차슈 덮밥을 먹어볼까요.

내 몫에는 밥 위에 채 썬 양배추를 얹은 다음 돼지고기를 올렸다. 이러는 편이 깔끔하게 먹을 수 있을 테니까.

그럼, 덥석.

오오, 내가 만들고 이런 말을 하는 것도 뭐하지만, 꽤 맛있네.

오크 제너럴 고기는 촉촉하게 잘 익었고, 달고 짭짤한 양념도 잘 배어들어서 밥과 아주 잘 어울린다. 밥·양배추·차슈가 혼연일체가 되어 진짜 맛있다.

무심코 허겁지겁 먹어버렸다.

간을 한 반숙 달걀도 맛이 배어들어 맛있어.

『한 그릇 더.』

페르와 스이의 추가 주문이다. 한 그릇 더 주었더니 우걱우걱 먹기 시작했다.

그 후로도 몇 그릇이나 더 먹었고, 페르와 스이가 만족했을 무렵에는 차슈도 다 떨어져버렸다.

꽤 많이 만들었다고 생각했는데.

그나저나 이번에 만든 차슈는 무척 잘됐다. 이거라면 또 만들어도 괜찮겠는데.

식후의 휴식을 갖고, 다시 우리는 숲속을 나아갔다.

조우한 마물을 페르와 드라 짱과 스이가 차례로 쓰러뜨렸다.

대량의 드롭 아이템을 회수해가며 나아갔고, 어두워지기 시작한 무렵에 오늘의 탐색을 종료했다.

"던전 안인데 어두워지고 밝아지고 하는구나."

『그래. 이런 모양인 경우, 밖과 마찬가지로 낮과 밤이 있다. 그리고 어두워지면 야행성 마물도 활발해진다.』

"켁, 그런 거야? 페르, 결계 쪽은 괜찮은 거지?"

『흥, 그야 괜찮은 게 당연하지 않느냐. 전에도 말했던 것처럼, 드래곤이라도 습격해 오지 않는 한은 괜찮다.』

그럼 안심이야.

아니, 잠깐만……

"드래곤이라도 습격해 오지 않는 한이라니, 여기에 드래곤은 없겠지?"

『있다면 좋았을 텐데. 이 층에 드래곤 정도의 기적은 없다.』

아니 아니, 없어서 다행이거든.

그럼 안심하고 잘 수 있겠어.

"그나저나, 이 계층은 넓네. 이래서는 이 계층을 전부 도는 건 무리겠어."

『이 계층을 빈틈없이 돈다고 하면, 이 몸이라도 한 달 이상은 걸릴 테지.』

"뭐? 그렇게나?"

『그래. 그것도 재미있을 것 같기는 하다만, 지금은 서둘러 베헤모스와 싸우고 싶다. 그래서 이 계층의 계층주(보스)로 보이는 강한 기적을 향해 이동하고 있다. 드라도 스이도 있어 꽤나 빠른 속도로 진행 중이기는 하다만, 앞으로 이틀은 걸릴 게다.』

넓다고는 생각했지만, 한 달 이상이라니. 그렇게나 넓을 줄은 몰랐어.

이 계층도 여기저기 구경하면서 보물 상자 같은 것도 찾아보고 싶었지만, 좀 무리일 것 같다. 아쉽지만, 이건 포기하자.

빠른 페이스로 이동해도 앞으로 이틀인가…… 그보다, 이곳의 보스는 뭐려나? 그쪽이 궁금한데.

이날 저녁 식사는 닭튀김과 민치가스를 메인으로 삼고, 다음은 남았던 돈지루를 내놓았다.

닭튀김이나 민치가스 같은 튀김 종류는 페르도 스이도 무척 좋아하니까.

우걱우걱 먹었다.

드라 짱도 엄청 마음에 든 모양인지, 한입 가득 닭튀김을 물고 있다.

저녁 식사도 마친 다음, 그럼 잠잘 곳을 만들어볼까 싶어 흙 마법으로 집을 만들려고 했더니 어째선지 마법이 발동되지 않았다.

"어라? 왜 그러지? 집이 만들어지지 않는데……."

『던전 안에서 흙 마법, 그것도 집을 만들 만한 것이 발동할 리가 없지 않느냐.』

…………뭐? 무슨 뜻이야?

『전에도 던전은 살아 있는 생물로 여겨진다고 이야기했었지 않나. 이 흙 같은 것들도 말하자면 흙이 아니라, 던전의 몸의 일부라는 뜻이다. 그래서 던전 안에서 흙 마법은 돌을 날리는(스톤 배럿) 마법 정도밖에 발동되지 않는다. 그런 탓에 던전은 흙 마법을 쓰는 사람에게는 맞지 않는 곳이라고들 한다.』

뭐어? 그런 거 못 들었다고.

그보다, 던전 안에서는 흙 마법을 못 쓰다니 불합리하잖아──.

다음 날 아침, 아침 식사를 한 다음에 바로 탐색을 시작했다.

이 계층의 보스를 향해서 숲속을 돌파해 간다.

도중에 만난 마물은 어제와 마찬가지로 페르, 드라 짱, 스이 차례로 쓰러뜨렸다.

어제도 나왔던 머더 그리즐리에 자이언트 킬러 맨티스. 자이언트 킬러 맨티스 같은 경우, 이번에는 서른 마리 정도의 무리가 나타났다. 그리고 이슈탐 숲에 있던 자이언트 센티피드. 이것도 그때보다 훨씬 컸다.

다음은 와일드 에이프라는 B랭크 원숭이 마물이 50마리 정도 무리 지어 나타났다. 그 외에도 어제와 같은, 숲속에 있을 법한 짐승류, 조류, 곤충류 마물이 연달아 나타났지만 물론 우리 애들이 격파했다.

26계층인 만큼, 전부 A랭크나 B랭크라는 높은 랭크의 강한 마물이었지만, 모두에게는 아무런 문제도 되지 않았다. 또다시 대량의 드롭 아이템을 입수해가며 숲을 나아갔다.

드롭 아이템이 지나치게 많아서, 나도 이제 뭐가 얼마나 있는지 파악 불가능하다.

모든 마물이 드롭 아이템을 떨어뜨리는 것은 아니지만, 역시 고 랭크 마물은 떨어뜨릴 확률이 높다.

지금까지 모두가 쓰러뜨린 적의 수를 생각해보면 드롭 아이템이 대량으로 있는 것도 당연하다고 하면 당연한 일이지만. 그나저나, 모두 강해서 마물을 거침없이 쓰러뜨려 나가니까, 계속해서 드롭 아이템이 늘어간다. 내 아이템 박스를 가득 채우는 일은 없겠지만, 이거 지상으로 돌아가면 큰일이겠다. 대량의 드롭 아이템을 정리해야 하니까.

그런 생각을 하고 있으려니, 나를 태운 페르의 걸음이 멈추었다.

『이 앞에 킬러 호네트 둥지가 있군…….』

호네트라는 건 말벌 마물인가?

『킬러 호네트라고? 나 그 마물은 상대하기 힘든데. 아무튼 수가 많고, 나랑 똑같이 날아다니니까.』

드라 짱이 싫은 듯 중얼거렸다.

드라 짱이 싫어한다는 건, 그럴 만한 마물이라는 거겠지.

『분명 그렇다. 강하다고는 생각하지 않지만, 그건 수가 많은 데다, 주변을 붕붕 날아다녀서 더할 나위 없이 귀찮으니까…….』

페르도 싫은 표정을 짓고 있다.

아, 그래서 싫어하는 거구나. 확실히 벌이라면 한 마리만 있을리 없겠지. 수십, 아니, 수백 마리 단위로 있으려나?

『이거 정석대로 하는 게 좋을 것 같지 않아?』

『그렇군. 먼저 둥지를 처리하고, 둥지 밖에 있는 킬러 호네트를 처리해가는 게 좋을 테지.』

먼저 둥지 안의 킬러 호네트를 전멸시키는 건가. 뭐, 그렇게 안 하면 계속해서 덤벼들 테니까.

그보다, 킬러 호네트 둥지는 어디에 있는데?

페르에게 물었더니 보이는 위치까지 이동해주었다. 눈앞에 보인 것은 왜건 정도 크기의 킬러 호네트 둥지였다. 둥지는 큰 나무뿌리 근처에 찰싹 달라붙듯이 만들어져 있었고, 그 주변을 몸길이 30센티미터 정도의 벌이 붕붕 날아다녔다.

『다음은 스이 차례지만, 스이의 공격은 산탄과 물 마법이니……

원거리 공격으로 단숨에 둥지를 전멸시키기에는 상성이 조금 나쁘군.』

　페르가 그렇게 염화로 이야기했다.

　분명 산탄으로 공격해도 단숨에 둥지를 전멸시키는 건 어려울 테고, 물 마법도 워터 커터로는 좀…….

『싫어 싫어. 스이 혼자서 싸울 거야. 스이가 쓰러뜨릴 거야.』

　스이가 혼자 쓰러뜨리겠다며 떼를 썼다.

『어이. 스이 너, 제멋대로 굴지 마. 지금은 페르 말대로 하는 게 맞아. 어떤 경우든 상성이 좋고 나쁘고가 있는 거니까, 참으라고.』

　드라 짱이 그렇게 말하며 페르 편을 들었다.

　분명 페르와 드라 짱이 하는 말은 타당하지만…….

　스이에게 약한 나는 어떻게든 해주고 싶은데.

『우으, 스이 차례인데…… 훌쩍………….』

　아앗, 스이가 울먹이고 있어.

　스이야, 울지 마.

　산탄에 물 마법…… 물, 물, 물, 으음…… 앗!

"아니, 스이라도 충분히 쓰러뜨릴 수 있어."

『자네, 또 그런 말을 하면서 스이의 어리광을 받아주는 게냐.』

　어쩔 수 없잖아. 스이는 귀여우니까.

　아니, 그것과는 별개로 진짜 가능하다고.

"스이한테 무르다는 건 부정하지 않겠지만, 내가 생각한 작전이라면 괜찮다고."

　어떤 작전이냐고 묻는 페르와 드라 짱, 그리고 스이에게 내가

생각한 방법을 설명했다.

커다란 물 구슬(워터 볼)을 만들어서 그 안에 둥지를 가둔다. 다음은 안에 있는 킬러 호네트가 전멸하기까지 잠시 시간을 두고 기다린다.

말하자면 수공(水攻)인 셈이다.

『……너, 꽤 잔혹한 방법을 떠올렸구나.』

내 설명을 들은 드라 짱이 그렇게 말했다.

불 마법이나 번개 마법을 몸에 두르고, 그 상태로 마물들의 배를 꿰뚫거나 하는 드라 짱한테 그런 말 듣고 싶지 않거든.

『물로 질식사시키는 건 나쁘지 않군. 스이, 그걸로 해봐라.』

『알았어, 페르 아저씨.』

스이, 그 작전을 생각한 건 나야.

스이가 킬러 호네트 둥지가 들어갈 정도로 커다란 물 구슬을 만들더니 그것을 이동시켜서 안에 둥지를 가두었다.

수공을 당한 둥지에서 몇 마리의 킬러 호네트가 날아 나와 물 구슬에서 도망치려고 했지만, 날개가 물에 젖어서 제대로 날 수 없는지 비틀비틀했다.

스이는 그런 녀석들을 산탄으로 처리했다.

"이제 시간을 좀 두면 둥지는 전멸할 거야. 다음은, 둥지 밖에 있는 녀석들인데…… 저기, 다들 배고프지?"

『그래.』

『나도 배고파.』

『스이도 배가 꼬르륵.』

역시. 슬슬 밥 먹을 때가 됐지 싶었어.

"저기, 스이. 둥지는 저렇게 스이가 해치웠잖아? 그러니까, 둥지 밖에 있는 벌들을 쓰러뜨리는 건 페르 아저씨랑 드라 짱한테 도와달라고 해도 될까? 그러면 밥도 일찍 먹을 수 있을 거야."

『응. 밥 얼른 먹고 싶으니까, 그거라면 괜찮아.』

그런고로 페르와 드라 짱, 부탁합니다.

둥지의 이변을 느낀 것인지, 돌아온 킬러 호네트를 둘이 연달아 쓰러뜨렸다.

나는 드롭 아이템을 회수한다.

킬러 호네트의 드롭 아이템은 독침뿐이었지만.

날아다니던 킬러 호네트를 전부 쓰러뜨리고, 이제 식사 시간이다.

확실하게 마무리를 짓는 의미로 스이의 물 구슬은 그대로 유지해두기로 했다.

밥은 만들어두었던 와이번 고기로 만든 쇠고기 덮밥이다.

쇠고기 덮밥에는 역시 이게 없으면 안 되지, 싶었기 때문에…… 26층까지 오면 우리 이외에는 모험가가 없을 테니까 인터넷 슈퍼를 써서 일본식 수란을 구입. 페르와 드라 짱과 스이에게는 우선 수란 없이 내주고, 그 다음 추가분에는 수란을 얹어 내주었다.

나도 양쪽 다 먹고 싶었기 때문에 자그마한 그릇에 담아 처음에는 그대로, 다음에는 일본식 수란을 얹어서 먹었다.

그것참, 와이번 고기로 만든 쇠고기 덮밥은 맛있다니까.

드라 짱도 더 달라고 했고, 페르도 스이도 몇 그릇이나 더 먹었다.

밥을 배부르게 먹은 다음은 휴식이다.

『앗, 다 쓰러뜨렸나 봐.』

스이의 목소리에 킬러 호네트 둥지 쪽을 살펴보니, 사라지고 없었다.

스이에게 물을 없애달라고 하고, 드롭 아이템을 확인했다.

"독침뿐이네."

곤충이니까 소재가 될 만한 게 없어 보이기는 했지.

"아, 이건……."

병에 담긴 하얀 것.

감정해보니…….

【킬러 호네트 로열젤리】
영양이 무척이나 풍부.

로열젤리라.

건강식품 같은 데 들어 있는 그거지?

영양이 무척이나 풍부하다니, 그래 보이기는 하지만, 설명이 그것뿐이야?

『오오, 좋은 게 나왔구나. 벌집에서 채취한 그건 조금 핥아먹기만 해도 기운이 난다.』

페르는 아는 모양이군.

핥기만 해도 기운이 나는 거라면, 이대로 보관해두는 것도 괜찮겠네.

독침과 로열젤리를 아이템 박스에 넣고 우리는 다시 숲속을 나아갔다.

그 다음에도 짐승류, 조류, 곤충류 마물을 쓰러뜨리고 드롭 아이템을 회수해가며 페르가 말하는 계층주를 목표로 나아갔다. 어두워지기 시작했을 무렵, 이날의 탐색을 종료했다.

다음 날도, 마찬가지로 짐승류, 조류, 곤충류 마물을 쓰러뜨리고, 드롭 아이템을 회수하며 숲속을 나아갔다.

도중에 보물 상자를 발견하고 보물을 입수한 것 이외에는 별다른 일이 없었다. 참고로 보물 상자 안에 있던 것은 두 가지 보석으로, 사파이어와 알렉산드라이트였다.

페르의 이야기에 따르면 이제 곧 계층주와 만나게 된다고 한다.

페르 왈, 제법 강한 기척이란다.

어떤 계층주가 기다리고 있는 걸까.

이제 드디어 계층주와 싸우게 된다.

그렇다면 오늘 아침 밥은…….

"페르, 이다음은 계층주와 싸우는 거지? 그렇다면 인터넷 슈퍼 (이세계) 식재료로 밥을 할까 싶은데. 어때?"

보스 클래스와 싸운다면 인터넷 슈퍼의 식재료로 스테이터스 수치를 올려두는 편이 안심이잖아.

『이세계 식재료를 먹으면 강해진다는 그거냐?』

"맞아, 맞아. 보스는 페르가 봐도 그럭저럭인 거잖아? 그렇다면 인터넷 슈퍼의 식재료를 먹어서 더 강해지는 편이 더 안전하게 쓰러뜨릴 수 있지 않을까 싶어서."

『그래. 나와 드라한테는 전쟁의 신의 가호도 있으니, 지금 이대로도 만에 하나라도 지는 일은 없겠지만, 인터넷 슈퍼의 식재료를 먹는다는 건 좋은 생각이다.』

그러고 보니 바하근 님의 가호도 있었구나.

페르도 드라 짱도 원래부터 강해서 어디부터가 가호의 힘인지는 알 수 없겠지만.

그보다, 페르는 좋은 생각이라고 말하는데, 사실은 인터넷 슈퍼의 식재료를 먹고 싶다는 마음도 있는 거겠지.

뭐가 나올지 모르는 데다, 어떻게든 쓰러뜨려주지 않으면 안 되니까(그렇지 않으면 내가 죽으니까 말이지) 강해지는 건 전혀 문제될 것 없지만.

"그렇다면 역시 전에 먹은 스테이크가 좋으려나?"

『그래, 그게 좋겠다.』

역시 국산 쇠고기 스테이크인가.

아침부터 스테이크는 어떨까 싶기는 하지만, 너희들한테는 아무런 문제도 없겠지.

나는 인터넷 슈퍼를 열어서 국산 쇠고기를 대량으로 구입했다. 인터넷 슈퍼의 식재료만을 쓴 식사인데, 스테이크만이라는 건 좀

부족한 느낌이 들어서 모두가 좋아하는 고기를 중심으로 다른 것
도 조금 사보았다.

우선 산 건, 돼지고기 양념구이로 소금 레몬과 파 소금 맛이다.
지금은 양념을 한 고기도 꽤 있어서, 굽기만 하면 되기 때문에 무
척 편리하다.

그리고 비엔나소시지, 후추로 양념한 오리 로스트라는 것도 있
어서 사보았다.

다음은 닭 꼬치로 다리 살과 간을 양념한 것과 소금만 뿌린 것
을 대량으로 구입했다.

그리고 내 아침 식사로 샌드위치도 샀다.

우선은 조리가 끝난 닭 꼬치를 꼬치에서 빼내고 접시에 담았다.

다음은 후추로 양념한 오리 로스트를 잘라서 담았다. 조금 맛
을 봤는데, 오리의 깊은 맛에 후추의 찌릿한 매운맛이 어우러져
맛있었다.

"밥이야."

페르와 드라 짱과 스이에게 닭 꼬치와 오리 로스트를 내주었다.

"이다음은 계층주와 싸워야 하니까 이걸 먹고 힘을 내줘."

모두가 먹는 사이에 나는 마도 버너를 꺼내 국산 쇠고기 스테
이크와 돼지고기, 그리고 비엔나소시지를 구웠다.

〽한 그릇 더.〽

모두 아침부터 많이도 먹는구나.

다음은 국산 쇠고기 스테이크와 돼지고기 구운 것과 비엔나소
시지를 내주었다.

스테이크는 우선 소금과 후추로 간을 한 것.

돼지고기에는 처음부터 소금 레몬과 파 소금 맛 양념이 되어 있으니까.

살짝 맛을 봤는데 깔끔하고 맛있었다.

비엔나소시지도 소금과 후추뿐이지만 탱글탱글하고 촉촉해서 맛있었다.

드라 짱은 한 그릇 다 먹고 만족했지만, 페르와 스이는 몇 번이나 더 먹었다.

나는 페르와 스이가 먹는 사이에 간단하게 샌드위치와 콜라로 식사를 해결했다.

『후우, 역시 이세계 음식도 맛있구나.』

『호오, 이거 이세계 음식이었어? 꽤 맛있잖아.』

『맛있었어..』

그건 다행이네. 하지만 나한테는 더 신경 쓰이는 점이 있거든.

스테이터스 수치가 얼마나 올랐으려나?

모두를 감정해보았다.

【이름】페르
【나이】1014
【종족】펜리르
【레벨】911
【체력】9890 (+5002)
【마력】9534 (+4675)

【공격력】 9118 (+4483)

【방어력】 9814 (+4907)

【민첩성】 9732 (+4856)

【스킬】 바람 마법, 불 마법, 물 마법, 흙 마법, 얼음 마법, 번개 마법, 신성 마법, 결계 마법, 발톱 베기, 신체 강화, 물리 공격 내성, 마법 공격 내성, 마력 소비 경감, 감정, 전투 강화

【가호】 바람의 여신 닌릴의 가호, 전쟁의 신 바하근의 가호

【이름】 드라 짱

【나이】 116

【종족】 픽시 드래곤

【레벨】 129

【체력】 915 (+459)

【마력】 2935 (+1448)

【공격력】 2703 (+1342)

【방어력】 886 (+445)

【민첩성】 3345 (+1673)

【스킬】 불 마법, 물 마법, 바람 마법, 흙 마법, 얼음 마법, 번개 마법, 회복 마법, 포격, 전투 강화

【가호】 전쟁의 신 바하근의 가호

【이름】 스이
【나이】 2개월
【종족】 빅 슬라임
【레벨】 21
【체력】 1079 (+538)
【마력】 1063 (+529)
【공격력】 1058 (+533)
【방어력】 1061 (+525)
【민첩성】 1080 (+540)
【스킬】 산탄(酸彈), 회복약 생성, 증식, 물 마법, 대장장이
【가호】 물의 여신 루사루카의 가호, 대장장이 신 헤파이스토스의 가호

　아, 페르도 스이도 레벨이 올랐네.

　뭐, 던전에 들어온 후로 마물을 꽤 쓰러뜨렸으니까 올라도 이상할 것 없으려나.

　하지만 스테이터스 수치가 올라간 정도는…………

　조, 조금 지나쳤나 싶은데…… 아하하…………

　뭐, 뭐, 지금부터 계층주와 싸워야 하니까, 괜찮겠지. ……괜찮은 거겠지?

　이, 일단 가볼까요.

　어제와 마찬가지로 조우한 마물을 쓰러뜨리고 드롭 한 아이템을 회수하며 나아갔다.

잠시 후 페르가 멈추었다.

『계층주다.』

페르가 바라보는 곳을 보니…….

똬리를 튼 커다란 코브라가 있었다.

쉬익 위협하듯 가늘고 긴 혀를 날름거리고 있다.

"뭐, 뭐야 저건……."

감정해보았다.

【바스키】

S랭크 마물.

뭐? S랭크라고……?

그보다, 저거 몸길이가 몇십 미터는 될 크기잖아.

저건 마물이 아니라 괴물이라고.

게다가 입에서 안개 상태의 무언가를 뱉어내고 있잖아.

감정해보니 【바스키의 독 안개】라고 나왔는데요.

독 안개라니, 뭐, 뭐 우리는 상태 이상 무효화가 있기는 하지만, 너무 흉악하잖아.

『바스키인가. 별일이군. 이 몸도 아직까지 세 번 정도밖에 싸워본 적이 없다.』

우리 페르 씨는 저거랑 싸워본 적이 있는 모양입니다.

"저, 저런 거랑 싸운 거야……? 크고, 독 안개 같은 것도 내뿜고 있다고, 저거……."

『홋, 저런 건 물리는 것과 저 긴 몸체로 죄어드는 것만 조심하면 별것 아니다.』

그, 그런 거야?

『뭐, 이 몸 혼자서도 처리할 수 있지만, 그래서는 드라도 스이도 납득하지 않을 테지. 드라, 스이, 가자.』

『저거라면 상대로 부족하지 않겠어. 좋아, 해치워주지!』

『스이도 열심히 할게.』

모두 저걸 보고도 무서워하기는커녕 의욕이 넘치는군요.

나한테 저 괴수는 좀 무리야.

나는 나무 그늘에 숨어 기다릴 테니까, 응. 여러분이 해치워주세요.

페르, 드라 짱, 스이가 바스키 앞으로 뛰쳐나갔다.

모두를 본 바스키가 슈욱 슈욱 슈욱 독 안개를 흩뿌렸다.

하지만 가호가 있고 상태 이상 무효화가 있는 모두는 개의치 않고 잇따라 공격을 가했다.

두쾅, 빠직 빠직 빠직 빠지지지지직──.

페르의 번개 마법이 작렬.

푸욱, 푸욱, 푸욱──.

불 마법을 두른 드라 짱이 똬리를 튼 바스키의 몸통에 바람구멍을 냈다.

풋, 풋, 풋──.

스이의 산탄이 바스키에 명중해 슈와아아 하고 그 몸을 녹였다.

"그오오오오오옷."

쿠궁.

‥‥‥‥‥‥Oh.

너덜너덜해져 목숨이 끊어진 바스키가 모두의 앞에서 쓰러졌다.

전투 시간 1분도 걸리지 않았다.

그렇다기보다, 너무 일방적이라서 전투라고 해도 되는 것인지도 모르겠다.

독 안개를 흩뿌리기만 했을 뿐, 그것 말고는 아무것도 하지 못한 채 일방적으로 두드려 맞았다.

바스키, 미안.

『아자! 끝냈다!!』

드라 짱이 기뻐하며 곡예비행을 했다.

『만세! 커다란 뱀을 쓰러뜨렸어!』

스이도 기뻐하며 뿅뿅 뛰어오르고 있다.

『흐흥, 이 몸에게 걸리면 당연한 일이다.』

페르는 의기양양한 표정.

나는 나무 그늘 속에서 나와 모두에게 다가갔다.

일부는 타고, 구멍이 뚫리고, 녹아서 너덜너덜진 바스키를 보고 있자니 마물이지만 너무 불쌍해서 눈물이 나올 것만 같았다.

아아, 바스키, 미안. 이거, 인터넷 슈퍼의 식재료를 먹일 필요가 전혀 없었잖아.

숨이 끊어진 바스키가 사라져갔다. 정말, 미안하다. 성불해주세요, 나무아미타불, 나무아미타불~.

뭐, 드롭 아이템은 확실하게 회수하겠습니다만.

어디 어디, 오오, 반들반들하고 푸른 뱀 가죽이다. 그리고 커다란 마석에, 다음은 이빨이군.

역시 계층주, 게다가 S랭크군. 바스키의 드롭 아이템을 아이템 박스에 넣었다.

"저기, 계층주를 쓰러뜨렸다는 건, 27계층으로 간다는 거지? 계단이 보이지 않는데, 아래층으로는 어떻게 가?"

『이런 계층의 경우에는…….』

그렇게 말한 페르가 바스키 주변에 있던 바위를 조사하기 시작했다.

『오, 있군.』

그 목소리에 이끌려 페르 가까이로 갔다.

『이 바위에 그려진 둥근 모양에 마력을 흘려보내면 아래로 갈 수 있다.』

페르가 말한 둥근 모양이란 건 마법진이었다.

여기에 마력을 흘려보낸다는 건, 전이 같은 느낌으로 아래층에 갈 수 있다는 거야?

『다만 아래로 가려는 자는 서로 닿아 있지 않으면 안 되니 주의해라.』

그렇군.

"드라 짱, 스이, 아래층으로 갈 거니까 이리 와."

드라 짱과 스이에게 서로 닿아 있어야 한다고 설명하자…….

찰싹.

드라 짱이 내 뒤통수에 달라붙었다.

『이러면 되겠지?』

드라 짱…….

정말이지, 어쩔 수 없네.

나는 페르 등에 올라탔고, 스이는 내가 두 팔로 단단히 안았다.

"그럼, 페르 부탁해."

페르가 오른쪽 앞다리를 마법진에 대고 마력을 흘려보내자 한 순간 엘리베이터에 탔을 때 같은 부유감이 느껴졌다.

"여기가 27계층인가 보네. 26층과 같은 숲이지만."

『그래. 27층인 것 같다. 그럼 마찬가지로 계층주를 향해 가도록 하지.』

그리고 숲속을 나아갔는데, 뭐라 말하면 좋을지.

인터넷 슈퍼 식재료의 효과가 계속되어 모두 힘이 넘쳤다.

유린에 이어 또다시 유린이다. 마물분들 죄송합니다, 라는 기 분이 든다.

그런 느낌으로 또 드롭 아이템을 대량으로 겟.

게다가 다들 기운이 넘쳐서 나아가는 속도도 빠르다. 페르의 말에 따르면 내일 해 질 녘 전에는 계층주가 있는 곳에 도달한다 고 한다. 응, 이제 내일이면 계층주래.

이번에는 인터넷 슈퍼 식재료는 먹이지 말자. 조금은 자중해 야지.

오늘도 27계층 탐색이다.

아침밥으로는 만들어두었던 양배추 롤을 내놨다. 하지만 페르와 스이가 양배추 롤만으로는 부족하다고 말하기에 어쩔 수 없이 오크 제너럴 된장 구이 덮밥을 급하게 만들어야 했다. 이걸로 미리 만들어두었던 요리도 다 떨어졌다. 이제 남은 것 지어둔 밥뿐이다.

드라 짱은 그나마 나은 편이지만, 먹성 좋은 페르와 스이가 있는 것치고는 오래 버틴 셈인지도 모른다.

점심부터는 다시 요리로구나.

밥을 다 먹고 잠시 휴식을 취한 후에 숲속을 나아갔다.

페르의 말에 따르면 저녁 무렵에는 계층주(보스)가 있는 곳에 도달하는 모양인데, 26계층이 S랭크인 바스키였으니 그 아래일 리는 없을 테지.

이번에는 어떤 마물이 나오려나…….

뭐, 어찌 됐든 나는 전투에는 참가하지 않는 방향으로.

S랭크 마물이라니 상대가 될 리 없다.

분명 상태 이상 무효화나 완전 방어는 있지만, 그런 괴수 같은 괴물한테 공격을 당해보라고.

공포로 쇼크사할걸.

『있다. 그럼, 이 몸부터 가지.』

아, 마물이 나왔나 보다. 눈 깜짝할 사이에 페르가 와일드 에이프 무리를 쓰러뜨렸다.

그 다음도 페르와 드라 짱과 스이가 순서대로 조우한 마물을 쓰러뜨렸다.

나는 드롭 아이템 회수 담당으로서 힘냈다. 응.

숲속을 나아가다 보니 모두의 배꼽시계가 공복을 호소했고, 식사 타임을 갖기로 했다.

"만들어두었던 게 이제 없으니까, 지금부터 밥 만들 거야. 좀 기다려."

빠르게 후다닥 만들 수 있는 거라면…… 응, 스태미나 볶음 덮밥으로 할까.

그나저나 만들어두었던 요리가 여기까지 버텨줘서 다행이야.

여기는 이제 27계층이니까, 다른 모험가를 신경 쓰지 않아도 되거든.

그런고로 마음 편히 인터넷 슈퍼를 써볼까요.

불고기 양념으로 마늘종과 소스(볶은 마늘 풍미)와 흰 깨를 구입. 스태미나 볶음을 만들 때는 불고기 소스도 마늘 풍미가 제대로 나는 것을 추천한다.

그리고 마도 버너를 아이템 박스에서 꺼낸다.

고기는 오크 제너럴로 할까, 블러디 혼 불로 할까 망설였지만, 블러디 혼 불로 해보았다. 볶을 고기는 돼지고기든 쇠고기든 맛있으니까.

우선은 블러디 혼 불 고기를 얇게 저며서 한 입 크기로 자른 다음 불고기 소스를 조금 뿌려 버무려둔다.

마늘종은 4센티미터 정도 길이로 자른다.

달궈둔 프라이팬에 기름을 두르고, 블러디 혼 불 고기를 살짝 볶아준다. 고기 색이 바뀌면 마늘종을 넣어서 더 볶는다. 마늘종이 살짝 숨이 죽으면 불고기 소스를 둘러주듯 뿌리고 소스를 잘 묻혀가며 한 번 볶아주면 완성이다.

페르와 스이와 드라 짱 몫은 바닥이 깊은 접시에 밥을 퍼 담고 그 위에 스태미나 볶음을 듬뿍 얹는다.

그 위에 흰 깨를 살살 뿌려주면 완성이다.

"다 됐어."

모두의 앞에 접시를 놓아주자 허겁지겁 먹는다.

『이 소스가 고기에 잘 양념돼서 맛있구나. 얼마든지 먹을 수 있을 것 같다.』

페르, 얼마든지 먹을 수 있을 것 같다니. 적당히 해줘.

『크아, 이 달고 짭짤한 양념이 참을 수 없이 맛있어.』

드라 짱, 뭘 좀 아는구나.

불고기 양념은 맛있지.

『이 양념이랑 고기가 엄청 잘 어울려. 많이 먹을 수 있어.』

그래, 그렇구나. 스이도 불고기 양념 맛을 알아주는 거니?

𝕿한 그릇 더.𝕴

페르와 스이는 평소 그대로지만, 드라 짱도 더 먹겠다니.

아니, 어라? 마늘 때문인 건가? 식욕이 한층 더 왕성해진 듯한 느낌이······.

그렇게 생각하면서 모두에게 밥을 더 만들어주었다.

모두가 먹는 사이에 나도 먹어볼까.

마늘 풍미에 달콤하고 짭짤한 불고기 양념이 밥과 잘 어울린다.

위에 살살 뿌려준 흰 깨의 고소함도 좋은 악센트가 되고 있다.

스태미나 볶음 덮밥은 간단하기도 하고, 든든하게 먹고 싶을 때 적당하다.

응응, 맛있다, 맛있어.

좀 많은가 싶었지만, 싹 다 먹어버렸다.

아이템 박스에 보관해두었던 페트병에 담긴 차를 꺼내 꿀꺽꿀꺽 마시고 한숨을 돌리고 나니, 페르와 스이의 목소리가 들려왔다.

『한 그릇 더.』

마늘 풍미가 식욕을 증진시킨 것인지, 그 후에도 한 그릇 더 연속이다.

아직 한 끼 더 먹을 수 있을 거라 생각했던 쌀밥도 완전히 바닥나고 말았다.

식후에 잠시 휴식을 취하고 다시 숲을 돌진해 나갔다.

페르와 드라 짱과 스이가 별 어려움 없이 마물을 쓰러뜨렸고, 드롭 아이템을 회수했다.

그리고 드디어⋯⋯.

『저게 이 층의 계층주로군.』

페르가 그렇게 가르쳐주어서 나무 그늘에 숨어 살펴본 그것.

저, 저게 뭐야⋯⋯⋯⋯?

크기는 사자보다 조금 큰 정도로 보였다.

몸도 사자 같은 느낌이고, 꼬리는 전갈 꼬리와 닮아서 위로 휙 휘어 있었다.

이상한 것은 머리 부분이었다.

그 마물은 늙은 인간 남자의 얼굴을 하고 있었다.

그리고 귀 근처까지 찢어진 입은 히쭉 하는 웃음을 그리고 있었다.

보기에도 흉측한 그 웃는 얼굴에 소름이 돋았다.

그 이상한 마물을 감정해보니…….

【만티코어】
S랭크 마물.

만티코어라니, 어디선가 들어본 적 있는데.

분명 사람을 잡아먹는 전설의 생물이었던 듯한…….

뭐, 뭐, 뭐든 상관없지만, 저건 틀렸어. 저 얼굴은 기분 나빠, 너무 기분 나빠.

저 흉측한 얼굴은 꿈에 나올 것만 같다고.

"저거, 만티코어라는데……. 페르, 괜찮은 거지?"

『괜찮은 게 당연하지 않느냐. 만티코어와는 전에 싸워본 일이 있다. 다만 저 녀석은 교활하다. 약해진 척을 해서 상대가 접근해 오면 꼬리의 독침으로 숨통을 끊거나 하는 짓을 한다. 그 부분은 조심을 해야 해.』

그렇게 말한 페르가 드라 짱과 스이를 바라보았다.

『드라, 스이, 만티코어는 재빠른 데다 교활하다. 선제공격을 해서 단숨에 처리하겠다.』

『평소랑 똑같다는 거잖아. 해치워주겠어.』

『저기 저기, 교활이 뭐야?』

스이한테는 어려운 말이었나.

"교활이라는 건 있지, 약았다는 말이야. 저 마물은 말이지, 약해진 척을 하면서 다가오는 상대를 공격하거나 한대."

『흐응, 나쁜 마물이구나. 스이 열심히 쓰러뜨릴게!』

기합은 충분했고, 페르와 드라 짱과 스이는 만티코어를 향해 달려들었다.

풋, 풋, 풋——.

스이의 산탄이 쏘아졌지만, 만티코어는 그것을 슬쩍 피했다.

퍼억——.

만티코어의 옆구리에 바람구멍이 뚫렸다. 드라 짱이 파고든 모양이다.

만티코어여, 네 상대는 하나가 아니거든.

"그어어어억."

만티코어가 하늘을 향해 큰 소리로 외쳤다.

슈슉——.

페르의 오른쪽 앞다리에서 추가로 발톱 베기 공격이 펼쳐졌다.

우윽…………

만티코어는 조각조각이 나서 숨이 끊어졌다. 내가 말하는 것도 뭐하지만, 너희들 용서 없구나.

만티코어가 사라진 다음, 드롭 아이템을 주웠다. 커다란 마석과 가죽과 독침이었다.

"그럼 아래로 갈까."

『그래.』

전이 마법진은 바로 발견했고, 우리는 28계층으로 전이했다.

"에엑?! 28계층은 이런 식인 거야?"

28계층은 늪지가 펼쳐져 이었다.

우리가 서 있는 곳은 늪지 위에 설치된 목조 통로였다.

폭이 1.5미터 정도인 그 목제 통로가 저 너머까지 쭉 이어져 있었다.

"이 통로를 이동하라는 거겠지……?"

『그래. 하지만 여기를 지나가면 마물에게 노려질 거다. 우리 같은 강한 자가 아닌 한, 지나가는 건 어려울 테지.』

……정말이지 이 던전 어떻게 된 거야?

던전은 전부 이렇게 고약하게 만들어져 있는 거냐고?

페르에게 물어보니 이런 식의 던전은 전부 이런 법이라고 한다.

『아무리 그래도, 이렇게 늪지만 펼쳐진 계층은 보기 드물다만…….』

아, 역시 그렇구나.

이건, 드라 짱처럼 날 수 있거나, 그야말로 배라도 한 척 갖고 있지 않는 한은 이 목제 통로를 나아갈 수밖에 없으니까. 이런 건 덮쳐주세요, 라고 말하는 거나 다름없잖아.

페르가 말한 대로 마물 입장에서는 제대로 노리고 공격할 수 있는 표적이잖아.

『그나저나 물가라…….』

페르가 싫은 투로 그렇게 말했다.

아, 페르는 물을 싫어하지.

『이런 곳은 서둘러 통과하는 게 제일이다. 오늘 밤은 밤새 달리도록 하자.』

페르는 밤을 새서 이 늪지를 빠져나갈 셈인 모양이다.

"지금은 아직 해 질 녘이라 어떻게든 주변이 보이지만, 해가 다지고 난 후의 이동이 괜찮을까?"

지금은 아직 해가 완전히 지지 않아서 주변의 경치가 어찌어찌 보이고 있지만, 해가 지고 깜깜해지면 통로 앞도 보이지 않고, 그런 중에 이동한다는 건 위험하지 않을까 싶은데…….

『걱정할 것 없다. 이 몸은 밤눈이 밝으니까. 어둠 속에서 이동하는 건 간단한 일이다.』

『나도 밤눈이 밝아.』

페르와 드라 짱은 어두워져도 괜찮은 모양이다.

"하지만 밤새 이동하다니 체력적으로 괜찮겠어?"

『흥, 하룻밤 정도로 어떻게 될 정도로 연약하지 않다.』

『그렇다고. 나는 사흘 동안 계속해서 난 적도 있으니까.』

체력적으로도 문제없는가 보다.

스이는 밤새 깨어 있는 건 무리일 테니, 평소 있는 가죽 가방 안에 있게 하자.

그렇게 생각하면 제일 문제인 건 나잖아.

적어도 떨어지지 않도록 페르한테 단단히 매달려 있어야 하니까.

이런 데서 떨어지거나 하면 뭐가 있을지 모르는 늪에 첨벙 떨어질지도 모른다고.

『출발하기 전에, 우선 밥이다.』

『그렇다고. 배고파.』

『스이도 배고파.』

그렇게들 말하지만 이 목제 통로에서 마도 버너를 꺼내는 건 무리겠지.

무거워서 분명 바닥이 빠질 거야.

『서둘러라. 어서 밥을 먹고 이동해야 한다.』

페르는 아무튼 어서 이 물가를 벗어나고 싶은 모양이다.

으음, 어떡하지…… 인터넷 슈퍼(이세계)의 식재료는 먹이지 않겠다고 생각했는데, 이런 상황이니 인터넷 슈퍼 음식이어도 괜찮으려나? 밤새 달리려면 기력이 넘치는 쪽이 좋겠지? 어두운 데서 마물 상대를 하게 될지도 모르니까, 그편이 안심되기도 하고.

좋아, 여기는 인터넷 슈퍼 음식으로 가자. 뭐, 국산 쇠고기 스테이크 같은 걸 먹이지 않으면 괜찮겠지.

인터넷 슈퍼를 열고 눈에 띈 음식들을 샀다.

닭 꼬치, 닭튀김, 쇠고기 크로켓, 중국식 만두, 중화 춘권, 탕수육, 로스가스 덮밥, 소갈비 덮밥.

고기를 사용한 음식들을 중심으로 구입하여 접시에 담아 내주자 모두 열심히 먹기 시작했다.

내 몫으로는 해산물 덮밥과 샐러드를 구입했다.

요즘은 쭉 고기만 먹었으니까.

페르와 스이가 몇 번이나 더 먹고 만족한 후에야 식사 시간 종료.

『주인, 스이 졸려.』

아, 역시나.

배가 부른 데다 어두워졌으니 스이는 졸리겠지.

스이는 저녁을 먹고 나면 금방 잠드니까.

『스이는 가방에 들어가서 자고 있어라.』

『알았어.』

그런 대화 후에 스이가 스윽 가방 안으로 들어갔다.

『너는 이 몸 등에 타라. 단단히 붙잡아야 한다.』

"아, 알았어."

나는 페르의 등에 올라타서 단단히 붙잡았다.

"아, 그렇지. 빛은 필요 없어?"

식사하는 사이에 완전히 해가 져서, 주변은 새카만 어둠에 감싸여 있었다.

지금 빛이라고는 내 회중전등뿐인 상황이다. 하지만 빛이 필요하다면 인터넷 슈퍼에서 구입 가능하다. 분명 랜턴형 LED 라이트 같은 것도 있었던 기억이 있다. 그 외에도 회중전등 같은 건 비교적 종류가 다양했던 기억도.

『아니, 빛은 필요 없다. 밝으면 마물을 더 불러들일 뿐이니까.』

아, 확실히 그것도 그렇겠다.

『이 몸과 자네, 그리고 드라에게는 결계를 펼쳐두마.』

『오, 고마워. 그럼 나는 선행해서 성가신 적을 없애둘게.』

『부탁한다.』

『그래, 알았어.』

이리하여 우리는 어둠 속에서 늪지에 발을 내디뎠다.

늪지 위에 만들어진 목제 통로를 나아가자 마물이 바로 우리를 덮쳤다.

30센티미터 정도의 개구리와 아귀 같은 납작한 모습의 물고기였다. 늪지에서 날아올라 우리를 향해 덤벼들었지만, 페르의 결계에 막혀서 튕겨져 나갔다. 개구리 마물 스웜프 프로그와 물고기 마물 스웜프 피시는 잔챙이인지라 그대로 방치. 잔챙이를 일일이 상대하고 있을 수는 없으니까.

선행하던 드라 짱이 싸우고 있는지, 몇 번이나 소리가 들려왔다.

드롭 아이템이 나왔을 거라고 생각하긴 했지만, 이런 상황이니 이 층에서의 드롭 아이템 회수는 포기해야지. 뭐, 지금까지의 층에서 충분히 회수하기도 했으니까. 이 층에서는 계층주의 드롭 아이템에 기대를 걸자.

도중에는 선행하던 드라 짱이 습격해 온 마물을 정리해주었고, 목제 통로가 끊어져 있거나 썩어 바닥이 빠질 것 같은 곳들이 몇 곳이나 있었지만, 모두 페르가 회피했다.

우리 일행은 새카만 어둠 속을 엄청난 스피드로 나아갔다.

해가 뜰 무렵, 페르의 말에 따르면 벌써 계층주가 있는 곳 근처까지 와 있다고 한다.

"이 근처 통로는 튼튼해 보이니까, 여기서 밥 먹을까?"

『그래, 그게 좋겠구나.』

『오, 드디어 밥인가.』

장소가 장소인 만큼 휴대용 버너밖에 쓸 수 없으니, 바로 만들 수 있는 게 좋겠지?

이번에는 모두가 좋아하는 스테이크를 해볼까.

와이번 스테이크를 굽고 스이도 깨워서 모두 함께 식사를 했다.

아침인데도 모두 몇 장이나 되는 스테이크를 먹었다.

나는 아침이라 스테이크는 조금 부담스러워서 다른 메뉴로 했다.

흑빵에 햄에그를 넣은 것과 커피를 마셨다.

『밤새 달린 덕분에 계층주 근처까지 거의 다 왔다. 이대로라면 점심 전에는 계층주가 있는 곳에 도착하겠지.』

빠르네.

『계층주를 때려눕히고 서둘러 아래 계층으로 가자.』

페르는 서둘러 물가를 벗어나고 싶은 거구나.

『그래, 그래야지. 밤중에도 수염이 난 커다란 물고기니 미끄덩한 뱀 같은 기분 나쁜 것들이 덮쳐들더라고. 별 볼 일 없는 것들이지만, 그 겉모습은 받아들여지지가 않는다니까.』

드라 짱이 싫다는 표정으로 그렇게 말했다.

수염이 난 커다란 물고기는 메기 같은 마물이고, 미끄덩한 뱀 같은 건 장어 마물인가?

계층주를 향해서 늪지를 나아가던 도중에 드라 짱이 말했던 마물이 어떤 것인지 알았다. 통로를 지나가고 있으려니 늪에서 커다란 메기가 커다란 입을 벌리고서 우리를 노리고 뛰어올랐다.

"으와앗."

푸욱――.

커다란 메기는 우리에게 도달하기 전에 드라 짱에 의해 몸에 바람구멍이 났다.

『이거야, 이거. 밤중에 잔뜩 덤벼들었다고.』

드라 짱 말대로 저건 기분 나쁘게 생겼네.

메기인데 날카로운 이가 삐죽삐죽 나 있다고.

『그리고, 저거야.』

그렇게 말한 드라 짱이 보고 있는 방향을 보니, 동그란 입에 날카로운 이가 겹쳐지듯이 난 가늘고 긴 뱀 같은 마물이 우리에게 덤벼들기 위해 머리를 쳐들고 있었다.

이것도 크잖아. 저 겉모습을 보면 장어는 장어라도 칠성장어 같은 느낌이 든다.

푸욱――.

칠성장어 마물도 우리에게 도달하기 전에 드라 짱의 돌격으로 몸이 갈기갈기 찢어졌다.

『이것도 밤중에 잔뜩 덤벼들었어.』

응, 드라 짱 말대로 저것도 기분 나쁘게 생겼네.

그 다음도 메기와 칠성장어 마물은 몇 번이고 덮쳐들었고, 드라 짱이 전부 격파했다.

페르는 아무튼 빠르게 나아가는 것만을 우선하는 듯 손을 대지 않았다.

이동 우선인 상황이라 스이도 가죽 가방 안에 있었다.

서둘러 나아가자, 페르의 말대로 점심 전에 계층주가 있는 곳에 도착했다.

『저게 계층주로군.』

페르가 앞쪽을 바라보았다.

그 앞에 있는 것은……

"저, 저거야? 너, 너무 크잖아."

거의 관광버스에 필적하는 크기의 악어가 있었다.

감정해보니…….

【구스타브】

S랭크 마물.

26 · 27계층의 계층주가 S랭크였으니 당연히 여기도 S랭크일 테지.

그나저나, 크다.

저거, 괜찮을까?

『좋아, 가자.』

『오옷! 유후!!』

『스이도 할 거야.』

아니, 어? 잠깐 기다려.

나를 태운 채라고.

"어, 어이, 페르! 나를 태운 채로 가는 거냐고?!"

『여기 두고 가도 되지만, 마물의 습격을 받을 거다. 게다가 저 녀석도 저런 모습을 하고 있지만 움직임은 비교적 빠르다. 자네 혼자면 잡아먹힐 거다.』

켁…….

잡아먹히는 것만은 참아줘.

"어, 어쩔 수 없지. 이대로 가줘."

내 목소리를 들은 페르가 구스타브를 노리고 달려 나가더니 그 등에 날아들었다.

『드라, 이 녀석 가죽은 단단하다. 눈을 노려라.』

『알았다고.』

구스타브가 머리를 치켜들고 머리 주변을 날아다니는 드라 짱을 물어뜯으려 했다.

콰직, 콰직 하고 이가 부딪히는 소리가 이쪽까지 들려왔다.

구스타브의 등에 올라 탄 페르는 구스타브의 머리를 노리고 바람 마법을 쏘아 날렸다.

휘잉, 휘잉, 휘잉──.

"크오오오."

페르의 바람 마법에 구스타브의 머리에 깊게 베인 자국이 생겼다.

『드라, 지금이다, 눈을 노려라.』

드라 짱 주변에 끝이 뾰족한 얼음 기둥 다섯 개가 생겼다.

콰직, 콰직, 콰직콰직콰직──.

얼음 기둥이 구스타브의 눈에 차례로 박혔다.

"크그오오오."

구스타브가 날뛰었다.

나는 떨어지지 않기 위해 페르 등에 필사적으로 매달렸다.

"앗, 스이?!"

스이가 슥 구스타브의 입가로 이동하더니 입안으로 들어가 버렸다.

"크그그오오."

날뛰던 구스타브가 한 번 울부짖고는 힘없이 움직임을 멈추었다.

슈슈 하는 소리가 나는가 싶더니 구스타브의 옆구리가 녹아내리면서 구멍이 뚫렸다.

그 구멍에서 뿅 하고 스이가 나왔다.

『있지, 배 속에서 풋풋 많이 했어.』

…………배 속에서 산탄을 쏴댄 거구나.

응, 아무리 강한 마물이라도 배 속까지 단련하지는 않으니까.

배 속에서 산탄…… 어떤 의미에서 보면 스이가 제일 무시무시하구나.

『몸 안에서 산으로 공격하는 건가. 적이지만 불쌍하구나.』

『배 속에서 산탄이라니…… 스이는 의외로 잔혹하구나.』

페르와 드라 짱이 작은 목소리로 그런 대화를 나누고 있다.

어흠, 너희들 좀 잠자코 있어.

"스, 스이, 잘했어."

『에헤헤~.』

스이는 칭찬을 받아 기쁜지 내 가슴으로 뛰어들었다.

구스타브가 사라진 다음 남은 것은 가죽과 커다란 마석, 그리고 이빨과 등뼈였다.

그 드롭 아이템을 줍고, 구스타브 뒤에 있던 이 층에서 유일하다고 보이는 뭍에 올랐다.

"그럼 29계층으로 가볼까."

『그래.』

마법진에 마력을 흘려보내고, 우리는 29계층으로 이동했다.

"늪지 다음은 이거냐……."

전이한 곳인 29계층에는 사막이 펼쳐져 있었다.

『이 던전도 상당히 재미있게 만들어져 있군.』

페르, 재미있게 만들어졌다는 말로 정리하지 말아줄래?

숲, 늪지, 사막까지 계속해서 환경이 변화하다니, 이건 너무 가혹하다고.

게다가 고 랭크 마물도 습격해 오잖아.

……그나저나 덥네. 해가 쩅쩅 내리쬐고 있어.

사막이니까 당연하다면 당연하지만, 여기는 던전 안이잖아.

어떤 원리인지는 알 수 없지만 하늘에는 태양도 있다.

『여기는 덥구나…….』

『덥잖아…….』

『더워…….』

페르도 드라 짱도 스이도 이곳의 더위에 지친 모양이었다.

『모두에게 결계를 펴주마. 그렇게 하면 어느 정도의 더위는 막을 수 있다.』

"뭐? 그런 거야?"

『그래. 햇빛은 어떻게 할 수 없지만, 결계 안의 온도를 어느 정도 일정하게 만드는 건 가능하다.』

오오, 결계 엄청 편리하네.

『하지만, 이 정도의 더위니 쾌적한 온도라고는 할 수 없을 거다. 아무것도 없는 것보다는 나은 정도라고 생각해라.』

그렇구나.

페르의 이야기에 따르면 결계를 펴도 꽤 뜨거워지는 모양이니, 일단 출발하기 전에 수분을 섭취해두자.

더위 먹는 걸 방지하려면 스포츠 드링크 같은 것도 있는 편이 좋겠지?

나는 인터넷 슈퍼에서 물과 스포츠 드링크를 잔뜩 구입했다.

햇빛을 막을 수는 없다고 하니, 모자나 후드가 달린 상의가 있으면 좋겠는데.

살펴보니 마침 좋은 물건이 있었다.

후드가 달린 UV 파카다. 이건 마침 딱 알맞았기 때문에 바로 구입했다.

"페르가 결계를 펴줘서 그나마 나아진다고는 하지만, 더위 먹지 않도록 물을 마신 다음 출발하도록 하자."

바닥이 깊은 접시에 스포츠 드링크를 따라 모두에게 주었다.

나도 도착한 UV 파카를 입고, 스포츠 드링크로 수분을 보충

했다.

『이 계층도 계층주(보스)를 목표로 나아가기로 하자.』

여기 29계층도 넓어 보이니까.

주변 전체가 모래, 모래, 모래로 끝이 보이지 않는다.

이곳은 지금까지처럼 페르가 포착하는 기척에 의지해서 계층주를 향해 나아가는 것이 무난하리라.

『이런 지역은 밤이 되면 아마도 추워질 거다. 아무튼 서둘러 이동하자. 어이, 타라.』

아, 역시 사막지대니까 밤은 추운 걸까?

페르의 말대로 서둘러 나아가는 게 제일이겠는걸.

나는 페르의 재촉에 서둘러 등에 올라탔다.

스이는 어깨에 멘 가죽 가방 안으로.

드라 짱은 날면서 주변을 경계했다.

우리는 사막 안을 그저 달려가기만 했다.

『어이, 저쪽에서 뭔가가 오는데.』

드라 짱이 바라보는 방향을 보니 검붉은 점이 잔뜩 있었다.

"저건 뭐지……?"

지켜보고 있으려니 그 검붉은 점이 점점 이쪽으로 접근해 왔다.

드디어 보이기 시작한 그 모습에 나는 말문이 막혔다.

"……저, 전갈 무리다."

몸길이 1미터 이상은 될 법한 전갈이 100마리 가까이 무리를 이루고 이쪽으로 접근하고 있었다.

『음, 저건 샌드 스코피온이군. 저게 있다는 건…….』

우리 바로 눈앞의 모래에서 승용차 정도 크기의 전갈이 갑자기 나타났다.

"으와앗."

『역시 그런가. 하지만 너 정도의 마물이 이 몸의 앞을 가로막다니. 멍청한 놈.』

두콰앙──.

커다란 전갈에 번개가 떨어졌다.

아, 죽었다.

이 커다란 전갈은 무슨 마물이었던 거지?

【자이언트 샌드 스코피온】

A랭크 마물.

페르의 번개 마법 한 발로 쓰러뜨렸지만, 이 전갈은 A랭크 마물이었다.

아, 100마리 가까이 있던 전갈 군단은 어떻게 됐지?

이쪽으로 접근해 오던 전갈 무리를 살펴보니 뿔뿔이 흩어져 도망치고 있었다.

『조종하고 있던 전갈을 쓰러뜨리기만 하면 저 녀석들은 덤벼들지 않는다.』

그렇구나.

자이언트 샌드 스코피온이 사라진 다음에 남은 드롭 아이템인 마석과 독침을 주워서 아이템 박스에 넣었다.

우리는 다시 사막을 돌진해 갔다.

그러다 달리던 페르가 갑자기 딱 멈추었다.

"크오오오오."

10미터 정도 앞의 모래 속에서 거대한 지렁이 같은 마물이 뛰쳐나왔다.

"저, 저건 뭐야?"

감정해보니…….

【샌드 웜】

A랭크 마물.

샌드 웜이 머리를 치켜들고, 날카로운 이빨이 몇 겹이나 겹쳐난 둥근 입을 떡 벌리고서 당장에라도 우리를 집어삼키려 하고 있었다.

『내가 가겠어!』

그렇게 말한 드라 짱이 샌드 웜을 향해 돌진했다.

푸욱――.

"크오오오오오오오."

쿠구궁.

샌드 웜이 몸에 커다란 구멍이 뚫린 채 옆으로 쓰러졌다.

『헤헤, 요리 끝.』

요리 끝이라니, 드라 짱…….

뭐 쓰러뜨려준 건 좋지만.

샌드 웜이 드롭 한 아이템은 마석과 날카로운 이빨이었다. 그걸 회수하고, 사막을 계속해서 나아갔다.

도중에 자이언트 샌드 스코피온과 전갈 군단과 샌드 웜이 몇 번이나 습격해 왔지만, 페르와 드라 짱이 모조리 격파했다.

더운 걸 견디기 힘든지 스이는 쭉 가죽 가방 안에서 자고 있다.

『해도 지기 시작하는군. 사막에서 밤에 이동하는 것은 좋지 않다. 이 근처에서 밤을 보내도록 하지.』

페르의 그 말에 야영을 하게 되었다.

해가 저물기 시작하자 기온이 완전히 바뀌어 쌀쌀해졌다.

역시 사막지대다. 덥고 추운 그 차이가 무척이나 컸다.

『낮과 마찬가지로 결계 안의 온도를 어느 정도 일정하게 유지하는 건 가능하지만, 결계 밖이 무척이나 춥다. 그 영향으로 결계 안이라고 해도 밖만큼은 아니지만, 추워질 거다.』

어느 정도 기온이 내려가는 건 각오해야만 하는 건가.

그렇다면…….

나는 인터넷 슈퍼를 열고, 추위 대책이 될 법한 것들을 모아 샀다.

핫팩과 깔고 덮을 두툼한 이불과 모포, 그리고 두꺼운 스웨터가 있어서 내 방한용 복장으로 샀다. 사실은 다운재킷 같은 게 있다면 최고였겠지만, 아무래도 그것까지는 팔지 않았다.

모래 바닥에 종이 상자를 여럿 깔고, 그 위에 두꺼운 이불을 깔고 또 그 위에 페르와 내 이불을 깔았다. 그리고 그 위에 모포와 이불을 올려두었다.

"밥을 만들게. 추우니까 그 사이에 이불에 들어가서 기다려."

밤의 장막이 내려오자 페르가 말한 대로 기온이 내려갔다.

내쉬는 숨도 새하얬다.

나도 방한 대책으로 걸치고 있던 UV 파카 위에 새로 구입한 두 꺼운 스웨터를 입었다.

보기엔 좀 그렇지만, 추운 것보다는 낫다.

좋아. 밥을 만들어볼까.

빠르게 만들 수 있는 간단한 게 좋겠는데…….

아, 고추잡채 덮밥을 만들까? 그거라면 시판되는 전용 소스를 쓰면 엄청 간단하니까.

하지만 그렇게 되면 밥을 지어야만 하겠는데. 간단하면서도 하 나로도 만족스러운 요리라고 하면, 아무래도 덮밥 종류가 된단 말이지. 내일 먹을 것도 생각해서 많이 지어두고 싶다. 쌀은 사두 었던 게 있으니까, 일단 먼저 밥을 짓자.

쌀을 씻고, 물에 담그는 시간이 아까우니 미지근한 물에 담가 시간을 줄였다. 마도 버너를 꺼내 화구 네 개 전체에 솥을 올려 쌀밥을 지었다.

그 사이에 인터넷 슈퍼에서 고추잡채 재료를 산다. 피망과 익 힌 죽순, 그리고 시판되는 고추잡채 소스…… 그리고 이렇게나 추우면 수프 같은 걸 곁들이는 편이 좋을까 싶어 동결 건조한 달 걀 수프도 구입했다.

우선은 블러디 혼 불 고기를 가늘게 자르고, 피망과 익힌 죽순 도 채 썬다.

그 사이에 완성된 밥은 뜸을 들여서 아이템 박스에 솥째로 넣어두었다.

빈 버너에 다시 밥을 더 올리고, 고추잡채도 만들기 시작했다.

달군 프라이팬에 기름을 두르고 블러디 혼 불 고기를 볶다가 색이 바뀌기 시작하면 피망과 죽순을 넣어서 함께 볶아준다. 거기에 시판되는 고추잡채 소스를 더해서 전체에 버무려지도록 볶으면 완성이다.

페르와 드라 짱과 스이 몫으로 갓 지은 밥을 바닥 깊은 접시에 담고 그 위에 고추잡채를 듬뿍 얹어주면 고추잡채 덮밥 완성이다.

그것과 함께 달걀 수프도 주었다.

"얘들아, 다 됐어."

페르와 드라 짱과 스이가 김이 오르는 고추잡채 덮밥을 우걱우걱 먹었다.

그리고 달걀 수프도 꿀꺽꿀꺽 마시고 있다.

『이 추위에서는 따뜻한 음식이 맛있군.』

『아아, 몸이 따뜻해졌어.』

『맛있어~.』

페르의 결계가 있는 덕분에 영하까지는 되지 않았지만, 꽤 춥네.

추위를 의식하니 더욱 춥게 느껴져 부르르 몸을 떨었다.

나도 식기 전에 고추잡채를 먹어야겠다.

굴소스의 풍미 있는 감칠맛이 참을 수 없다.

피망과 죽순의 사각사각한 느낌도 좋다.

이거 밥이 술술 들어가네.

달걀 수프도 따끈해서 몸이 따뜻해진다.

페르와 스이가 몇 번 더 먹고 배가 불렀을 때야 나도 한숨 돌렸다.

"페르, 계층주가 있는 곳까지는 얼마나 남았어?"

『이 계층은 넓다. 내일모레 해 질 무렵 전에는 어찌어찌 도착할 수 있을지 어떨지 싶다. 해가 진 후에는 이렇게 추우니, 경우에 따라서는 계층주와의 싸움은 그 다음 날로 미루는 편이 좋을지도 모른다.』

확실히 페르 말대로다.

낮은 그렇게 더운데, 해가 지면 이렇게 춥다. 더위와 추위의 차가 매우 심하다.

그것만으로도 충분히 체력은 소모될 테니, 혹시 싸움이 길어져 해가 지고 어두워질 경우도 생각해야 하겠지…….

페르의 결계가 있는 덕분에 어떻게든 이렇게 있을 수 있지만, 결계 안이라고 해도 기온은 아마 1, 2도 정도이리라. 추위를 생각하면 어두워진 후의 전투는 위험하겠지.

그렇다면 다음 날로 미루었다 싸우는 편이 훨씬 나은 것이 당연하다.

"그 부분은 계층주 가까이까지 가서 어찌 할지 정해야겠네."

『그래.』

이 날은 모두 가까이 붙어서 잤다.

페르는 모포가 마음에 들었는지 모포를 이불 위에 깔고 잤다.

스이는 나와 페르 사이에 들어가 새근새근 자고 있다.

드라 짱은 핫팩이 마음에 들었는지 붙이는 타입의 핫팩을 배에 붙이고 잤다.

나는 붙이는 핫팩을 등에 붙이고 페르의 배를 베개 대신 삼아
잤다.

그렇게, 사막의 추운 밤을 다 함께 몸을 기대고서 보냈다.

사막지대의 밤이 밝았다.

아침은 간단하게 모두에게 블러디 혼 불 스테이크 덮밥을 만
들어주고 나는 미역과 멸치를 넣어 만든 주먹밥으로 아침을 해
결했다.

스포츠 드링크로 수분을 듬뿍 보충한 다음, 우리 일행은 다시
사막을 나아갔다.

어제와 마찬가지로 자이언트 샌드 스코피온과 전갈 군단과 샌
드 웜이 습격해 왔지만, 모두 쓰러뜨리고 드롭 아이템을 회수한
다음 사막을 점점 나아갔다.

도중의 점심밥은 오크 고기와 산뜻한 갈은 무 풍미 소스를 넣
은 돼지고기 스테이크 덮밥을 만들었다.

그리고 인터넷 슈퍼에서 좀 비싼 아이스크림을 사서 식후의 디
저트로 내주었다.

『오오, 이건 차갑고 맛있구나. 이 더위에 짜증이 나던 참이었는
데, 좋구나.』

『시원해~ 살겠네.』

『차갑고 달콤해서 맛있어~. 스이 이거 더 먹고 싶어.』

더위에 모두 말이 없었는데, 차갑고 단 아이스크림으로 조금은 기운이 난 모양이다.

식후의 휴식을 잠시 갖고, 다시 가혹한 사막지대를 돌진해 갔다.

『뭔가 커다란 뱀 마물이 다가오는데.』

경계를 하던 드라 짱이 그렇게 말했다.

드라 짱이 바라보는 방향을 보니, 옆으로 기는 3미터 정도의 커다란 뱀이 다가오고 있었다.

【데스 사이드와인더】

A랭크 마물.

A랭크 마물이라.

『내가 해치울게.』

푸슉——.

데스 사이드와인더 머리가 날아갔다.

드라 짱이 바람 마법을 펼쳐 머리를 베어 날려버린 모양이다.

"오오, 역시 드라 짱."

『헤헤, 뭐 그렇지.』

데스 사이드와인더의 드롭 아이템인 마석과 독주머니와 가죽을 주워 아이템 박스에 넣었다.

그 후로도 공격해 온 자이언트 샌드 스코피온의 전갈 군단과 샌드 웜, 데스 사이드와인더를 날려버리고 드롭 아이템을 회수하며, 앞으로 앞으로 사막지대를 돌진해 갔다.

다시 사막의 추운 밤을 보내고, 해가 뜬 다음 사막의 대지에 드
롭 된 아이템을 회수하며 계층주를 향해 나아갔다.

『앞쪽에서 강한 기척이 느껴진다. 계층주일 테지. 생각보다 일
찍 도착했군. 해가 저물 때까지는 아직 조금 시간이 있다. 이대로
계층주와 싸우겠다.』

페르가 그렇게 말을 마친 것과 동시에 계층주가 모습을 드러
냈다.

"크오오오오오오."

모래가 모여 만들어진, 몸길이 20미터는 될 법한 사람 형태의
마물이다.

【자이언트 샌드 골렘】
S랭크 마물.

26 · 27 · 28 계층에 이어 이곳 계층주도 역시 S랭크인가.

『드라, 스이. 가자.』

페르의 호령에 답하듯 드라 짱이 몸에 붉게 타오르는 불꽃을 둘
렀다.

가죽 가방 안에 있던 스이는 페르의 호령에 뛰쳐나왔다.

나는 물론 후방에서 대기다.

『유후, 가자고!』

푸욱──.

불 마법을 두른 드라 짱이 자이언트 샌드 골렘의 몸통에 돌진했다.

자이언트 샌드 골렘의 몸에 구멍이 뚫렸지만······.

곧바로 구멍에 모래가 모여들어 구멍을 수복하고 말았다.

『어라?』

다시 한 번 드라 짱이 자이언트 샌드 골렘에 돌진하려 했다.

『드라, 소용없다. 저 녀석은 모래로 되어 있다. 구멍은 바로 수복된다.』

저 자이언트 샌드 골렘은 모래의 집합체다.

결손 부분이 생겨도 곧바로 수복해버리고 만다.

확실히 드라 짱이 하는 꿰뚫어 바람구멍을 내는 공격은 불리하리라.

"물이다! 드라 짱, 스이, 자이언트 샌드 골렘에 물을 잔뜩 퍼부어!"

나는 그렇게 외쳤다.

물을 머금은 모래라면, 말라서 부슬부슬한 모래처럼 그렇게 간단히는 수복하지 못할 터다.

『오오, 물 말이지.』

『주인, 알았어.』

드라 짱과 스이가 자이언트 샌드 골렘을 향해서 물 마법으로 물을 퍼부었다.

자이언트 샌드 골렘이 물을 듬뿍 머금었을 때······.

"페르, 번개 마법을 날려버려!"

『알고 있다.』

투쾅, 빠직빠직빠직빠지지직——.

자이언트 샌드 골렘 정수리에 번개가 내달렸다.

"그가아아아아아아아아아악."

쿠궁.

자이언트 샌드 골렘이 모래를 피워 올리며 쓰러졌고, 모래 먼지가 휘날려 모두의 모습이 보이지 않게 되었다.

"쿨럭, 쿨럭, 쿨럭. 페르, 드라 짱, 스이, 괜찮아?!"

『흥, 괜찮은 게 당연하지 않느냐.』

『오오, 괜찮다고.』

『주인, 스이 여기 있어.』

모래 먼지가 가라앉고 모두의 모습이 보였다.

모래를 뒤집어써서 조금 희뿌옇게 변했지만.

"아하하, 다들 모래를 뒤집어써서 하얘졌는데."

『음, 그러는 자네도 모래투성이지 않느냐.』

확실히 모래투성이다.

나는 점프해서 몸에 달라붙은 모래를 털어냈다.

페르도 부르르 몸을 흔들어 모래를 털어냈다.

드라 짱은 공중을 곡예비행하며 몸에 달라붙은 모래를 털었다.

스이도 푸들푸들 푸들푸들 몸을 진동시켜서 모래를 털었다.

우리가 몸에 붙은 모래를 털고 있는 사이에 자이언트 샌드 골렘은 사라졌다.

그 후에 남은 드롭 아이템은…….

커다란 마석, 그리고 크고 작은 다섯 개의 다이아몬드였다.

역시 S랭크네.

『주인, 여기에 뭔가가 있어.』

스이가 무언가를 발견한 모양이다.

뽕뽕 뛰어오르는 스이 가까이로 가보았다.

거기에 있던 것은 절반 가까이 모래에 묻혀 있는 보물 상자였다.

"스이, 잘 찾았어."

『에헤헤~.』

일단 보물 상자를 감정해보았다.

【보물 상자】

열면 동시에 독가스가 뿜어져 나오고, 그 직후에 바람 마법이
날아가도록 장치된 보물 상자.

또 독가스가 나오게 되어 있잖아.

여기의 보물 상자는 어째서 전부 독가스가 나오게 되어 있는 건
데? 심보가 고약하다고 할까, 뭐라고 할까. 가끔은 그냥 열리는
보물 상자가 있어도 괜찮다고 보거든, 던전 씨.

이 보물 상자에서 바람 마법이 날아오게 되어 있다는 건, 독가
스를 확산시키려는 걸까? 윈드 커터처럼 바람의 칼날이 날아오
는 걸까…… 이 던전이라면 양쪽 모두 생각할 수 있겠는데.

뭐, 됐어.

나한테는 완전 방어와 상태 이상 무효화가 있으니까.

자, 열어볼까.

철컥, 끼익.

푸슈욱.

보물 상자를 연 순간 검붉은 연기가 뿜어져 나왔다.

"쿨럭, 쿨럭, 쿨럭……."

피어오른 연기에 기침을 하고 있으려니 화악 하고 바람이 일었다.

챙, 챙, 챙, 챙, 챙——.

바람의 칼날이 내 완전 방어에 의해 튕겨져 나간 모양이다.

…………하아, 독가스 확산과 바람의 칼날, 양쪽 다였다.

마음을 진정시키고 보물 상자 안을 확인하자고, 확인.

보물 상자 안을 들여다보니 목걸이와 천으로 된 자루, 그리고 보석이 들어 있었다.

하나씩 감정해보았다.

【해독 목걸이】

온갖 독을 무효화하는 매직 아이템.

【매직 백(중)】

마대(대)가 스무 개 들어가는 크기의 매직 백.

【옐로 다이아몬드】

눈물 모양으로 커트된 커다란 옐로 다이아몬드.

……미묘한데.

해독 목걸이는, 나는 상태 이상 무효화를 갖고 있어서 그다지.

매직 백(중)도, 나는 거의 무한에 가까운 아이템 박스가 있고.

뭐, 아무튼. 아마도 파는 쪽이 되겠지만, 지상으로 나가서 다른 드롭 아이템들을 확인한 다음 어떻게 할지 정할 때 느긋하게 생각해보자.

『어이, 확인은 끝난 건가? 어서 내려가자.』

"알았어."

돌에 그려진 마법진에 마력을 흘려보내고, 우리는 이 던전 최 하층인 30층으로 전이했다.

전이한 곳인 30계층은 석벽으로 둘러싸인 반원형의 직경 300미터는 될 듯한 커다란 방이었다.

우리가 있는 장소의 반대쪽에는 대형 트레일러 정도로 커다라면서 검고 뿔이 없는 코뿔소 같은 거대한 마물이 있었다.

"크르르르르르르르르르."

한순간 움찔하고 말 정도의 외침.

뭐야, 저건…………

지금까지의 계층주도 괴물 같았는데, 저건 스케일이 다르잖아…….

『저게 베헤모스다. 다들 주의해서 덤벼라.』

페르의 말대로 저게 바로 베헤모스일 터다.

그렇지만 말이지, 갑자기 베헤모스랑 싸우는 거냐고.

지금까지처럼 계층주가 있는 곳까지 이동하는 거라고 생각했다고.

갑자기 베헤모스가 나오는 거라면 진즉에 말해줬어야지, 하는 느낌이라고.

지금이야말로 인터넷 슈퍼의 식재료로 스테이터스 수치를 올려두었어야 할 때였잖아.

젠장, 이제 와서 그런 말을 해본들 별수 없겠지.

저편에 있는 거대한 베헤모스가 투우처럼 앞발을 구르는 것이 당장에라도 돌진해 올 듯한 분위기다.

『온다.』

"그오오오오오오오오."

쿠웅, 쿠웅, 쿠웅, 쿠웅, 쿠웅, 쿠웅.

베헤모스가 크게 소리를 지른 후, 땅을 울리며 이쪽으로 닥쳐들었다.

『드라, 스이, 잘 들어라! 베헤모스한테는 몸을 들이박는 등의 물리 공격도, 마법 공격도 잘 통하지 않는다. 하지만, 잘 통하지 않는다고 해서 효과가 전혀 없는 것은 아니다. 방어를 할 수 없을 정도의 공격을 가하면 된다. 아무튼 공격만이 있을 뿐. 베헤모스가 쓰러질 때까지 공격을 늦추지 마라. 간다!』

『아무튼 공격이 있을 뿐, 이라니 좋은데. 해치워주겠어!』

『스이도 많이 많이 풋풋 하고, 물 마법도 써서 해치울 거야!』

페르와 드라 짱과 스이가 베헤모스를 향해서 달려갔다.

콰앙──.

『으앗! 젠장······ 이 녀석 너무 딱딱하잖아!』

드라 짱이 번개 마법을 두르고 돌진했지만, 베헤모스의 단단한 피부에 막혔다.

풋, 풋, 풋──.

『어라? 안 녹아.』

스이가 특기인 산탄을 쏘았고 슈욱 소리를 내며 연기가 피어올랐지만, 베헤모스의 단단한 가죽은 녹지 않았고, 별다른 대미지도 받지 않는 듯했다.

두쾅, 빠직빠직빠직빠지지지직──.

슈욱, 슈욱, 슈욱, 슈욱, 슈욱──.

페르가 번개 마법과 바람 마법을 연속으로 펼쳤다.

"크르, 그오오오오."

베헤모스가 싫은 듯 몸을 흔들고 있었지만, 큰 대미지를 주지는 못한 모양이다.

『드라, 스이, 공격을 늦추지 마라!』

『그래.』

『알았어.』

퍼억, 퍼억, 퍼억퍼억퍼억──.

드라 짱의 얼음 마법, 끝이 뾰족한 얼음 기둥이 베헤모스를 향해 쏘아졌다.

그러나 얼음 기둥은 베헤모스의 단단한 가죽에 의해 산산이 부서지고 말았다.

풋, 풋, 풋, 풋, 풋, 풋──.

스이의 산탄이 연달아 적중하여 베헤모스의 몸에 대량의 산이 부어졌고, 연기가 피어올랐다.

촤아악——.

베헤모스에게 산탄이 적중하여 연기가 피어오르는 부분에 스이의 워터 커터가 베어들었다.

"크르오오오오."

페르와 드라 짱, 스이의 공격을 그렇게 막아냈던 베헤모스의 단단한 가죽이 죽 찢어졌다.

베헤모스가 앞다리를 휘둘러 올리고 고개를 휘두르며 분노를 드러냈다.

『브레스다! 브레스를 쏜다!!』

페르가 재빠르게 눈치채고 그렇게 외쳤다.

지켜보니 베헤모스의 입안이 붉게 빛나기 시작했다.

아니, 위험해. 브레스 궤도가 내가 있는 곳을 향하고 있잖아.

나는 곧바로 그 위치에서 뛰어 물러나며 브레스의 궤도에서 벗어났다.

"그르오오오오오오오오오오오."

베헤모스의 입에서 고화력 불꽃이 쏘아졌다.

화염방사기처럼, 베헤모스의 입에서 쏘아진 불꽃은 무시무시했다.

멀리 떨어져 있는 내 위치에서도 열기가 느껴졌다.

저런 걸 맞으면 뼈도 안 남을 거야.

베헤모스의 브레스가 잦아들자 곧장 페르에게서 지시가 날아

들었다.

『산을 맞은 가죽은 공격이 통하기 쉬워지는 모양이다! 스이, 베헤모스에게 산을 듬뿍 뿌려라! 드라와 나는 산이 뿌려진 곳에 공격을 한다! 베헤모스를 토막내주자!!』

『오옷!』

『스이, 잔뜩 풋풋 할게!』

부들부들 떤 다음 스이의 몸이 커졌다.

그리고 그 거체에서 대량의 산탄이 베헤모스를 향해서 쏘아졌다.

풋, 풋, 풋, 풋, 풋, 풋, 풋, 풋, 풋——.

대량의 산을 뒤집어쓴 베헤모스를 향해서…….

슈욱, 슈욱, 슈욱, 슈욱, 슈욱——.

쉬익, 쉬익, 쉬익, 쉬익, 쉬익——.

페르와 드라 짱의 바람 마법이 작렬했다.

베헤모스의 몸이 찢어졌다.

『크르, 크라아아아아아아아.』

베헤모스가 괴로워하며 비명을 질렀지만 페르도 드라 짱도 가차 없었다.

연달아 바람 마법을 펼쳤다.

『스이, 산탄을 쏴라!』

페르의 지시에 스이가 그 거체를 향해 산탄을 대량으로 쐈다.

풋, 풋, 풋, 풋, 풋, 풋, 풋——.

"그오오오오오오오오오오오."

페르와 드라 짱이 새겨 넣은 상처에 스이가 쏜 산탄의 산이 스며든 것인지 베헤모스의 절규가 메아리쳤다.

두쾅, 빠직 빠직 빠직 빠지지지직——.

베헤모스 위로 희푸른 번개가 떨어졌다.

콰광.

페르의 번개 마법이 마지막 일격이 되어, 베헤모스의 거체가 옆으로 쓰러졌다.

『만세! 쓰러뜨렸다!』

스이가 그 거체에서 퐁퐁 뛰어오르며 기쁨을 표현했다.

『유후! 베헤모스 쓰러뜨렸다고!!』

드라 짱도 공중에서 회전하면서 기뻐했다.

『흐흥, 당연한 일이다.』

페르도 의기양양한 얼굴이다.

"오오옷, 다들 대단해. 저런 괴물 같은 걸 쓰러뜨리다니. 역시 다들 강하구나."

이건 정말 대단하다.

저런 괴물을 어떻게 쓰러뜨리나 싶었는데, 모두가 힘을 합치면 베헤모스도 상대가 안 되는구나.

그보다, 마지막 무렵에는 모두가 봐주지 않고 온 힘을 다해 공격해서 베헤모스가 좀 불쌍할 정도였다.

뭐, 던전의 마물인 이상 공격당해도 어쩔 수 없는 거지만.

오, 베헤모스가 사라진다.

드롭 아이템은 뭘까.

특대 마석과 가죽, 그리고…… 뭔가 번쩍번쩍하게 장식된 커다란 보물 상자가 있는데.

　감정해보자.

【던전 보스의 보물 상자】
　던전 보스를 쓰러뜨렸을 때 드물게 드롭 되는 보물 상자. 속임
수는 없다.

　오오, 보물 상자는 보물 상자라도 던전 보스를 쓰러뜨리면 드
롭 되는 거구나.
　게다가 속임수가 없다는 게 좋잖아.
　어디 어디, 바로 열어볼까.
　안에는 한 자루의 검이 들어 있었다.
　꺼내보니…….
　"으앗, 이 검 무거운데."
　일단 감정이다.

【마검 칼라드볼그】
　번개 마법이 부여된 마검, 아다만트제.

　…………뭔가 엄청난 게 나왔는데.
　마, 마검이래.
　게다가 아다만트로 만들었다는데.
　우와아아아아아.

이, 이거 세상에 나오면 혹시 큰 소동이 벌어지는 거 아냐?

이, 일단 아이템 박스에 보관이다. 응.

아니, 어라? 보물 상자가 사라지지 않는데?

아, 이 보물 상자도 드롭 아이템 중 하나라는 건가?

금세공이나 보석 등으로 장식되어서 이것만으로도 가치가 있을 것 같다.

『어이, 역시 배가 고파졌다.』

『그러게.』

『스이도 배고파.』

서둘러 베헤모스의 드롭 아이템들을 아이템 박스에 넣어두고, 모두를 향해 돌아섰다.

커졌던 스이는 원래 크기로 돌아와 있었다.

"배가 고프다니, 여기에 있으면 또 베헤모스가 나오거나 하는 거 아냐?"

『던전 보스는 쓰러지면 금방은 다시 나오지 않는다. 이 몸의 경험으로는, 던전마다 다소는 다르지만 최저라도 일주일은 나오지 않는다.』

호오, 그렇구나.

역시 1000년 이상 살면 여러 가지를 알게 되는구나.

그보다, 그건 알겠는데, 여기서 어떻게 지상으로 돌아가는데?

혹시 내려온 만큼 올라가야 한다든가?

"저기, 페르. 지상으로는 어떻게 돌아가?"

『지금까지와 마찬가지로 둥근 모양에 마력을 흘려보내면 지상으로 돌아갈 수 있다.』

그렇구나. 최하층의 경우에는 지상으로 전이되는 구조인 건가?

그건 감사한 일이네. 여기서 다시 올라가는 건 아무래도 너무 힘들 것 같으니까.

『어이, 그런 것보다 어서 밥을 다오.』

예이예이.

다들 평소보다 배가 고픈가 보다.

빠르게 만들 수 있는 메뉴로 해야겠군.

어디, 밥은 지어놓은 게 있고…… 아, 분명 만들어두었던 것 중에 유일하게 채 썬 양배추만은 남아 있었지.

그렇다면, 그거다.

시판 소금 양념으로 만든 파 소금 돼지고기 덮밥.

우선 인터넷 슈퍼에서 시판되는 소금 양념을 구입한다.

달군 프라이팬에 기름을 두르고, 얇게 저민 오크 제너럴 고기를 살짝 익히다가 고기 색이 달라지면 시판된 소금 양념을 넣어 잘 섞어가며 구워준다.

밥을 담고 그 위에 채 썬 양배추를 얹은 다음, 구운 고기를 듬뿍 얹으면 완성이다.

취향에 따라 흰 깨와 후추를 뿌려도 맛있다.

"자, 어서 먹어."

페르와 드라 짱과 스이에게 내주었더니, 무척이나 배가 고팠는지 모두 아무 말 없이 우걱우걱 먹기 시작했다.

바로 모두가 더 달라고 말했고, 서둘러 추가분을 만들어서 내주었다.

『후아, 잘 먹었다.』

그렇게 말한 드라 짱은 대자로 뻗었다.

페르와 스이는 아직 더 먹을 셈인가 보다.

나도 먹어볼까.

소금 양념에도 후추는 들어 있지만, 나는 찌릿하고 매운맛이 좋기 때문에 후추를 더 뿌려서 먹기로 했다.

전에 샀던 그라인더가 달린 후추를 드륵드륵 돌려서 후추를 뿌려주었다.

덥석…… 응, 맛있다. 시판되는 소금 양념 맛있네.

레몬의 신맛도 느껴져서 소금 양념은 산뜻하게 먹을 수 있다.

직접 양념을 만드는 것도 좋지만, 돈이 없을 때나 이것저것 재료를 사 모으는 게 귀찮을 때는 시판되는 양념을 쓰는 게 편리하다. 맛도 틀림없고.

취향에 따라 다르겠지만, 시판된 건 일단 맛없지는 않으니까.

『한 그릇 더.』

아, 네네.

그 후에도 페르와 스이는 몇 그릇이나 더 먹었다.

"후우, 페르도 스이도 잘 먹는구나."

『베헤모스와 싸운 다음이라 그렇다.』

『많이 많이 풋풋 했더니 배가 고팠어.』

그렇지.

게다가 29층을 떠날 때는 해가 지기 시작할 무렵이었으니까.

"조금 쉬었다가 지상으로 갈까?"

『그래, 그렇게 하자.』

아니, 이런. 먼저 식사를 마쳤던 드라 짱이 곯아떨어졌는데.

"아, 드라 짱이 지쳐서 잠들었나 봐."

『그렇다면 여기서 자고 내일 지상으로 나가는 게 어떻겠느냐? 여기는 최하층이니 던전 보스 이외에는 아무것도 나오지 않을 터다. 베헤모스를 쓰러뜨린 지금은 거의 아무런 위험도 없다.』

그렇다면 여기서 하루 묵는 것도 괜찮겠다.

다들 조금 지친 것 같으니까.

"그럼 그러자. 이불 꺼낼 테니까 기다려."

이날, 우리는 던전 최하층에서 1박을 했다.

페르가 말하길 위험은 없다고 했고, 덕분에 오랜만에 푹 잘 수 있었다.

날이 밝았고, 드디어 지상으로 돌아갈 때가 왔다.

아침 식사는 페르가 어스 드래곤(지룡) 고기를 먹고 싶다고 해서 드래곤 스테이크 덮밥을 먹었다.

아침 식사지만, 나도 실컷 먹었다.

정말 맛있었다.

식후의 휴식을 취하고…….

"슬슬 지상으로 돌아갈까."

『그래. 그러지.』

드라 짱은 내 뒤통수에 달라붙었고, 스이는 내가 양팔로 단단히 안았다.

그리고 나는 페르 등에 올라탔다.

전이할 때의 정해진 위치에 자리를 잡자 페르가 벽에 그린 마법진에 마력을 흘려보낸다.

한순간 부유감을 느낀 후, 우리가 있는 곳은 석벽에 둘러싸인 두 평 정도의 방에 그려진 마법진 위였다.

"출구는 어디야…….."

페르에게 몸을 숙여달라고 부탁한 다음 그 등에서 내렸다.

『전에도 이런 게 있었는데, 이런 건 이 모양 밖으로 나가면 문이 열린다.』

페르의 말대로 마법진에서 한 걸음 밖으로 나가자…….

쿠구궁 하는 소리를 내면서 석벽이 움직였다.

다 함께 밖으로 나왔다.

열흘 만에 진짜 햇빛이 우리들 위로 쏟아져 내렸다.

"자, 그럼 숙소로 돌아갈까?"

던전에 들어가기 전에 부탁하여 일단 방을 잡아두었으니 괜찮으리라고 본다.

문을 통해 밖으로 나와 보니…….

우리가 나온 곳은 던전 입구 옆에 해당하는 곳이었다.

그곳에는 당연히 많은 사람들 있었고.

던전 입구에 있던 병사와 던전에 들어가려던 모험가들이 넋 나간 듯 입을 벌리고 우리를 응시하고 있었다.

그렇게 빤히 보지 말아줬으면 하는데.

어쩐지 엄청나게 견디기 힘든 기분이라고.

이건 얼른 숙소로 돌아가는 게 현명하겠어.

"가자."

페르와 드라 짱에게 그렇게 말하고 스이는 가방 안으로 들어가도록 한 다음, 숙소로 돌아가기 위해 걸음을 내디뎠다.

"자, 잠깐 기다려."

말을 걸어온 것은 입구에 있던 병사였다.

"다, 당신 어째서 그런 데서 나온 거지?"

어, 저기, 그건…….

『최하층의 베헤모스를 쓰러뜨렸기 때문인 게 당연하지 않느냐.』

아, 페르, 말하면 안 되잖아.

그럴 때는 일단 얼버무려두라고.

페르가 베헤모스를 쓰러뜨렸다고 하자 벌집을 건드린 것 같은 소동이 벌어졌다.

"이, 일단 길드 직원을 불러와!"

"아니, 길드 마스터를 불러야지."

"그래, 길드 마스터를 불러와!"

"서둘러, 서두르라고!"

뭔가, 길드 마스터가 데리러 올 때까지 움직이지 못할 것 같습니다.

돌아가려고 하자 여기에 있으라며 문지기 병사에게 제지를 받았다.

잠시 기다리고 있으려니 귀에 익은 목소리가 들려왔다.

"무코다 씨이~."

엘랑드 씨, 그렇게 큰 소리로 내 이름을 부르지 말아줬으면 하는데.

"무코다 씨이~."

큰 목소리로 내 이름을 부르며 엘랑드 씨가 휘휘 손을 흔들고 있다.

"하아 하아. 무코다 씨, 당신들이라면 해낼 줄 알았습니다!"

엘랑드 씨가 흥분한 기색으로 내 손을 잡고 휙휙 흔들었다.

아, 잠깐, 엘랑드 씨, 손이 아픈데요.

"다만, 드라 짱을 좀 못 만나는 게 말이죠, 몇 번이나 뒤를 따라 던전으로 들어갈까 생각했는지……."

뭐? 당신 그런 짓을 하려고 했어?

뒤쫓아 온들 곤란할 뿐이라고.

"부 길드 마스터가 억지로 잡는 바람에 단념했지만요."

부 길드 마스터라는 건, 그 살짝 통통하고 머리숱이 적은 아저씨 말인가.

부 길드 마스터, 굿 잡입니다.

"그런 건 됐습니다. 이것저것 여쭙고 싶은 이야기가 있으니 어서 모험가 길드로 가시죠. 자아, 자아, 자아."

우리는 숙소로 돌아가지 못한 채, 그대로 엘랑드 씨에게 연행되어 갔다.

◇ ◇ ◇ ◇ ◇ ◇

엘랑드 씨에게 연행된 우리들은 모험가 길드의 엘랑드 씨 방에 있었다.

"그래서, 어땠습니까?"

"어땠습니까? 라니, 엘랑드 씨도 마지막 층의 베헤모스 앞까지는 가셨었잖아요?"

"예, 갔습니다만 드롭 아이템이나 보물 상자 같은 건 다를 테죠."

뭐, 그렇겠지.

하지만 지나치게 대량으로 있는데.

아직 정리하지 못해서 뭐가 얼마나 있는지 전혀 파악 못 했다고.

"아니, 그건 그렇겠지만, 너무 대량으로 많아서……."

"그렇습니까, 그렇습니까. 그건 우리로서는 감사한 일이로군요. 그 던전은 21층까지는 가죽이 잘 드롭 되고, 그 다음인 22계층부터 25계층까지도 마찬가지로 가죽이 자주 드롭 되지요."

엘랑드 씨가 말한 대로다.

가죽은 대량으로 갖고 있다.

"실은 그걸 모험가 길드에 팔아주셨으면 합니다. 이 마을은 던전의 도시이기 때문에, 갑옷 소재로서 마물 가죽 갑옷은 수요가 높습니다. 게다가 던전산이라고 하면, 강도가 높으니까요."

과연, 가죽 갑옷인가.

오크에 오거, 트롤에 미노타우로스 등 몇 장 있는지 알 수 없을 정도로 갖고 있다고.

길드에서 원한다고 한다면 전부 사주시길 바랍니다. 나는 필요 없으니까.

"내용물이 기대되는 보물 상자 같은 건 20계층 이후부터라고 생각됩니다만, 어땠지요? 그리고, 스프리간 중에는 쓰러뜨리면 보석을 떨어뜨리는 개체가 있었으리라 생각됩니다만, 보석과 매직 아이템이 있다면 그것도 저희가 샀으면 합니다."

엘랑드 씨, 역시 베헤모스 바로 앞까지 갔던 사람이로군.

이것저것 잘 알고 계시네.

"보물 상자는 몇 개인가 있었고, 안에 있던 것들도 입수했습니다. 또 미믹도 있어서, 보석 상자도 손에 넣었습니다."

보석도 잔뜩 있다.

나는 여성이 아니라 보석에는 흥미가 없으니, 이것도 사준다고 한다면 전부 부탁하자.

매직 아이템은, 마력 회복 반지는 팔 마음이 없고 다른 것들도 어떻게 할지 잘 판단한 다음이다.

"보물 상자는 26계층 이후에는 꽤 있었습니다. 그렇다고는 해도, 26과 27계층은 숲속이라 제대로 탐색하지 못했지만요. 28계층은 늪지였고, 29계층은 사막이라 빠져나오는 것만으로도 큰일이었습니다."

숲은 몰라도, 늪지나 사막은 아니라고 본다.

필드 던전 너무 흉악하다고.

"응? 잠깐만요. 지금, 뭐라고 하셨습니까?"

뭐라고 했냐니, 뭘?

"보물 상자는 26계층 이후에는 꽤 있었다는 얘기 말씀인가요?"

"아뇨, 그 부분이 아니라."

아, 아니구나.

그럼 여긴가?

"26과 27계층은 숲속이라 제대로 탐색하지 못했지만, 이 부분 말씀인가요?"

"아뇨 아뇨, 거기도 아닙니다."

그럼 여기?

"28계층은 늪지였고, 29계층은 사막이라 빠져나오는 것만으로도 큰일이었습니다, 여기인가요?"

"예, 예, 거깁니다! 늪지라고요? 사막이라고요?!"

엘랑드 씨가 흥분하며 몸을 앞으로 쑥 내밀었다.

이야기를 들어보니, 엘랑드 씨가 이 던전에 들어갔을 때는 늪지나 사막 계층 같은 건 없었다고 한다.

25층부터 29층은 삼림지대였고, 그곳을 빠져나가는 데만도 한 달 이상 걸렸다는 모양이다.

"26계층부터의 이야기를 자세하게 들려주시지요."

평소답지 않은 엘랑드 씨의 진지한 표정에 이쪽도 자세를 바로 했다.

그리고 26계층 이후의 상황과 계층주(보스)에 관해서 가능한 한 자세하게 이야기했다.

중간중간 엘랑드 씨의 질문에도 대답해가며, 꽤 오랜 시간 동안 이야기를 해야 했다.

"그럼, 던전의 드롭 아이템에 관해서는 아직 저도 파악하지 못한 상태라, 나중에 다시 매입을 부탁하러 오겠습니다."

"알겠습니다. 저도 지금 무코다 씨께 들은 이야기 건으로 바빠질 것 같으니, 나중으로 미뤄주시는 편이 감사하겠습니다."

이리하여 우리는 모험가 길드를 겨우 뒤로할 수 있었다.

후일, 이곳 드랭의 던전은 기간에 따라 25계층부터 29계층의 모습이 변한다고 발표되었고, 고난도 던전으로 지정되었다.

"여어, 요하네스."

모험가 길드에서 어떤 인연으로 알게 된 연하의 솔로 모험가에게 말을 걸었다.

요하네스는 모험가로서는 드물게도 채집 전문인 E랭크 모험가다. 아직 스물한 살인 젊은 모험가지만, 식물에 관한 지식은 상당했다.

전투는 잘 못하는 모양으로, 서로 알게 된 것도 요하네스가 숲속에서 세 마리의 오크에게 쫓기던 때 우리가 도와주었던 것이 계기였다.

모험가로서는 선이 가늘고, 나도 이야기하기 편해서 꽤 사이가 좋아졌다.

"무코다 씨구나……."

"응? 왜 그래? 표정이 어두운데."

"아니에요, 아무것도……."

"아무것도 아닌 게 아닌 것 같은데. 그런 얼굴을 하고. 고민이 있으면 이야기해봐. 그러면 조금은 마음이 편안해지지 않겠어?"

"으음, 그럴지도 모르겠네요. 뭔가 해결의 실마리가 보일지도 모르니까. 실은……."

요하네스의 이야기를 들어보니 자신이 아니라 부모님에 관한 고민이었다.

요하네스의 부모님은 이 도시에서 술집을 하고 있는데, 그곳의 경영이 생각대로 안 된다고 한다.

"어째선지, 이곳 안주는 제대로 된 게 없다는 말을 들었다나 봐요. 불만을 말하는 손님은 어디든 있는 법이니, 그것뿐이라면 부모님도 특별히 마음에 담아두거나 하지 않았을 테죠. 그런데 요즘 손님의 발길이 전보다 크게 줄었다는 건 분명한 모양이라……. 부모님 모두 꽤 의기소침해지셨어요."

"그렇군. 하지만 술을 마실 때 안주는 꽤 중요하니까."

"그런가요? 우리도 딱히 이상한 걸 내놓거나 하지는 않아요. 다른 술집도 우리랑 비슷한 걸요."

"그게 안 되는 거야. 비슷하면, 어디 들어가든 마찬가지잖아. 요하네스의 부모님 가게는, 길에서 좀 떨어진 곳이거나 하지 않아?"

"네. 큰길을 하나 들어간 골목에 있어요. 전에는 큰길가에 있었는데, 가게 주인 아들이 가게를 시작한다느니 해서, 3년 전에 가게를 이전할 수밖에 없었거든요."

"역시 그렇군. 그럼, 술집이라는 건 주요 손님 층은 모험가인 거지?"

"네."

"요하네스처럼 태어난 도시를 거점으로 하는 모험가가 얼마나 있다고 생각해?"

"그야 적겠죠. 모험가란 직업은 여행을 하면서 이리저리 이동하는 쪽이 많으니까요."

"아까도 말했듯이, 똑같은 걸 먹는다고 한다면 가까운 가게로 가지 않을까? 이 도시에 쭉 있었던 것도 아니고, 지리도 잘 모르니까 알기 쉬운 곳에 있는 가게로 자연스럽게 발길이 가지 않겠어?"

"앗⋯⋯."

"그런 거야. 다른 곳과 비슷하면 안 돼. 차이를 둬야지. 아까 안주 이야기도, 다른 곳에서는 내놓지 않는, 맛있는 안주를 내놓으면 찾아오는 손님도 조금은 나아질 거야."

"그렇군요⋯⋯. 하지만, 그렇게 되면 뭔가 새로운 술안주를 생각해야 한다는 거잖아요. 그런 걸 어떻게⋯⋯ 그렇지! 무코다 씨는 요리를 엄청 잘하시잖아요? 제발 좀 도와주세요! 물론 공짜로 해달라는 건 아니에요. 금화 세 닢 낼게요. 그러니까, 제발 부탁드립니다!"

"어이 어이, 금화 세 닢이라니."

"너무 적다는 건 잘 압니다. 하지만 제가 낼 수 있는 것 그것뿐이라⋯⋯."

요하네스가 입술을 깨물며 고개를 숙였다.

"아니, 그게 아니라. 그거, 네가 조금씩 조금씩 모은 돈이잖아? 너, 새로운 식물도감이 갖고 싶어서 저축한다고 했잖아."

요하네스는 더 많은 식물 지식을 얻기 위해 새로운 도감을 갖고 싶다고 말했었다.

이 세계의 책은 전부 손으로 직접 쓰기 때문에 대체로 비싸다.

게다가 요하네스가 갖고 싶다고 했던 식물도감은 그림도 많아서 보통 책보다 비싸다고 한다. 금화 다섯 닢 한다고 했었다.

"괜찮습니다. 본가의 위기니까요. 식물도감 살 돈은 또 모으면 돼요. ……저, 부모님께는 무척 감사하고 있어요. 저는 쭉 모험가를 동경했었는데……, 하지만 막상 되고 보니 채집 전문 솔로 모험가. 주변에서는 모두 바보 취급을 했어요. 하지만 부모님만은 응원해주셨죠. 그게 네 모험가의 길이라고 한다면, 그걸로 되지 않았느냐고. 채집이라면 나한테 맡겨라, 라고 할 수 있을 때까지 계속해보라고 말해주셨어요."

크아~ 좋은 부모님이잖아.

이런 이야기를 들은 이상 거절할 수 없다고.

"알았어. 협력하지. 하지만, 너도 같이 해야 해."

"네!"

"그럼, 갈까."

"네."

요하네스와 합류하여 본가인 술집으로 향했다.

페르와 드라 짱과 스이는 숙소에 머무르고 있다.

페르 일행을 데리고 가면 모험가도 아닌 요하네스의 부모님은 깜짝 놀랄 테고, 요하네스에게 물어보니 손님용 의자와 테이블이 있어서 페르가 들어갈 만한 공간은 없다고 했기 때문이다.

저녁 식사는 모두가 좋아하는 걸 만들어주겠다고 했더니, 페르와 드라 짱과 스이도 내키지는 않아 했지만 숙소에 남는 것을 납득해주었다.

물론 점심 식사를 겸해서 간식으로 과자 빵을 산처럼 두고 왔다.

"어제 생각한 그거면 괜찮겠어?"

어제는 하루 종일 요하네스와 함께 술, 그것도 주로 에일에 맞을 법한 안주를 이것저것 생각하고 시험해본 것이다.

"완벽합니다! 간단히 만들 수 있는 데다, 그렇게나 맛있으니까요. 에일과의 상성도 정말 좋았습니다. 하지만, 할라페냐를 요리에 쓸 줄이야. 그건 잠기운을 깨는 물약 재료일 뿐이라고 생각했어요."

할라페냐라는 건 고추와 비슷한 식물이다.

"나는 어째서 지금까지 요리에 쓰이지 않았던 건지, 그게 더 신기한데."

"아니, 그게, 그거 매운걸요."

"그게 좋은 거잖아. 쓰는 양만 조절하면 된다고."

그런 이야기를 하는 사이에 요하네스의 부모님이 경영하는 술집에 도착했다.

"무코다 씨, 여기입니다. 어이, 아버지, 어머니, 전에 이야기했던 친구를 데려왔어."

요하네스가 말을 걸자 안에서 마흔 살이 조금 넘어 보이는, 요하네스가 나이를 먹으면 이런 느낌이지 않을까 싶은 마르고 완고해 보이는 아저씨와 부드러우면서도 참으로 담력 있는 어머니라는 느낌의 아주머니가 나왔다.

"무코다 씨, 제 아버지와 어머니예요. 아버지, 어머니, 무코다

303

씨는 고 랭크 모험가니까, 실수하지 않도록 해."

"말하지 않아도 안다. 어흠. 요하네스의 아버지입니다. 우리 집 안의 귀찮은 일에 말려들게 해서 면목이 없습니다."

"정말, 미안해요."

"무코다라고 합니다. 잘 부탁드립니다. 다름 아닌 요하네스의 부탁이니까요. 요하네스와는 이곳에 온 후로 친하게 지내고 있습니다. 식물에 관한 지식이 상당해서, 저도 이것저것 배우기도 했지요."

내가 그렇게 말하자 요하네스의 어머니가 "고 랭크 모험가 분에게 이런 말을 듣다니, 너도 도움이 되는가 보구나"라며 살짝 감동했다.

"그런 것보다, 새로운 안주야. 무코다 씨가 오늘 당장에라도 내놓을 수 있는 걸 가르쳐주실 거야."

"오늘 당장에라도? 그거 감사한 일이군요."

우리는 주방으로 이동했다.

"요하네스한테, 여기서는 소시지를 구워서 내놓는다고 들었는데, 소시지는 있나요?"

"예, 있습니다."

"그리고 마늘과 올리브 오일도요."

내가 말한 것을 요하네스의 아버지가 내주었다.

"요하네스, 그걸."

요하네스가 어깨에 멘 가방에서 말린 할라페냐를 꺼내서 내게 주었다.

"그게 뭡니까?"

"건조한 할라페냐입니다."

그렇게 말해도 요하네스의 아버지와 어머니는 뭐가 뭔지 알 수 없는 모양이다.

요하네스가 말한 대로, 이건 잠기운을 쫓는 물약 재료 정도로만 쓰이며, 일반적으로는 그다지 익숙하지 않은 모양이다.

"아버지, 어머니, 그거야. 잠 깨는 물약에 쓰는 그거."

"잠 깨는 물약?"

"…………아, 그거야? 당신, 그 매운 거 말이야!"

"아아, 그거구나! 그런데, 맵기만 한 그런 걸 어쩌려고?"

요하네스의 아버지와 어머니가 의아한 듯 나를 보았다.

"지금부터 만들 요리에 쓸 겁니다."

내가 그렇게 말하자 두 사람 모두 깜짝 놀란 얼굴을 했다.

"아버지와 어머니 기분은 나도 아는데, 일단 봐봐. 나도 먹어봤는데, 맛은 보증해. 엄청나게 맛있고 에일하고도 아주 잘 어울리니까."

"그럼, 만들겠습니다. 만드는 법은 무척 간단합니다. 우선은……."

마늘을 얇게 자르고, 건조한 할라페냐는 씨를 제거한 다음 둥글게 썬다. 소시지는 3센티미터 정도의 길이로 잘라둔다.

그리고 불에 올리기 전에 우선 프라이팬에 올리브 오일을 두르고 마늘을 넣은 다음에 약불로 익힌다. 마늘이 갈색을 띠고 향기가 나기 시작하면 마늘을 빼낸다.

거기에 건조 할라페냐와 소시지를 넣어서 잠시 볶은 다음, 소

금을 뿌리고 전체에 간이 배게 한다. 다음은 소시지가 익은 색을
낼 때까지 볶으면 완성이다.

"매콤한 소시지 마늘 볶음입니다. 드셔보세요."

접시에 담은 매콤한 소시지 마늘 볶음을 요하네스의 아버지와
어머니에게 드렸다.

머뭇머뭇 망설이는 느낌으로 두 사람이 음식을 입에 넣었다.

"음!"

"이건…….."

"요하네스, 에일을!"

"나한테도."

요하네스가 에일을 넣은 나무잔을 두 사람에게 건넸다.

두 사람은 매콤한 소시지 마늘 볶음을 덥석 먹은 다음에 에일
을 꿀꺽꿀꺽 마셨다.

"푸하, 맛있어!"

"푸하, 뭐야 이건, 에일에 최고로 잘 어울리잖아!"

그런 두 사람을 보고, 요하네스가 "그러니까 말했잖아. 맛있다
고"라며 웃으면서 말했다.

"여기에 감자를 채 썰어 넣어도 맛있을 겁니다. 그리고 이 마늘
풍미의 매콤한 양념은 뭐든 잘 어울립니다."

"오오, 듣고 보니 그렇겠군. 이거 이것저것 시험해봐야겠어."

"네."

그렇게 말하며 두 사람은 매콤한 소시지 마늘 볶음을 허겁지겁 먹고, 에일을 꿀꺽꿀꺽 마셨다.

어이 어이, 지금부터 일해야 하지 않아?

"무코다 씨, 고맙습니다. 이거, 보수입니다."

신이 난 부모님에게 들키지 않도록 나에게 접근해 온 요하네스가 돈을 건네려 했다.

"필요 없어. 이건 네가 갖고 있어. 이건 투자야. 이번의 할라페냐처럼, 요리에 쓸 수 있는 걸 발견할지도 모르잖아. 너는 식물에 관해 많이 공부해둬."

"무코다 씨……."

"그 대신이라고 하긴 뭐하지만, 건조 할라페냐를 나한테도 좀 줘."

"네!"

며칠 후——.

"오, 요하네스, 의뢰를 마치고 오는 거야?"

"앗, 무코다 씨. 그렇습니다. 무코다 씨 덕분에 가게가 번창하고 있어서요. 할라페냐가 부족하니까 채집해 오라고, 아버지가 그러시네요."

"하핫, 번창한다니 다행이네. 내 할라페냐도 잊지 마."

"알고 있습니다. 그럼, 아버지한테 가봐야 해서요."

"그래, 또 보자."

요하네스는 가벼운 발걸음으로, 부모님 가게가 있는 쪽으로 걸어갔다.

『어이, 할라페냐가 뭐냐?』
　나와 요하네스의 대화를 듣고 있던 페르가 물었다.
　"찌릿하고 매운 거야."
『찌릿하고 맵다고? 으음, 좋군. 오늘 밥은 찌릿하고 매운 양념으로 부탁한다.』
『찌릿하고 매운 양념이라고? 좋은데. 나도 페르 말에 동의.』
　"페르랑 드라 짱은 괜찮을지도 모르지만, 스이는 매운 거 싫어하잖아?"
『가끔은 괜찮아~.』
『좋아, 찌릿하고 매운 양념으로 결정이다.』
　"네네, 그렇게 하지요."
　찌릿하고 매운 양념이라, 그럼 뭘 만들어볼까?

후기

에구치 렌입니다. 『터무니없는 스킬로 이세계 방랑 밥 3 비프 스튜×미답의 미궁』을 읽어주셔서, 진심으로 감사드립니다!

소설가가 되자에서 연재를 시작한 지 약 1년 반. 벌써 그렇게 되었구나 하고 새삼 생각하면, 감개가 무량합니다. 여기까지 올 수 있었던 것도 모두 읽어주신 여러분 덕분입니다.

그리고 이 시리즈도 드디어 3권이 발매되었습니다!

처음으로 서적화된 시리즈가 여기까지 오게 되어, 작가로서도 감개무량합니다.

이것도 역시 『터무니없는 스킬로 이세계 방랑 밥』을 읽어주신 여러분 덕분입니다. 독자 여러분께는 정말로 감사드립니다!

3권은 던전을 중심으로 한 이야기입니다.

따뜻함이 메인인 작품입니다만, 이번에는 전투 장면도 있습니다. 단순하기는 하지만(웃음).

그렇게 말했지만, 던전에서는 페르와 드라 짱과 스이가 대활약입니다! 겁쟁이 주인공 무코다도 약간이지만 노력했습니다.

그리고 이 작품에서 제일 성가신 캐릭터(?)라고 할 수 있는 엘프인 그 사람과, 술을 좋아하는 콤비가 등장합니다!

그런 느낌으로 2권에 이어서 새로운 캐릭터가 등장했사오니, 이번에도 재미있게 읽어주신다면 기쁘겠습니다.

일러스트를 그려주시는 마사 선생님, 코미컬라이즈를 담당해 주시는 아카기시 K 선생님, 담당이신 I 님, 오버랩사의 여러분, 정말 고맙습니다.

마지막으로, 앞으로도 무코다와 페르, 스이, 드라 짱의 느긋하고 따뜻한 이세계 모험담『터무니없는 스킬로 이세계 방랑 밥』을 부디 잘 부탁드립니다.

4권에서 다시 만나 뵐 수 있기를 간절히 바랍니다.

Tondemo Skill de Isekai Hourou Meshi 3

ⓒ 2017 by Ren Eguchi
First published in Japan in 2017 by OVERLAP, Inc.
Korean translation rights reserved by Somy Media, Inc.
Under the license from OVERLAP, Inc., Tokyo JAPAN

터무니없는 스킬로 이세계 방랑 밥 3

비프스튜 ×미답의 미궁

2023년 1월 15일 1판 6쇄 발행

저   자 에구치 렌
일 러 스 트 마사
옮 긴 이 이신
발 행 인 유재옥
총 괄 이 사 조병권
출판본부장 박광운
담 당 편 집 박차우
편 집 1 팀 박광운
편 집 2 팀 정영길 조찬희 박차우 정지원
편 집 3 팀 오준영 이해빈 이소의
디자인랩팀 김보라 박민솔
디지털사업팀 박상섭 김지연 윤희진
라이츠사업팀 김정미 맹미영 이윤서
영업마케팅팀 최원석 박수진 박소연
물 류 팀 허석용 백철기
경영지원팀 최정연
인쇄제작처 ㈜코리아피엔피
발 행 처 ㈜소미미디어
등   록 제2015-000008호
주   소 서울시 마포구 토정로222, 403호 (신수동, 한국출판콘텐츠센터)
판매 및 마케팅 (070) 8822-2301

ISBN 979-11-6190-517-4
ISBN 979-11-6190-011-7 (세트)